良好的启蒙教育总是满怀深情地给纯真的童心施以真善美的阳光雨露，滋养心灵温暖、美丽、明亮。情意绵长，使受教育者一辈子受益不尽。

金色回忆中蕴含的浩荡师恩会使读者感同身受，共享人间的美好。

题赠

叶良骏同志

于漪

2023年7月

金色的压岁钱

叶良骏——著

天津出版传媒集团
百花文艺出版社

图书在版编目（CIP）数据

金色的起跑线 / 叶良骏著. -- 天津 : 百花文艺出版社, 2023.10
ISBN 978-7-5306-8622-5

Ⅰ. ①金… Ⅱ. ①叶… Ⅲ. ①散文集－中国－当代 Ⅳ. ①I267

中国国家版本馆 CIP 数据核字（2023）第 158913 号

金色的起跑线
JINSE DE QIPAOXIAN
叶良骏 著

出 版 人： 薛印胜 **责任编辑：** 张 雪
装帧设计： 谢蔓玉 **特约编辑：** 李 路
出版发行： 百花文艺出版社
地址： 天津市和平区西康路 35 号 **邮编：** 300051
电话传真： +86-22-23332651（发行部）
+86-22-23332656（总编室）
+86-22-23332478（邮购部）
网址： http://www.baihuawenyi.com
印刷： 三河市元兴印务有限公司
开本： 660 毫米 ×960 毫米 1/16
字数： 220 千字
印张： 15.25
版次： 2023 年 10 月第 1 版
印次： 2023 年 10 月第 1 次印刷
定价： 59.80 元

如有印装质量问题，请与三河市元兴印务有限公司联系调换
地址：河北省廊坊市三河市黄土庄镇尚庄子村
电话：0316-3180002
邮编：065200

自序

陶行知先生于1928年2月写下了一文，文中说“小学教育是建国之根本。”他认为小学教育是整个教育的基础，是培养人才的基础，是培养合格公民之基础，关系到早出人才，多出人才，也关系到国家的兴旺发达，世界的繁荣进步。小学教育实际上是做人的启蒙教育。

他提出小学教师掌握着孩子的命运，也就掌握着国家和民族的命运！可见，小学教育对一个人的发展非常重要。

现在，有一种说法十分流行：“不能输在起跑线上。”人生是否有起跑线？如果有，在哪里？好像没有定论，但孩子“上学”的年龄越来越早是事实。法定年龄是六岁上小学。幼儿园不是义务教育，可以不上，但现在的孩子，学龄前就辗转在校外教育机构，不上幼儿园的几乎没有，恨不得长出三头六臂学遍天下本领。孩子成了学习器，至于效果如何？难说。

还有，就是择校越演越烈。教育行政部门年年为此绞尽脑汁想对策。家长们为孩子上所好学校四处奔波，政策一年年变化，为的是希望公平。

究竟什么样的学校才是好学校？是否有公认的标准？难道不应该所有的学校都是好学校？育人的学校难道还有坏的？这是不少人心中的疑问。

我无法作评判。写此书只是从我自己受教育（指学校教育）的经历，也是我的起跑线出发，回忆我心中的好学校。那条起跑线，如果说有的话，那是我美好的小学生活。“教人要从小教起”，孩子好比幼苗，基础教育如能培养得宜，必能发展滋长，反之，如受了损伤，即使不夭折也很难成才。一所所好小学，一群群好老师把世上最美、最纯、最正的“风景”展示在我面前，为我打下了人生扎实的基础，让我迈着轻快的小步，向着光明和美丽一步步走去，成就了如今的我。为此，感谢在我成长的关键阶段，我所进入的小学，给了我非常好的教育。那几所并没戴上什么光环，或评上什么荣誉称号的学校，在我心中，就是最好的学校，至今回忆起来，都是温暖、爱意、独特、难忘！

从小学说起。我上过六所小学，分别是轫初学堂、民治小学、圣心小学、中华义务小学、澄衷小学、新建路小学。

这六所小学除“轫初”在宁波，余皆在上海。它们的共性是：离家很近，规模不大、人数不多、年龄不限、进出自由。更重要的是，老师都非常有水平，起码是师范专科毕业，很多是大学生，且不少是名牌大学的，还有外国籍老师。但，并没什么教师资格证、职称等要求，也没听说过老师要写论文，做课题等等。

还有，校长一定是非常优秀的人士，或是乡贤，或是专家名师等，且一干就是很多年。校长是学校最重要，也最有权的人，老师都是他聘任的，好的留下，不符要求的，他有权解聘，没人会来掺和校长的事。校长只负责办好学校，不管别的事，社会上也没什么干扰。

老师的年龄有很大的，也有很年轻的，他们除了师范毕业的，也有其他学校毕业生。如是中老年教师，原先的职业五花八门，并不一定都曾是老师。

六所学校除新建路小学是公立的，其余都是私立小学，有董事会。资金由董事会筹措，校长不用管筹资。董事会只负责资金及学校修缮、聘请校长，其余都不管，也很少来学校。校长只管教学，杂七杂八的事都不用管。

学校工作很简单，就是把课上好，老师学生各得其所。没有什么开会、讨论、检查等杂事。每天我们去上学，老师们也差不多时间上班。我们放学，老师们也一起离校了，有时，还会因同路，陪学生走上一段路。

这六所小学，有的因我尚年幼，读的时间少，印象已有点模糊，只能想起多少记多少。但，能留在心中几十年没忘记的，应该就是学校的特点了。有的是过渡，只有几个月，更记不起多少事了，我找了资料作为补充。总之，回忆七十多年前的就学经历，只是从一个小孩子的眼，去看当年学校的办学和老师们的情况，既不是写史，也不妄加评论，更没有与当今学校作对比之意。

陶行知一百年前说：“教师之好坏，简直可以影响到国家的存亡和世运之治乱。”振聋发聩，我认为，至今，仍有现实意义。

目录

轫初学堂

轫初学堂在宁波庄市镇老鹰湾董家，正式校名为私立轫初国民学校，又名轫初蒙学堂。董家离我们叶家村仅半里，隔着一道河湾和一座石坟（俗称苏家人坟头）。

由旅沪巨商、董家村人董杏生捐资创建，主要收叶、董两村小孩。董杏生从乡下去沪发展，后成巨商，上海第一条公交线路就是他创建的。富起来以后，他办学堂，参加同义医院创建，热心乡里公益，是著名的宁波帮先驱。

宁波人把教育视作头等大事，在富起来后，他们纷纷在家乡办学校，所以，几乎每个村里都有初小（一到四年级），如怡恂国民学校、崇本小学等，大一点的村有高小，如叶氏义庄。如村特别小，就两村一起办小学，“轫初”就是老鹰湾叶家、董家合办的。

▲私立轫初国民学校

宁波民间有捐资办学传统。董杏生办了轫初学堂。我们“叶家”有树德学堂，是叶德政办的（他的“鹅牌”汗衫很有名），后与“轫初”合并。孩子上学自己来去，下课去家里喝口水，

▲庄市怡恂国民学校遗址

奔到自家田里“肥水不留外人田”是常事，中午回家吃饭也方便。村里人请先生读封信、写个借据，抬脚就去。办婚丧喜事，学校借地方借桌椅，先生帮忙写请帖张罗，酒喝得脸红红的就像自家人。

中兴小学请来上海精武体育会的武师教体育，初小学生学八段锦，高小学武术。音乐老师大多为国立音专毕业生，好几所学校有铜管乐队、民乐队。

外公陈兰荪（宁波商会会长）办的崇本小学，教室外有廊柱，小礼堂有舞台。韧初学堂青水砖墙挺括，有护墙板、百叶窗。中兴小学中华人民共和国成立后改作粮仓，高大、敞亮。这些学校大多办在二十世纪初，不少房屋至今还在用，是真正的百年大计。课程设计中西兼容，我找到一张中兴学堂当年三年级的课程表，除语算史地音美体外，还有英语（一周四节课）、尺牍、珠算、劳作、自然及公民课。备注里还有中英文演讲、远足、劝人种牛痘、学救火、运动会等，实在叹为观止。村里无人失学，贫寒子弟可免费，孤残生上学另发生活费，还设奖学金。村里有个“驼糊”（智残人），送进学校后，不久便可自理，还学会拉二胡。入学是真正的“零拒绝”。学校还是文化中心，老师课余讲诗词，农闲讲时事，节日开同乐会，村里老小都抢着去。那时也有留守儿童，如我，父母都不在身边，因有近在咫尺的学校可盘桓，有永不下班的老师可依恋，像阿娘笑骂的那样“日日奔进奔出，小娘咋会介忙！”哪里会有寂寞孤独之感。两万多人的庄市出了七个院士，走出了一大批如包玉刚、邵逸夫那样的商业巨子。他们的出发点，都是自己村里那所小小的学校。

▲菱漕（崇本）小学遗址

庄市镇几乎村村有学校，规模不大，但建筑都很精美。叶澄衷办叶氏义庄，几任校长都是专家。如金贤松校长为晚清举人，他立“勤、朴、肃、睦”四字校训（此校训一直延续至庄市中兴中学及上海澄衷高级中学），倡导德智同步发展。他国文底子深厚，晨会课一张口便是一篇诗文，引得乡邻都去听，孩子出生都请他取名。如支家英校长毕业于“洋学堂”，不仅擅长语、算，还会上英、音、美、体、自然课，简直是无所不能。校长不用担心办学费用，当然不惜重金聘用最好的教师。

▲菱漕（崇本）小学遗址

▲叶氏义庄

我们叶家本有一所初小，因村里不满百户，小孩不多，后与“韧初”合并了。后董杏生因故停办“韧初”，我叶德政太公在叶家村办了“树德学堂”。请前清秀才沈肇元教古文，请叶中美、金志凌教两个班级读《古文观止》和《幼学琼林》。他腾出自己家四份头屋的前后客堂作教室，村里孩子仅收少量学费，对贫苦子弟免费，免除两村学子辍学之苦，十多年里启蒙学子教百人，这是后话。叶家小孩子去董家韧初学堂，走过小桥就到，很方便，再小的孩子也能自己走去上学。

▲叶氏义庄

▲老鹰湾叶家村四份头叶德政所办“树德学堂”遗址

因年纪小，阿娘[1]不放心我一个人过桥，中午不让我回家，阿娘来送饭。她提着一只蓝色搪瓷三层饭盒，里面放着饭、菜、筷、勺，我在教室里吃，阿娘看着我，不大说话（也许说的，我不记得了）。吃完，阿娘把碗筷装好，回去了。她并不和先生们说话。

[1] 阿娘，宁波人对祖母的称呼。

▲老鹰湾叶家村前石桥，去轫初学堂必经之桥

这只饭盒爸也记得，他在“轫初”上学时，下雨天，阿娘也给他送过饭。算起来，他和我在“轫初”吃午饭，相隔二十多年，都由缠着小脚的阿娘送，这只饭盒装着的不是饭，而是阿娘的爱，还有她望子成龙的期盼。

学校规模、设施和教学水平都相当不错，现在还留存一座二层楼房，是原先教师办公、住宿用的，历经百年，无丝毫损毁。当年的“轫初”与叶澄衷办的叶氏义庄、中兴小学齐名。

▲轫初学堂仅留的二层楼房

小孩去上学，没有年龄限制，我进这所学校，应该只有三四岁（因我五岁就到上海上小学了）。在我们老家，小孩上学是天经地义的事，用阿娘的话就是“去关关，收点野心，学点本事。”每家小孩都要去上学，至于年龄，看各家安排。我们是读书人家，阿娘继承祖训，把刚懂一点事的我，送去“轫初”上学了。

因为年幼，不大记得上课的事了。只记得先生戴一副金丝边眼镜，很和蔼，听我爸说，他姓杜，是师范毕业的，一肚子学问。

第一天去，我带着小凳子（因为课桌太高），先生给我一张方凳，我就这样坐着上课。上的什么课，当然都不记得了。只模模糊糊记得先生笑眯眯地看着我，我一点不觉得陌生，也不害怕。

还有一位先生，脸黑黑的，板着，没一点笑容，但他讲课挺有趣，会学鸟叫，惟妙惟肖，我以为鸟儿飞进教室，还到处去找，引得全班同学哄堂大笑。因为美妙的鸟叫声，我忘记了先生板着的脸，觉得上课是很开心的事。

还有一位老先生，印象最深的是手里有把戒尺。他应该是教国文的，不大讲话，就是教诗，他读一句，我们读一句。他摇头晃脑地读，班上有顽皮的男生学他样子，他会呵斥。我听不懂他念些什么，又不识字，只是看他样子像唱歌似的觉得好玩。唯一把我吓哭的那次，是他用戒尺打一个背不出书的男生，打了三下，男生没哭，或是不敢哭，我却号啕大哭了。

他没骂我，把我拉到讲台前，哄我，他说的话我一点也不懂。后来是爸告诉我的，他说：“黄金不打教不成，黄金板下出公卿”，意思是不打不成器。背不出书的学生要挨打，我虽不认字，记忆力却好，老师教诗，我很快记住，能一字不错地背出来，所以我没挨过打。想起阿娘说的“小人勿读书，一世苦到老”，不再害怕，倒觉得老师训诫得对。

上课的事，我都不记得了。记得几位老师都是外乡人，都住在学校里。学校有围墙，没有校门（或者是有的，因从来不关，印象里也似没门了）。两个村的人常常去学校，不是去听课、检查，也没人因孩子挨打去找老师算账，而是抬脚一走就去了。在老师宿舍站着说会儿话，或者要老师帮着做什么事，很自然的，像家人一样。

▲轫初学堂的老师们

有婚丧喜事，老师总会被请去，坐上座。逢年过节，写副对联；给新生儿取名；给在外地的家人代笔写信。拆、借、析产……老师便成了“中人”，写状子、调解、做老娘舅。学生因家近，都回去吃午饭，先生是自己开伙，几个人用一只煤油炉（那时叫五更鸡）煮东西。他们不用买米、菜，没人规定，但村人都会送。我们家收租时，轧好谷，阿娘就请人把一袋米送去学校，说“请先生吃新米”。过些日子，阿娘会叫大一些的男孩，去看看先生的米袋“瘪脱勒伐（是不是瘪了）？”如米少了，阿娘叫男生又背一袋去。过几个大节，如立夏、端午、中秋、冬至，阿娘在家里做吃食，都会留出最好最大的蛋、粽子、月饼、汤果……请人给先生送去。在阿娘的心中，先生是最好、最应该尊敬的人，她说：“是先生教侬（你）做人！一日为师，终身为父，要记牢！”

村里人尊师没人提倡，却成为一个规矩，没有人会违背。相反，一年年的，越做越好。所以“轫初”的先生一来就留了下来，教了好多年。

田里的毛豆、芋艿、山芋，自家腌的臭冬瓜、臭米苋梗，村里几个老太太都会送去。男人河里钓上鱼、虾，摸来蚌、螺蛳，常常做好了送去。过年，先生回家，坐上航船了，还有人送来猪肉、年糕、咸鱼、糯米块……堆得舱里满满的，愁得先生们叫，太多了，拿不动了，怎么挑得动啊？村里人不会说花言巧语，只是憨憨地笑，只有一两个女人，会尖着嗓子喊：“驮（拿）去把（给）老戎（婆）吃，多吃点，生大胖伲（儿）子啊！”先生一个个涨红了脸，船开了，留下满天笑声。

对于先生责罚学生，打手心，村里人都习以为常，还会当着小孩面对先生说：“不听话，侬（你）打好了，狠狠地打！”我们这些学生，心生畏惧，最最调皮的男孩，上课都不敢捣蛋。如作业交不出，自己会走到讲台前，伸出手让先生打。先生不多打，一般打一下，最严重的也只是三下，学生眼泪汪汪的，却不敢哭。回家也不敢说，因为说了，家长还要打，理由是，先生不打别人，只打你，你还有脸说？作业没完成的，赶紧补上，有的还自觉地多写一两页，以示知错了。

还有一个不成文的规定，学校的老师都是男的，有的还很年轻，所以女人和成年的大姑娘都不能去。有事只能家里男人去，或者叫自家孩子带信或送礼。我的阿姑那时已十五六岁，正在待嫁，她很想去上学，但因家里无男丁，她是主要劳动力，没法去。有一次，她挑了一篮马兰头，悄悄地去学校，想送给我说的那位戴眼镜的先生，顺便看看学校究竟什么样。

她刚走进学校，就被那位老先生看见了，一阵呵斥，阿姑吓得篮子也扔了，逃回家去。她祖母生芳阿太得知后，那一顿打，把阿娘也惊动了，赶紧去劝。我才知道大姑娘不能去学校。至于为什么，那是很久以后，阿娘告诉我的。所以，不可能有什么师生恋，更不会与村里异性有交往。在当时的农村，这也许是避免是非的一个民俗，在封建思想严重的当时，是防患于未然，可省去不少麻烦。

学校不算很大，只有一至四年级，即初小。学生也不是很多。先生也少，一个人教好几门课，但老师都多才多艺。记得除了那位老先生，其余几个都会吹笛子、弹风琴、唱京戏，戴眼镜的杜先生还教美术。是不是有早操、体育课，我不记得了，但操场是有的，不小。记得有一次，中兴小学要开运动会，让四乡的小学都去参加，我因为太小，没去，没印象了。可见，一定有上体育课的。还有远足，去镇海，走着去，我走不动，没去过。现在才知，从庄市去镇海，路很远，小学生能走着去，肯定平时注意了锻炼。

我在“轫初”大概上了一年多学，五周岁就去了上海上学。在那里上了什么课，学了什么诗，有些什么活动，都记不起来了。但是印象中，我的这所启蒙学校很亲切，很快乐，也很随便。爱什么时候去上学，就什么时间去，开学了也可以插班进去；有的因照顾弟妹不能上学，也不用办什么手续，不去就是了，等困难解决了，再去也不用办手续。

学校就像是村里的一个活动中心，除了教孩子们，还成了大人们爱去的地方。先生成了自家人，帮着做什么事，不用付酬劳。先生只要能，不会拒绝村人的任何要求。村里大人多半不识字，却懂得敬畏知识，尊重先生。虽是乡下，生活枯燥，还没电灯，因为得到好的照顾，特别是受到所有人的尊敬，先生都安心在此，很少弃职另就的。

学校校长是董杏生，但他一直在上海，很少回老家。学校不知有没有另外的校长，印象中好像没有，但始终运转自如，一年年的，从未出过什么事。听阿娘说，先生的薪水是杏生先生发的，一年四个节发大洋，不直接给先生，是存在钱庄里，先生过年回家，可以去取银票。薪水是什么标准，我当然不知道，但能如此安心地一年年留下来，想必是很优厚的。

还要提一句，学校老师都是男性，没女老师。学生有男女，但没有成年的少女。因为，当时在其他乡村，女孩都不读书，只有我们庄市，提倡男女都要上学，女孩才有上学的机会，但一般读到初小，最多高小，就不再读了。所以，小学里不可能有大姑娘。

▲韧初学校创办者旅沪巨商董杏生

董杏生先生除了办“韧初学堂”，还在董家造了很大的房屋自己住。在中华人民共和国成立初，不知什么原因，全拆了，只留下一道墙基和一个门楼。他的老屋我应该看到过，但没一点印象了。

▲董杏生故居门楼

▲董杏生故居墙基

前几年回老家，特地去董家寻踪，那个门楼孤独地在原址，墙基厚实，尚余一条，其余都没了。“轫初学堂”围墙没了，一幢二层楼房孤零零地留着，操场也无影子，当年那些先生早就烟消云散，连他们的名字我都不知道。是父亲告诉我的，一个姓杜；一个姓莫（就是会口技的那位）；一个姓周，用戒尺的那位，教国文。

我三四岁上“轫初”，似乎什么都不记得了，但播下的种子，一直留在心田。没有校门，没有人教我们背校纪校规，什么人都可以进进出出，随时可以上学、退学，似乎不像学校，却是我心中一所家门口的好学校。路近，上学方便，不用起早摸黑，自由自在。无意中学会了守规矩，懂得了犯错要受罚，明白了老师是最值得尊敬的人。

这是一所乡村小学，却因接地气，成为村里人人喜爱的学校。最难得的是，学校不仅教学生，还以浓浓的文气，为乡村带来了知识之风、文明之风。这种水乳交融的关系，正是陶行知提倡的，我们的学校是为乡人服务的，是为改造社会办的。这才是人民所欢迎的自己的学校。

年代久远，又因年幼，在“轫初”没有同学留在我记忆中，那几位先生也印象模糊。后来知道父亲也在此启蒙，倒成了我的学长，一些事，特别是那几位先生，是他告诉我的。

父亲读的时间较长，读到初小，高小才去了上海，他记忆中的母校，比我更有趣更难忘。但有一点我们是共同的：这所学校规模虽小，五脏俱全，资金充裕，老师优秀，学生都很用功。即使有打手心的时候，大人、孩子对先生还是充满感恩。这应该就是家门口的好学校！这样的学校，犹如黑夜升起的一束星光，始终照亮人们前行的路，历久弥新，功德无量。

父亲作为“轫初”的学生，曾和我说起这所母校，特录在此，作为我记忆的补充。

父亲听说家长“怕输在起跑线上”，实感不可思议，他回忆起八十多年前的往事。因祖父去世，家里诸事繁杂，任他整天在田头河边玩，八岁才插班上小学。老家孩子不论男女都要送去读书，否则父母要“犯众人骂”。上学虽是常事，但第一天去学校有极为隆重的仪式。

那天，父亲早早起床，洗净手脸，用香皂擦头颈，穿上新做的长袍马褂，戴红顶西瓜皮帽，出门前先拜祖宗像。祖母肃立一边念念有词：“祖宗保佑，小囡读书用功，将来光祖耀宗。”然后带他去几个长辈家一一行礼，告知大家，“我今朝上学啦。”长辈们一改平日不苟言笑的样子，都面带笑容鼓励：“年年考第一名。”“将来做状元！”然后摸出几节长生果或一把豆荚干，一面送出门，一面高声说：“头头（豆豆）顺溜，长长福禄……”祝福声此起彼伏。村里人听到了都走出来用欣喜的目光看着父亲，“读书去啦？”“做大人啦。”每个孩子上学都是全村的大事。在温暖的目光里，父亲的心欢快地跳起来。

到了董杏生办的“轫初学堂”，他把带去的糖茶倒在杯里，四色糕饼装盘里供在孔子像前，然后跪拜。进教室，他先向先生敬茶，再鞠躬行礼。先生指定座位后发描红本，手提毛笔问：“叫什么名字？”“小和尚。”全班同学大笑，先生也笑了，说：“读书了要有学名。你什么辈分？”“元字辈。”先生略作思索：“取名‘章’，章程的章，做人要守章循规，记牢了！”先生在本子封面上端端正正地写上“叶元章”。从此，父亲有了一个好名字，连祖母也改口叫“元章”。

先生拿起讲台上一把戒尺问大家：“这是什么？”“高（教）方！”“请

一位同学告诉新同学，‘高方’做什么用的？”“打手心！”先生说：“‘高方’也称‘黄金板’，是先生用来教学生读书之物。黄金勿（不）打高（教）勿琴（成），‘黄金板’下出公卿。要勤学苦读。明白哦？”父亲当然不明白，这两句诗也是以后才听懂的，但他记住了，如不用功读书，先生要打手心的。

先生开始上课，上课内容父亲全忘了，唯有这把戒尺牢记在心。他明白了读书要“悬梁刺股”，做人要胼手胝足。如果虚掷光阴，不知进退，处处会有“高方”等着，打的就不是手心了。

这是先生教的道理，也是上学第一课教的道理，父亲没进过幼儿园，上的是村小，祖母更不懂什么“起跑线”。因战乱，他小学、中学都没拿到毕业证书。时局动荡，他曾屡战屡败，却从不认输。他手不释卷，即使身陷囹圄无书可读，还天天面壁背书作诗，到花甲之年终于硕果累累。像父亲这样穷尽一生，终得生花妙笔者并不少见，其成功并不在是否进了名校，而在于不忘初心。只要坚持向前，时时可起跑，处处有机会。即使走错路，摔了跤，爬起来再走就是。上个小学，哪里就会影响终生，要弄得如此草木皆兵！

1946 年暑假，父亲托人捎信要我去上海读小学。五岁的我，听说可以去上海和爸妈住一起，开心得不得了。

一条手摇的木船，把小小的我送到了宁波轮船码头，小舅带着我，坐上大海轮，过了一夜，上海到了。至此，乡下的生活结束了。我成了上海人，我以后读书、工作、生活都在上海，至此已七十多年了。

全称是上海市私立民治中小学，在长乐路39号。我五岁到上海，就在此上小学一年级。

▲长乐路39号（民治小学原址）

选此校，主要是近，离我家长乐路98号只有几分钟路，又在太公叶善定家楼下，可以有个照应。

这所小学是私立的，但学费很便宜。校园很小，操场也不大，有一至六年级，是个完整小学。校门上有一片弯成半圆的校牌，上写着“民治新闻专科学校”，不知怎么回事，没有“小学”校牌。

它不同于我乡下的轫初学堂，首先上学有时间，是八点整，过了八点，校门就关了，迟到者如何处理，我不知道。反正一开学，妈就关照，别睡懒觉，一定要准时去上学。因为路近，又有妈盯着，从来没被关在校门外过。

上下课，有人打铃，在校门口，由校工手摇，全校都听得见。每天上课前，要在操场上站着，忘记是不是升国旗，只记得要唱歌，还记得有“三民主义”这句歌词。唱完有老师训话，说些什么，不记得了，每天都是这位老师说。

好像训完话就进教室了，没有集体做操这一项。第一堂小学语文课，令人印象深刻，是学一句话（不是认字），“来来来，来上学，去去去，去玩耍”，老师写在黑板上，我们念。她用教鞭指着，一个字一个字念。这句话意思明白，不用老师解释，我们都懂了。至今还记着，随口就能讲出来。

然后才学课文，记得是人、口、手，这是我小学最早学的三个字，连那一句话，竟记了一辈子。后来还有“小狗跳，大狗叫……”课文都直白，生活化，易记，又形象，小孩子爱学，也记得牢。

男老师穿长衫，女老师穿旗袍。每天进校，有老师站在门口，看见学生进门，会说：“早！”微微弯腰。我们忙不迭地回礼。没人在课上教什么“礼貌”，见老师这样，自然而然就学着做了。放学也是，老师并不送我们出教室，自己理好书包三三两两出来，不排队。门口也有老师站着，说：“再见！”仍是微微弯腰，学生也学着做。出了校门，同学之间同路的一起走，不同路的说着“再见！”各自回家。这一个小小的礼貌用词，一辈子记住了。

上什么课，怎么上课，都不记得了。记住了两件事。一是学校有铜管乐队，二年级就可报名参加，但很难。我家那幢楼有十多个孩子在“民治”，各年级都有，只有一个四年级的加入了，听说他每年考班级第一名。

铜管乐队平时和我们一样上课，星期六放学后留下来，做操、练队形。他们穿上铜管乐队服可神气了，棕色的短袖短裤，戴领带，一双白长袜，棕色跑鞋。队伍直走、横走，一遍遍练，喊声震天，体育老师是指挥。

忘记体育老师姓什么，很年轻，站在操场上笔挺，吹哨子很响，话却不多。在他的带领下，一队队铜管乐队员站得横平竖直，一动也不动，神气极了。

队形练好了，便是铜管乐练习。所有的铜管乐队队员手里都拿着乐器，大小喇叭，长的短的笛子，最神气的是胸前挂着大鼓的那几个，“砰砰砰”，敲得震天响，还有铃铛什么的。奏出的是什么曲子，我不知道，只记得那声音整齐、响亮，连敲三角铃的、打皮鼓的动作都整齐划一，脸上都是一个表情：专注！

每个周六放学以后，我们都不回家，站在操场上看，没人说话，只听见脚步声唰唰唰，音乐声咚咚咚，真令人羡慕极了！不由自主的，旁边看着的我们也挺起了胸，站得笔笔直，头昂起，学着他们的样子。每个人都在心里暗暗地下决心，读书要用功，争取加入铜管乐队。

铜管乐队到底做些什么，我不知道，反正我们每个学生都向往。有一天，上午不上课，学校来了好多人，有家长，有我们不认识的，都穿着漂亮的衣服。门口站着一个人，恭恭敬敬地对每个进校的人作揖，有人说这是校长。我第一次见到校长，小孩子当然不知道校长究竟是个什么职位，只觉得他很特别，为什么要对每个人都作揖呢？没人告诉我为什么。直到没人进校门了，他才跟在人群后走了进来。

那天有庆祝会，是在操场上开的。教室里凳子都搬了出来，按照年级，我们依次坐。我是最矮最小的一个，坐在第一排，对着临时搭的台上的几个人，其中有一个很漂亮的女人，一直微笑着端坐。

台上的人应是贵宾，似乎没介绍，或者介绍了，我们也没听懂。讲话以后，有学生上台唱歌跳舞，最后是铜管乐队奏乐表演。

▲民治小学

表演结束后，那个漂亮女人站起来讲话，讲完了，从手提包里取出一张纸给校长，大家都鼓起掌来。我不知道怎么回事，也跟着拍手。后来听说是送钱给学校的贫困孩子（那应该是张支票，当时我不懂）。

那天是个什么节，我没弄明白，但“贫困孩子”这四个字听懂了。对我这个家境富裕的小孩来说，“贫困”二字还是第一次听明白，这是老师告诉我们的。

另一件印象深的事是，快要放寒假了，级任老师放学前对我们说：“有很多人没饭吃，我们去帮帮他们。”她要求我们每人带一把米，明天带到学校来。

回家告诉妈，妈说：“是有很多人饿死了，那是在湖南。”我不懂湖南在哪里，也不知人为什么会饿死，妈一定是说了，但我听不懂。只是记住了老师的话，明天要带米去。

第二天上学前，妈要我去米缸里抓一把米，我看看，一把米很少，又抓了几把，放在铅笔盒子里。妈说：“一把米能干什么？”她给了我一只布袋，我装了半袋米，多了我拿不动。她又说：“那双红皮鞋你穿不下了，一起带去吧。”我听话地拿了。

到了校门口，那天早晨人特别多，有小孩，还有很多大人，住在学校旁我的太婆、姑姑也挤在门口，手里都拿着东西。进门，有只大缸，里面已有不少米，旁边堆了些衣服、鞋子。我把铅笔盒和布袋里的米倒在缸里，皮鞋放进大筐，正要走，级任老师过来了说：“谢谢你，你这些米可以救活一个小朋友啊！”我看见同学都拿着衣物，急忙奔回去，翻箱倒柜，妈说：“刚织好的毛衣拿去送给灾民吧！”我拿着毛衣跑回学校。

校长也在门口，他不断地对倒米、送衣物的大人作揖拱手，对我们，他不断地点头说谢谢。我进去时，校长见我把毛衣放进大筐，走过来摸摸我的头。想到这些米可以救人，毛衣可以给小朋友穿，又被老师说谢，我小小的心里都是快乐。

当时，我并不知道灾荒、饿死人这些事，湖南离多远，更没概念。大人说的话，表示的焦急、同情，我都不明白。我刚上小学，又比别的学生年龄小，有些话我一点都听不懂，但我明白了这是件好事，就像阿娘在乡下一直说的，是做善事。以前一直看着阿娘行善，这回，是我自己把米和毛衣送出去了。这件事至今仍留在我脑海里，直到今天，想起来还非常清晰。

长大成人后，我查了资料，正是1946年，湖南发生了大饥荒，许许多多人骨瘦如柴，草根树皮都吃完了。许多孩子饿死在路上，无人收尸。正是在那样的悲惨时刻，民治小学发起了募捐，考虑到孩子们没有经济能力，才提出捐一把米。让幼小的心灵感知世上的不幸，学会行善助人，这是民治小学留给我的一份宝贵财富。在后来几十年里，我做公益，一直坚持尽可能帮助有需要的人，源头也许就是"民治"。

这是一所很小很小的学校，因为有了铜管乐队嘹亮的号声、鼓声，变得气势磅礴。因为有了"捐一把米"，它变得浩瀚宽广。

学校，是不以大小来分的。它在孩子心中种下的善种和美好，随时间推移，会长成参天大树，枝繁叶茂，惠及孩子的一生。

我只在"民治"读了一学期。因为年幼，没有记住任何一位老师的姓名，也没有记住一个同学。不知哪年，"民治"解散了，后来变成了长乐路二小，再后来，又成了卢湾区的一个地段医院。我回去过几次，房子还在，操场没了，里面很挤。直到现在那地方还在，建筑没拆。

很久以后，我才知道，"民治"是著名报人、新闻教育家顾执中于1928年创办的民治新闻专科学校，专为有志于新闻事业的青年办的培训学校，培养了一大批投身新闻工作的进步青年。他自任校长，不仅不领工资，有时还自掏腰包以补经费不足。新生录取不注重资格和文凭，以德才为标准。为便于有工作的学生上课和做新闻工作的记者来校任教，上课时间一直是在晚间。

顾执中请来的教授阵营相当强大，有《新闻报》副总编辑严独鹤教编辑，顾执中自己教采访，留美法学博士李中道（律师）教国际公法，日本记者奥宫正澄教日文，还请翦伯赞、艾思奇、柳湜、陈同生、张执一、钱俊瑞、曹天纵、吴清友、戈公振、许杰及郭沫若、许广平、田汉、华岗等诸多名家及各界著名专家来校任教或讲演。

◀民治新闻专科学校创办人、著名报人顾执中

▶民治新闻专科学校教师、华东师范大学教授许杰

学校自设立起，就因不少学生是共产党员或与党有关系，坚持进步的政治方向，倍受反动势力的排挤与打击，在异常艰苦的条件下办学。

学校创立三年后，从金陵中路迁至蒲石路（长乐路）39 号，规模较小，只有两幢洋房。房子是外国房主的，租金十分高。因新闻专科学校没有资金支持，学费收入不足以支持教师薪金、房租等，决定白天办中小学，让中小学生上课，新闻专科学校及后来办的民治补习学校晚上上课，以增加收入。

那时收小学生共 150 人，中学生 100 人。这也正是“民治”挂牌只有民治新闻专科学校，而没有中小学的缘故。我读的民治小学并不正式存在，而是作为专修学校的附校。校长是顾执中，著名记者陆诒任副校长。那天我在校门口看到的校长，应该就是陆诒。

很多年以后，在我任职的上海陶行知纪念馆，我见到了来参观的陆诒先生。原来他是陶行知的好友，曾去育才学校讲过课，还为陶先生做了很多事。当他得知我曾在“民治”上过小学，他高兴地一把抱住我，仍把我当作一个小女孩。他说：“民治的学生有许多都像散落的珍珠分散在国内外，很少有机会碰到。今天竟然碰到一个小校友，太高兴了！”那天，我们在筑水上的“茶室”里聊了很久，还约他等有空重回民治旧址看看，给我讲发生在那两座小楼里的故事。

我送他出馆门，向他鞠躬，我说：“陆校长，再见！”他和我都湿了眼眶。

遗憾的是，不久，就传来了他离世的消息，这个美丽的约定成了一个梦。但当年，他站在校门口，微笑着摸摸我的小脑袋，向我点头致谢的情景，将永远留在我的记忆中，想起来，心里满是暖意。原来，不起眼又很小的民治小学是名人办校，老师都是名家！

1940 年 8 月 15 日，顾执中被敌伪特务枪击受伤，他逃往香港，后在缅甸仰光和重庆恢复办校。1942 年顾执中到重庆，秋季，民治补习学校在保安路基督教监理工会的社交会堂造的平房复课，一年后新闻专科学校也在此复课，顾执中仍为校长。按照传统，学校依然请各界名家上课，如冯玉祥教军事知识，舒舍予教新闻写作等。1946 年 1 月，顾执中回上海，民治中小学在抗战期间从未中断，民治新专已由陆诒副校长恢复上课。1949 年 3 月，顾执中被列入黑名单，于 3 月 24 日逃往香港。上海解放后，民治新专仍在原址办学，百废待兴，党对学校很支持，改学校名为民治新闻学校，招收工农兵学生。1953 年秋季不再招生，民治新专成了没学生上课的学校，但一直未正式宣布过结束。

近日，我特地去旧址寻访，墙上挂着铭牌“民治新闻专科学校旧址”，但现已变为瑞金二路街道卫生中心。两楼洋房由顶棚连在一起，所有空地都是建筑，操场没有了。

走进楼里，经过改建，屋已不见旧迹，只有两层木楼梯还是原样。记忆中，民治小学已成一片空白，即使原址还在，也物是人非了。

37 号是族太公叶善定早年开的“和平药房”，三开间门面，房子还保存完好。碰到一个老住户，他的外公外婆住在附近，认识我的太公太婆。他说楼上是叶家住宅，有个姓金的是药房徒弟，也住在二楼，后一直到和平药房结束，他才被安排到其他地方工作，但他一直住在此地。他已去世，有两个女儿，一个在日本。善定太公是日本千叶大学毕业的，金的女儿也去了日本，好像冥冥中有缘。

◀民治新闻专科学校旧址铭牌

▲ 民治小学现存的楼梯

37 号与 39 号以前只隔一道竹篱笆，太公的女儿丽琴也在民治小学读过书，她说肚子饿了，喊一声，家里就送下来大饼油条，从篱笆洞中给她。篱笆当然没了，用水泥封了起来，但两幢楼的确只隔了一道墙。

一直以为我读的民治小学又小又旧，谁知是名人办的名校！有那么多名家上课，不知他们有没有给我们上过课，没人回答了。

爸有篇文章，说到他曾在新闻专科学校上过课，时间虽不长，收获很大。上课的老师有严独鹤，他还曾为此写信给时任新民晚报副总编辑的严建平（严独鹤孙子），说起当年老师的风采。在此校曾教过他的许杰先生（后为华东师范大学教授），有多年交往，二人亦师亦友。

▲民治新闻专科学校教师、著名报人严独鹤

爸深情又充满感恩地回忆这所学校对他们这些既要上班，又喜欢新闻工作的青年传授知识的严谨，教授们的满腹经纶，还有，晚上学习不影响上班的方便。爸后来在上海《商报》兼职，大概也是因为此校给他的资格。他在晚年，常说起这所学校，可从未说校名，后来才知原来就是离我们家不远的“民治”，我们两代人受惠于“民治”，永不忘记顾执中先生之恩！

这是我接受正规教育的启蒙学校，虽然我大部分记忆都没了，但只要有两件事没忘记，我也没白来过。谢谢“民治”，谢谢那一把米，谢谢校长让我懂得了感恩是要表达的。

父亲觉得“民治”太小，在一年级第二学期我就离开了。

附文：史明智《长乐路》

长乐路 39 号，这个院子的历史不简单，它是中国第一所新闻专科学校——民治新闻专科学校的旧址，它曾经见证过上海一批新闻人的理想、奋斗，乃至于鲜血。

关于民治新闻专科学校及其创始人顾执中先生，倒是有点故事好讲。不如就从顾执中其人说起。顾执中是南汇周浦人，1919 年从东吴大学肄业后开始从事新闻工作，到 1926 年做到《新闻报》的采访部主任。二十年代中国的新闻业已经很发达，但只有北京的燕京大学有新闻系，上海复旦大学中文系有新闻学课程。顾执中当时在上海新闻界还不是主要负责人，开此校时，他虽然请到于右任做董事长，还有几位知名人物任校董，其实工作都是他这个校长在做，困难很大。学校就在他位于萨坡赛路（淡水路）的住家房子，一楼一底，楼下三十个平方就是教室，门外一块竹篱笆围着的小草地就是操场。学校的教师都是兼职的，但都是当时报界响当当的人物，如戈公振、严独鹤、黄文农、章先梅等，还有日本老师教日语。采访、编辑等课，就由顾先生本人担当。学校没有课本，全靠老师讲、学生记。

▲民治新闻专科学校董事长于右任

顾执中并非埋头书斋的教育家，他办学的同时也参与新闻实践，一直在新闻报道第一线工作。每当上海发生重大历史事件，都能看到他的身影。上海沦为“孤岛”后，他遭敌伪枪击险些丧命，不得不离开上海去其他地区和国家生活，但他从未放弃办报和办学。在那个年代，还没有“品牌”这个说法，但“民治”作为一个当年的品牌，始终伴随着顾执中。他走到哪里，“民治”就办到哪里。

民治新闻专科学校最初的名字是民治新闻学院，因为在立案的问题上遭到当局的刁难，后改名为“专科学校”。那个年代的办学也是很艰苦的，因为战乱和各种原因，学校多次迁址，即使在上海，也换过几个地方。总算在这条以“eternal happiness”命名的长乐路找到了栖身之所。在长乐路的学校除了新闻专业，还有中小学和业余补习学校，所以二十世纪四十年代的地图上标的是“民治中小学”。

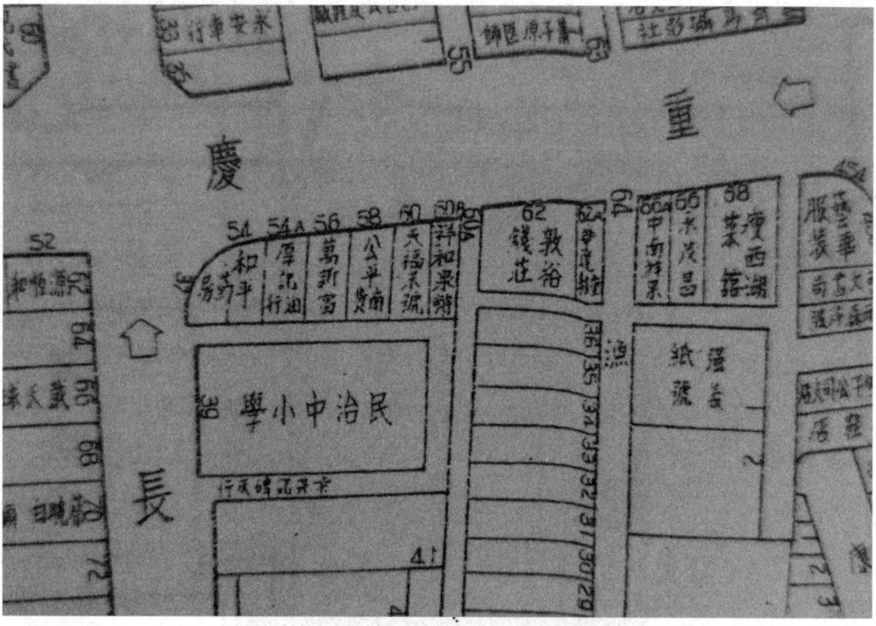

▲地图上二十世纪四十年代的“民治中小学”

虽然颠沛流离，“民治”却培养过众多中国新闻史上的重要人物，如新闻界的老前辈陆诒，1930 年在马当路任小学教员，偶然看到家门口有这样一家上新闻课的夜校，便入内报名学习。后来陆诒担任过民治新专的代理校长，他是中国新闻史上一位重要人物。

其他校友中，像中国人民大学的罗列、新华社的徐中尼、《解放日报》的陈念云、《世界经济导报》的胡塞等自不待言，名字罗列出来，可以专门出一本书。还有大家熟悉的前《读书》杂志主编沈昌文、复旦大学中文系教授章培恒，都是“民治新专”的校友。

▲著名记者、民治新闻专科学校副校长陆诒

▲民治新闻专科学校教师、复旦大学教授章培恒

抗战胜利，“民治”在长乐路复校后，多名学生参与进步活动。根据顾执中的回忆，1948 年有特种刑庭的书记官拿着名单来学校要人，他和许杰教授一边请来人吃饭敷衍，一边通知学生隐蔽。到 1949 年，又有四名同学被抓，其中两名牺牲。1948 年 10 月，南京国民政府教育部下令正式封闭民治新专，亏得当时上海教育局局长顾毓琇没有执行，才使学校维持下来。

1949 年秋，“民治”招收了一批新生，一直到 1951 年和复旦大学新闻系合并。1951 年秋，民治曾改名民治新闻工农学校，向工农招生，校长和副校长仍为顾执中和陆诒，这批学生 1954 年毕业后，“民治”停止招生。二十世纪八十年代，顾执中等又在重庆和北京恢复过民治新闻学校和民治新专，直到 1995 年顾执中去世。

1956 年，顾执中的新闻生涯结束了。1957 年 6 月他的名字见报，8 月份送到十三陵水库劳动改造，到 1961 年“摘帽”提前退休。长乐路“民治新专”旧址隔壁，他住过的43弄8号的老房子还在。顾执中离开新闻岗位，到高等教育出版社任职，一开始担任编审，后降为一般校对员，直到1979年平反。1983年和1985年，重庆、北京的“民治”恢复时，他已经是耄耋之年。

圣心小学

父亲说“民治”太小了，又不学英语，要换一所好学校。那就是圣心小学。它是法国圣公会办的教会学校，又名震旦大学附属小学，在长乐路139号。长乐路以前是蒲石路，门牌是否139号，我不记得了。

▲长乐路139-141号圣心小学原址

学校在我们家斜对面，更近了，穿过马路就到。寒假（应是 1947 年 1 月），那天，有人敲门，我家来了一个我从未见过的女人，她身穿黑袍，头戴白方巾，脸上浮现温柔的笑容。已记不起她与爸说了些什么，只是立刻喜欢上了这个美丽的女子，恨不得立刻跟她去学校。

她低声与爸说话，我当然听不懂。过会儿，她走过来拉着我的手，说了不少话，我还是听不懂，只觉她的声音好听，脸又好看，我简直看不够、听不够！

她要走了，我拉住她衣服，想让她再坐会儿。她笑着说，明天你来学校，就能见到我了，记住，我是玛丽娅修女。修女是什么，我当然不懂，但我记住了她的名字，玛丽娅，多好听的名字啊！

爸爸说："明天你去圣心小学，我已报好名了，看见她，你要叫她嬷嬷。"宁波人，叫比妈大的姐姐为"嬷嬷"，原来她是妈的姐姐？爸说："当然不是，叫修女都是'嬷嬷'，与妈没关系。她是你的级任老师，有什么事都好找她。"

那晚，我睡不着了，想着有这么美的老师的学校会是什么样的？我一个人也不认识，谁来管我？喔，还有玛丽娅，我已认识了她，忽然就很安心地睡着了。

第二天是妈陪我去的，玛丽娅在校门口等我，我奔过去，一把拉住她，好像见到亲人一样。妈把我交给她就走了，我竟一点也不害怕地跟着她进去了。

玛丽娅陪我在校园里走，一路上轻轻地介绍。我忘记看到些什么，去过哪里，只觉得她说的话太好听了，愿意听，巴不得她多说点。最后走到一间教室，她说："你就在这儿上课。"我看到门上有牌子，是外文的，只看懂一个字"1"，管它呢，我记着去这里上课就是了。

走了一大圈，比起"民治"，校园太大了。它实际是在"震旦女子文理学院"内，与大学不分开的。礼堂又高又大，教室也大，操场更大了，那草坪，在冬天也是碧绿碧绿的。我喜欢极了。我只是难舍"民治"的铜管乐队，我还没加入呢！但终究没敢问。

▲级任老师玛丽娅

就这样，在一年级第二学期我进了圣心小学。这所学校对我一生影响非常大，至今，有许多人、许多事都难忘记。

接着是寒假，我要到开学才能去上课。有一个非常严重的问题摆在我面前。爸爸说这所学校一至四年级是全英语上学，五六年级是全法文上课。我连国语都说不好、听不太懂（一口宁波话），英语一个字也不认识，更别提说话了。一个英语盲，年龄又这么小，怎么去上这所学校？

窠娘[1]第一个跳出来反对，她说，要逼煞月丽啊？阿拉不读格（这）个书勒，要么回"民治"去，要么她带我回乡下，去轫初学堂。妈也反对说，月丽比其他一年级学生小，读中文学校已很吃力，去读全英文，岂不是要吓煞伊（她）！不来赛（不行），不来赛，太平点，还是回"民治"去。一个女孩子，太太平平读点书，用不着这么折腾。

爸问我要不要去"圣心"？我满心喜欢，可以去这么大的一所学校，当然要去，鸡啄米似的点头。爸说，学校不说中国话，上课说英语，你怎么办？说实在的，我连英语是什么都没弄明白，小孩子头脑很简单，不就是说话吗？我从乡下来上海，一口石骨铁硬宁波土话，到"民治"，上课用国语，下课讲上海话，我不都听懂了？这有什么难的？管它英语还是什么语，这么好的学校当然要去。小小的我为自己做了生平第一个关键决定，我对爸说，我要去，我不怕英语。

爸很高兴，连续问了我几个问题：怕苦吗？要少睡觉，行吗？说得不好，怕人笑吗？听不懂会哭吗？爸的问题，其实我真的没往心里去，因为我根本没弄明白，究竟是什么难题会让家里三个大人这么紧张。无知者无畏，我答应了爸，肯定什么都不怕。至于哭，我拖了个尾巴，因为我从小爱哭，可不敢保证会不哭。爸说："好，你自己说的，不怕，明天我去付学费，你记住，这所学校的学费是全上海最贵的，付了不好退，你要好好读书。"我拼命点头，心里可高兴了。

第二天，爸带着我去"圣心"付学费，玛丽娅拉着我的手，很温柔地对我笑，她说："这个寒假，我会天天在学校，你每天上午来，我教你英

[1] 窠娘，抱大作者家六姐弟的老保姆，被作者视作另一位母亲。

语。”能天天见到这么美丽的老师，我开心得要跳起来，赶紧答应：“我一定每天来。”

这个寒假，我背着小书包，天天去“圣心”。玛丽娅的办公室在大礼堂旁边，一座小平房。墙上挂着画，还有座小雕像。桌上铺着洁白的绣花布，花瓶里插着鲜花。

怎么学的英语，我一点记不起来了。玛丽娅怎么教的，也没印象了。只记得她身上淡淡的香气，还有桌上每天不同的鲜花。每天一个上午，我在她的小屋里，读、背、写，应该是从ABC学起的。休息的时候，她给我喝甜甜的茶，还有糖果。看着她的微笑，听着她轻轻地说话，吃着我从未见过的写着外国字的糖果，还有散发着奶香的茶，我觉得学英语是世上最快乐的事。中午我回家时，她会从瓶里抽一枝花让我带走，说送给我妈妈。然后送我过马路，看我进了弄堂，她才转身回校。

我一直不知道她是为教我英语才放弃假期，还是她本来就住在学校里。她是个修女，应该住在修道院的，但学校附近好像没有修道院。很多年后，在资料中看到，原来校园里有一个修道院，这是后话。后来我才知道她是震旦女子文理学院毕业的，从我们学校的渊源来说，她是我的学姐。因为有了玛丽娅，我对即将进入的“圣心”，充满了向往，也因为有了她，开学时，我的英语突飞猛进，慢慢地不仅能听懂上课，还能很流利地与老师对话，用英文做作业。

玛丽娅出身贵族，是虔诚的教徒，受过洗。本来她应在修道院里终老一生，但她也许是为了更好地实践教义，来“圣心”当老师，以她的爱和学识，为我们开启知识之窗。在我的就学路上，玛丽娅是我始终怀念、深深感谢的好老师。有幸，我在“圣心”碰到这么完美的老师，她是我们的班主任（那时叫级任老师），也是我们的大姐姐和朋友。她对我的性格形成起了至关重要的作用。

很顺利地我进了“圣心”，迎面扑来的是清新的完全不同的西式教育之风。

▲玛丽娅教我学英语

能进“圣心”的孩子，家庭非富即贵，因为学费不是一般的昂贵。但它并不培养贵族，它实施的教育并非高大上，而是全面的无所不包的、手脑双挥的教育。用现在的话，是素质教育。

学校有不少课，还有规定，我至今记忆犹新。

▲圣心小学校徽

校服

进学校规定只能穿校服。女孩是阴丹士林旗袍，只有一种颜色，一种布料，一种式样。夏天短袖，春秋长袖，冬天是棉的。男的一年三季是短袖短裤（白衬衫，棕黄布裤），冬天长裤，加件厚外套。

校服是淮海路上一家旗袍店定制的，布料也是店里的，为保持整洁，要做好几套。男生的校服不在这家店做。妈陪我去做旗袍时，回家埋怨爸，“看看，校服就花了这么多钱！这书怎么读得起！”爸笑着回答，钱放了有啥用，换来一个淑女，就是无价之宝了（这话是爸后来告诉我的）。

穿校服还有规定：扣好全部纽扣，对镜拉直每条衣纹，衣服右上的纽扣系块手帕，规定是白色的。衣服每天要换，还要烫平。窠娘为此常抱怨，洗可以，还要烫，这样服侍怎么吃得消，别的事不要做了！抱怨归抱怨，她还是每天洗烫。从此，我习惯了，每天上学前仔细地穿衣，对镜整理自己，天天干干净净地去学校。

因为穿了旗袍，不能乱奔乱跑，更不能嬉笑打骂，为了保持校服整洁，坐下时要很小心，把背后的衣摆拉平了才坐椅子。对女孩子，是一种非常好的仪容训练。

我们也上体育课，女生没有短跑、长跑等激烈运动，有快走、丢沙袋、射箭、体操等等。这也许是男女有别，或者照顾穿旗袍的不便。

阴丹士林布是中蓝色系，颜色比较淡，易脏，所以吃饭喝水都要很当心，一不小心就会留下污渍。但洗起来方便，料子很薄，一晾就干。

我在乡下野习惯了，走路从来都是飞奔，说话也是大声嚷嚷，虽不敢爬树下河，也是像男孩一样很顽皮的。但每天一穿上旗袍，我就自然而然地文雅起来。校服用旗袍，对女孩是一种束缚，又是一种柔性规正，颜色文而带丽，整个人看上去又整洁又大方。因是女孩穿的，只到膝盖以下一点，既不影响走路，又不能大步乱奔，好处真的很多。穿统一校服，还避免了攀比，即使豪富之家，至少孩子在学校没机会、也无法显摆出来。

从校服看出一个学校从小处展现的教育。我不记得学校有没有校训之类的东西，实际上是有的，就是学会做人，做一个温文尔雅的女孩。

布鞋

与旗袍匹配的是布鞋。鞋子不用定制，只规定了颜色、式样，黑色，横搭襻，白袜，不允许穿皮鞋。男生也是布鞋，只是没有搭襻。

鞋子当时家里自制的较多，这也可能是学校不统一定制的原因。我的鞋是窠娘做的，寒假里她一连做了四双，都是黑横贡缎面，滚边用了黑缎。不知是否学校规定，平时窠娘做好了鞋，要去弄堂口老皮匠处打掌，这回说不能打掌，所以多做了几双。现在回想起来，不打掌的好处是鞋轻，走路不会发出声响，也美观，黑面白底，干净。

鞋里穿白纱袜，中统，正好到膝盖下，与旗袍匹配。天若有点冷，还可以保暖。

遗憾的是，我没有留下穿校服的照片。那时，好像不流行拍照，也很少有人买照相机。这段校园生活竟一张照片也未留下。

头发

我留童花头，许多同学都留短发，有少数梳辫子，不知辫子是否有规定，好像没见有人扎蝴蝶结什么的。没有一个长发披着，都梳得整齐，辫子前面没有刘海。

男孩是短发，没有光头或者寸头，都是留了一点发，梳得同样整整齐齐。

校园里有中国孩子，也有外国孩子，都穿一样的校服，同式样的黑鞋、白袜。唯一不同的有黑发、褐发、金发，我们班还有一个红发，满头是红得发亮的卷发，远远走来，像一团火过来了。

不戴饰物

女生校服没有口袋，男生裤子好像有口袋。规定不可佩戴胸针、项链什么的。我们弄堂里有个男生是我同班同学，他从小戴一个长命锁，链子很粗，锁很大，还可开启。老师请他拿下来，他奶奶很不愿意，但后来还是不戴了。

每个人的衣服都是干干净净的，无污渍，无折痕，身上没有一件多余的东西。在操场上排队，一色的浅蓝、棕黄，真是赏心悦目极了。

因为是教会学校，与“民治”不同的是，每天上课前并不在操场上听训话，而是在教室里，由级任老师念祷告词。老师先说或念，然后带着学生念。只是由老师念（或者是读），并不要求我们背，跟着念就可以了。

时间很短，大约三五分钟。教室一下子就变得很安静。讲些什么，起先我一句话也不懂，只是依样画葫芦，慢慢地有点听明白了，原来是讲圣经故事，每天一小段，只是在结尾加上祈祷用语。后来我就很盼这段时间，因为喜欢听故事。这些完全不同于在乡下听的故事，像童话一样，讲的是以善待人，不怕苦难、勇往直前的精神，还有就是心中不能存恶念，如有魔鬼引诱，要抵死阻挡等等。

这些故事，内容完全不同于我从小读惯的故事书，或阿娘讲的因果报应等等，而是宣扬有一颗博爱的心，即使受到欺凌，也不能以恶报人。还有，就是天上有个“主”，他洞察一切，世上的善恶不用你去分辨，“主”会评判。总之，一个人的心里只能有“好”，不能有“坏”，连一点点恶念都不可以有。

我并不懂这些道理，只是当故事来听，但每天这么传达，对一个孩子的世界观形成，肯定有潜移默化的影响。

老师并不要我们信教。有些学生本来就因家长信教，自然而然受了洗，取了教名。我们这些不知“教”为何物的孩子，虽天天听老师说教义，却未受影响，也没什么人主动要去受洗，学校也不干涉。

学校教育只有每天这几分钟与课本无关，其余课程都照常进行。与别校不同的就是用英语上课，下课用英语会话。当然，平时，老师并不禁止说国语，只是人人习惯了用英语。如不会说英语，在学校会寸步难行。

插班生只有我一个，其他同学都已上了一学期，习惯了英语讲课。虽然玛丽娅为我补了一个寒假课，但要听懂老师上课，我还是很困难的。开始几天，简直变成了聋哑人，老师的课听不懂，做作业用英语写，更是像看天书一样。下课怕与同学讲话，他们说的我不懂，我说的英夹中的话，他们也不懂。只是因为学校风气好，没有人笑话我。

玛丽娅找我去办公室，每天她为我讲课：语文、算术、自然，好像一年级就这三门课。用英语、再国语讲一遍，把作业上的题目讲解一遍又一遍。她说的话，我至今还记得：每天学一点，只要一直学，就像用沙子堆塔，总有一天能成。

爸爸对我说，既然你愿意去“圣心”，这一关一定要闯过去。规定我每天早起两个小时，读写英语。我不懂学英语会怎么怎么好，只是觉得不能掉在别人后面。听不懂，不会做题，不能与别人说话，对一个孩子来说是很严重的事。我不能没有小朋友陪我说话，不和我一起玩，这是比上课更重要的事。

于是，窠娘天天叫我早起，怎么学的，学的什么书，我都不记得了。只记得每天起来不吃早饭就读、背。记忆深刻的，是争分夺秒，坐在马桶上还在背，被窠娘骂，哪里不好读书，到马桶上读书啊，要越读越笨的。我仍争分夺秒，用功学英语。

每天一直读到要上学了，匆匆吃了早饭就去学校，满脑子英语，读啊背啊，不知过了多久，好像很自然的，上课听得懂了，下课也能讲了。玛丽娅不用每天放学找我去补课，我好像一下子就能流利地用英语与她对话了。这是水到渠成，不知哪一天突然就会了。也许小孩子学语言天生有优势，也可能是语言环境，周围每个人都讲英语，听熟了，被逼着开口，就会了。这个过程，我并不觉得苦，好像时间也不太长，我不仅能说，用英语写作文也可以了。

爸为此还奖了我一本《英汉小字典》，他高兴地说，你在“圣心”可以读下去了，一直读到小学毕业，再考震旦女中，读上去，将来考震旦女子文理学院。妈在一边泼冷水，这些学校学费这么贵，这十几年读下去，怎么负担得起！你女儿又不止她一个！爸呵呵地笑，我负担得起，你不用担心。家里就月丽有灵性，让她在“震旦”读，将来大学毕业，还可去法国深造。我们叶家出一个“秀才”有希望了！

听着爸的话，我虽不懂法国在哪里，“秀才”又是什么，但可以在这么美、这么大的学校一直读下去，天天可以看到玛丽娅，心里高兴极了。

我在“圣心”的学习是以攻克英语开始的，这以后，“圣心”给我的惊喜越来越多，我也越来越爱上学了。“圣心”的老师有三种，一是中国人，二是外国人，三是修女。他们各司其职，各显不同的风格，教给我们的也不仅是知识。

老师

不管是中国还是外国老师，男的都是西装领带，女的是旗袍，也有的穿连衣裙。修女都是黑袍、白头巾。

但对上课老师，我几乎没什么印象了。如国文老师，肯定是中国人教的，我竟一点不记得了，他是什么样子的，教了什么课，课本是什么样的，都忘了。算术老师、自然老师，连是中国人、外国人都没有一点印象了。在我脑海里记住的，并不是“圣心”的课有多好，老师有多高的水平，而是做手工、儿童节、晚会、帮助穷苦人、合唱班、过新年……记住的老师是教音乐的，教女红的，管花房的，做面包的，还有玛丽娅，哦，还有我们的校长（后文我会说到）！

女红

我们有专门的女红课，教这门课的也是个嬷嬷，但我忘记她名字了。

我们教室的两边有一排橱，橱里放着每人除课本外的东西，女红课的针线、布、小箩筐都在里面，随时可拿出来用。

我从小不爱动手，被阿娘、窠娘笑骂“十只拇指头并拢”。到了“圣心”，每天下午有一节“女红课”。对我这个连针也不会拿的人来说，按理这门课我应该很排斥的，相反，我很快喜欢上了。

那个修女嬷嬷像玛丽娅一样，很美，说话声音很好听，她特别耐心。“女红”课只女生上，男生不上。老师带他们去学击剑或拳击。

先学穿针，把线穿进针眼里，我在乡下乞巧节就学过，从来没学会过，还气得把针扔到河里去了。修女怎么教的，也不记得了，反正三下两下，线就穿进了。全班十几个女生，没有一个穿不进针眼的。

再学打结，以为打结肯定容易，不对，结要打得小，线头不能长，把线咬断（不用剪刀），都很难，也学会了。

还要学着目测要用多长的线，太短了，老要穿针，浪费时间；太长了，易打结。心中要有数，大致留多长的线才合适。

这些都会了，才是学缝边。一块白布，用针缝，针脚不能太大，太大了难看，也不牢；太密了是浪费，还会拱起来弄不平。

缝，是最难的，要横平竖直（布上不能划线或格子）；要缝牢，结头要打结实，线头要藏在针脚里……我读一年级下时，只有五岁半，全班（全校也是）数我最小也最笨。从小，从来没做过家务，被阿娘、窠娘两位老人宠得不像话，只知玩，没人要我做事。

还有，就是从文的爸爸，他从小给我的教育，就是读书是孩子唯一要做、且要做好的事。我还没识字，爸就教会我这两句诗：“书中自有黄金屋，书中自有颜如玉。”他一直说，只有书读好了，这才是本事，其余的事都是浪费时间。他不许老人教我学针线，总是说，有这点工夫，去看几页书，比什么都有用。有了本事，还怕没人为你做针线？还用得着自己去缝衣服？

我不知爸的话对不对，但我的确对做“女红”一向很排斥。家中六个孩子，就我什么都不肯做，空了就捧一本书。到了“圣心”，我居然很快学会了做“女红”。每天最后一节课，嬷嬷一进教室，我心里就欣欣然，很快把针线箩拿出、理好，很用心地学。

一点点地，穿针简直不用看，一下子就穿进去了；打的结，没一点线头；穿上的线，长短正好；针脚也不歪歪斜斜了。这个过程中，针扎了手，刺出了血，肯定难以避免，但怎比得上做这些事的愉悦呢？

终于，嬷嬷说，我们可以学绣花了。她发给我们每人一块布，上面打满格子，后来我才知那是十字绣。怎么绣的，也记不得了。反正，很快我们就在白布上画好花样（自己画，很简单的花、草什么的），可以正式绣花了。

当第一块绣花手帕出来后，那个开心，我至今还记得。绣的过程早忘了，只记得嬷嬷对我点头微笑，还把我的手帕（那肯定是惨不忍睹的，可以想象）举起来给大家看。她说了什么，不记得了，只记得我要站起来，在手帕旁受同学鼓掌称赞的场景。对一个笨笨的小女孩来说，这是多大的荣誉啊！

后来，嬷嬷教我们把布裁开，剪出想做的衣服样子。这简直是不可能完成的事！但我们都学会了给布娃娃做裙子、帽子、在裙子上缝花边，在帽子上钉纽扣，做小衣服、小裤子……肯定的，那些成品，一定没领子（怎么装的上）没裤腰（也装不上），袖子一只高一只低，缝边也像狗啃似的……那么小的孩子，怎做得成衣服、裤子？但每次，老师总是表扬，把做好的衣物配起来，给娃娃穿上，她从来不比较，不要同学们比谁做得最好。她只是一件件、一套套放在讲台上，一样表扬，一样肯定。她还把成品拿到校长室，让我们跟着去听校长的夸奖。到校长室展示自己的作品，是件大事。校长不上课，平时不大看见她。只有当她用手抚摸我们一件件作品时，我们才能近距离感受到她的美丽，还有温暖。同样的，校长总是说我们聪明、能干，做的衣服好看。最后，她会选中一两件留在校长室，说要送给最尊贵的客人。

我不记得有没有被校长选中过作品，但这样的鼓励，成了孩提时代最耀眼的一道光。我们每个人都觉得自己很了不起，因为校长说的，那些衣服、裤子都很棒、很好看，娃娃穿了一定会很开心。

更使我们高兴的是，学校的儿童节、新年、同乐会等等，我们的“女红”成了奖品，郑重其事地奖给家长、老师、同学和来宾。每当一件作品由校长举起介绍，这是××× 小朋友做的，现在送给×××！全场都会响起我们的欢呼声，受奖者笑容满面接受奖品，鞠躬致谢。有时，作者还会受邀上台，亲自去发给同学、来宾。这样的待遇，对小孩子来说，是鼓励，也是最大的认可。

我不记得自己是否上过台，但肯定的，我的那些不成样子的“女红”，一定也这样被拿去展示，受过赞赏，我不仅学会了裁布缝衣，还对“女红”产生了浓厚的兴趣。很长的一段时间，窠娘缝东西时，我喜欢坐在她身边，为她穿针引线，只是她从不肯让我参与，说你爸要骂的。

只是因为有一个竭力反对女儿学“女红”的爸，以后，我不大有机会缝纫。但在“圣心”打下的基础，对生活是太重要了。有了孩子以后，那时没什么钱，衣服、鞋子都得自己做。窠娘负了大责，但缝缝补补什么的，我这个当妈的还是常要做。窠娘年事高了后，孩子的衣服基本上是我做的，既方便也省钱。我结婚时，妈曾担心地说，你什么也不会做，怎么当家？等有了孩子，一定是污（屎）罩头了！我却把家打理得井井有条，孩子也穿得不比别人差。这是“圣心”的功劳。

几十年以后，在那段非常时期，我曾被塞进一个小单位，每天做衣服。当时是计件制，做得多所得也多。为了多挣生活费，我不仅在单位做，还常带回家做。当时不是手工缝，有了缝纫机，速度快了，人也累了。那时大家都一样穷，为了生活，都是拼命做，我是单位里做得最快的一个，每天产量远远超过别人。谁也没想到过，“圣心”教会我的本领，竟然派上用场了。如没有这点基本功，还要从头学针线活，那个阶段，只怕饭都没有吃。这是意外收获，说起来有点心酸，却是实情。

形体训练

“圣心”有体育课，男女分开上。那时没有运动服，女生穿旗袍，限制了有些体育项目不能做，所以短跑、长跑、跳高、跳远等都没有。

有些什么项目，记忆不甚清晰了。是否有投掷、射击、球类都不记得了。记得最牢的是队列训练，即排队走队形。

体育老师是外国女教师，她平时穿连衣裙，上体育课时换上衬衫长裤，记不起她姓什么了，样子也忘记了。只记得体育课开始时，就是排队，然后分成两队、四队在操场上走。最难的是斜着穿过另一队伍，走过去又走过来，队伍不能歪，走直线，但是得斜着穿，还不能碰到人。

应该还有很多队形变化，我不记得了。每走完一次，她都会叫“STOP”，让我们站定，她来纠正我们的站姿。肯定有如“坐如钟，站如松”之类的训语，但她是外国人，应该不会说这几句。说了什么，或直接用手纠正，真的不记得了。抬头、挺胸、双臂轻轻摆动，应该是这样的。因为，直到现在为止，我走路依然是这个姿势，从不弯腰曲背，应该是“圣心”给我的最好礼物。

记得最清楚的是练坐姿。体育课每人搬张凳子（教室里上课用的，没有靠背），队形练完了就坐下。坐是一门学问，老师非常严格。

形体训练除了体育课，每天都要做，平时是级任老师指导。上课前几分钟，玛丽娅会教我们，膝盖和脚并拢，背挺直，肩放平，凳子只能坐前面三分之一或一半，手可以放膝盖上，或放腹部。头放正，眼睛平视前方，脸带微笑……

她会到每个学生面前检查、纠正，一圈兜下来，我们坐正了，她才在讲台前坐下。同样的姿势，保持几分钟还可以，如坐久，小孩子肯定不行，活泼好动是天性。我忘了她用什么方法，是她的坐姿示范，还是她的微笑，我们竟都会照着坐。这样的坐姿我记了几十年，除了开长会外，我讲课或座谈等等，都不会靠椅背坐，习惯成自然，不会累。

这样的教育，对人，特别对女孩，从坐姿到形成优雅的气质，起的作用不用言说。那年我去上海市现在唯一的女校——市三女中讲课，见到张正之校长。从女校毕业的她，穿一件普通的蓝上衣，就那么笔挺地坐着——背不靠椅子，双手自然地放在腹前，真正的端坐。我们交谈了半小时，她就这么一动也不动地坐着，脸上是柔和的笑容，说话不做一个手势，声音轻柔亲切，浑身散发出优雅而谦和的气息。我当时就想起了“圣心”，它对女孩的教育与所有女校是一样的，女孩不能随心所欲，举止言谈都要符合女生的特点。

从一个在乡下疯玩的野丫头，到“圣心”变成一个守规矩，会管好自己的女学生，这个过程并不长（因为我一共只在此上了两年半学）。学校教育实际上是很繁琐很严格的，但我没觉得辛苦。日复一日的训练，由温柔的老师手把手教成，看她们的一举一动那么美，恨不得自己早早地变成像她们一样。爱学，心甘情愿地学，一丝不苟地学，终于成了习惯。这习惯比书本上学多少课文、背多少校纪校规有用得多。好习惯跟随孩子一生！

就餐

我们的午餐在学校里吃。路近的可以回家去吃，我家就在“圣心”对面，回去吃午饭很方便，但爸不让我回家去，说，不用省这点钱了，学点吃饭的规矩比什么都好。

午餐费好像挺贵（这是窠娘说的，学校里吃一顿，全家可吃一天了）是西餐。起先，我觉得真是麻烦，在乡下，饿了随时可以去灶间拿块冷饭吃，菜都不用。如有竹篮里吊着山芋干、毛豆干什么的，取下来拿一把就塞进嘴里。虽说吃饭也得坐桌上，但没什么程序，吃完饭放下碗筷，招呼大人一声，就跳跳蹦蹦地走了。

在“圣心”吃饭非常不习惯，肚子早饿了，却不能吃。因为每天都得按规矩吃，记忆特别清晰。

先洗手，然后排队进去，坐在餐桌边，每天同一位子。胸前围上餐巾（围了这布，就不能乱动了，因为一不小心就会掉下）。那餐巾是雪白雪白的。坐下后不能站起，也不能说话，甚至不能东看西看。

面前放着刀、叉、匙、空盘。起先，肯定是手忙脚乱的。第一顿怎么吃的，没印象了，记得的就是静静地坐着，看着盘，慢慢吃。好像没牛排这种很难切的食物，刀主要是来给我们切面包的。

先是喝汤，匙往外舀，不能碰出敲击声，嘴里也不能有声音。等汤快喝完了，剩下的用面包擦干，再吃下。桌上不能有面包屑，如有，要捡起吃掉。

然后是冷菜，最好吃的是色拉，我喜欢了一辈子。西餐的菜品种不多，量也不大，其实有的并不好吃。老师教会我们不管喜不喜欢吃，都要吃完，骨头上的肉都要啃完，可以用手拿着吃。

吃些什么菜，记不清了，记得的是吃饭的仪式感。菜由专人上，每道菜上来都要说谢谢。吃完一道菜，盘子撤下时也要致谢。主食吃完了，还有一杯茶，茶应该是奶茶，因为是甜的。小小的杯子有把手，下面衬着一碟子，横放把小匙。小匙可以搅，但不能舀茶喝。喝时，小勺横放在碟里，茶杯举起来小口小口喝。如饭吃得快，茶就得慢慢喝，这样可以等同学们。如吃得慢，大多数同学都吃完了，就要喝快点，别让大家等。

喝干了茶（不能有剩下的水），将杯子轻轻地放在碟子上，然后把刀叉放进盘子，餐巾叠好放一边，静静地坐着。等全班都吃完了，才可以依次走出去。

印象中，西餐没有家里窠娘烧的菜好吃，也没有我从小喜欢的咸、臭宁波菜。鱼最难吃，腥气，难以下咽，但没人会剩下，我也都吃了。后来我习惯了这种可称为庄严的程式。在乡下养成的狼吞虎咽、吵吵嚷嚷（到上海后，有爸在，饭桌上也不能大声喧哗，但可以小声讲话）都改了。从不会用刀叉（经常掉在地上），到熟练地使用，小口小口吃，都很娴熟了。记得最牢的是，要向服务的人致谢——不是谢一次，是连续不断地谢。吃完了，还要对老师致谢："老师，我吃完了，谢谢。"老师点头微笑示意，别急，等大家吃好了再走。

还有，吃饭要非常小心，除餐巾外，桌上铺着雪白的桌布，绣着花。这么漂亮的布铺着，无意中提醒孩子，不能把汤什么的洒在布上，沾上污渍，很难洗净的。所以，从上桌开始，每个人都专注着食物，除了按礼仪慢慢地吃外，都很当心，免得食物掉下来，把桌布弄脏。

长大成人后，有许多年没有钱或没机会吃西餐。等到西餐店到处都有了以后，我常常去。没有老师在身边了，我还是会很小心、无声地吃饭。菜依然不太好吃，但感受完全不同的餐饮文化，对我是一种享受。只是现在西餐社像"圣心"那样，如入无人之境的静默无声，不存在了。像中餐馆一样大吵大嚷，刀叉叮叮当当，残留食物，倒翻汤水，比比皆是。也许正因为此，现在，西餐社洁白的桌布不见了，换成了格子或深色布。洁白的餐巾也不见了，代之以面巾纸或深色巾。这是很不符合西餐文化的，但习以为常了。现在温饱已不成问题，到外面吃饭，不仅为了填饱肚子，而应是享受环境之安静、饮食之精美，更重要的是浸淫在文化之中，感受吃之外的仪式和美感。如舍弃了这些，西餐沦落为口腹之欲，那真的没什么意思了。我常为此觉得遗憾。

好习惯要从小培养。可以不喜欢，但得遵守规则。学校教育应该是这样的。西餐启蒙，教会孩子的不仅是吃饭，而是规矩，感恩，惜物，守礼，做人从学会吃饭开始，再正确不过了。这对我的一生是又一个恩赐。

花房

“圣心”老师的办公室，包括玛丽娅，桌上都放着鲜花，那些花有校园里长的，也有花房里的。

花房是玻璃的，很大很高，有许多木架，地上也有好多陶盆。平时，我们都不能进去，那里有个老爷爷，是中国人，穿中装对襟衫裤，一年到头是黑衣服。他整天在里面，不知忙些什么。

每星期有一天下午，我们有劳作课，课上是做各种手工。女生这天不做“女红”，由老师带着去花房教我们认花，是些什么花，我忘了，只记得好多不同的品种，各种颜色都有，花房里香气扑鼻。

老师要我们摘去枯叶，把垂头的、不太新鲜的花瓣轻轻去掉。那是十分细心的活儿，花很嫩，力气大了，花瓣被揪坏，一不小心把一朵花都扯落了。盆里的泥干了，要浇水，用小杯子慢慢地把水倒进去。大一点的孩子，可以用剪刀剪下看中的鲜花，准备送到办公室去。我从来没轮到干这活儿，因为好几次把花弄坏了，爷爷说，哪有那么多花让你糟蹋！

玛丽娅见我不开心，把我带到办公室，让我一间间去看，觉得花要换了，允许我把旧花拿去给老爷爷换。我总是把花房里最大最香的花给玛丽娅换上。爷爷教我们读花名，很耐心地回答我们问题，比如很幼稚的：你把花剪下，花会痛吗？花剪掉了，还会长出来吗？花枯了，它是死了吗？常常把爷爷问住。玛丽娅则无所不知，她说，花当然会痛，但它不怕，因为它的美丽关在花房谁也看不见，现在好了，全校孩子都看得见老师桌上的花了，它多高兴啊。花剪掉，同样的部位不会再长出来，但它会在别处长出很多花苞，一朵朵长成鲜花，可以开很久。花会死吗？不，花像人一样，有灵魂，枯了的花，是飞向天堂了。

玛丽娅总是很温和地回答我们，从来不会责备我们提那些稀奇古怪的问题，好像什么都懂，任何问题她都有答案。

▲圣心小学花房

很长一段岁月里，每当看见花的时候，我总会想起玛丽娅说的话，相信花也有灵魂，不能去伤害。长大成人后，我爱花，亲近花，欣赏花，根源一定在那间花房，那个满肚子都藏着花名的老爷爷，还有从不使我们失望的玛丽娅。

在花房，我们都不敢大声讲话，因为玛丽娅说，花怕吵，一吵，它就不能安心地喝水吃饭，就长不好了。我们也不敢乱摘花、叶，她说，每片花瓣、叶子都很珍贵，不能伤害。

每次去花房，我们一个个都变得很懂事，除了做事，不乱说话，不跑来跑去，花再好看，没一人会去抚摸，更不会去乱摘。当一盆盆花被我们侍弄得干干净净，花红叶绿时，当一束水灵灵的花被我们插在花瓶装饰办公室时，我们小小的心里，装满了快乐。欣赏美，爱护美，就是这么学会了。

老爷爷不爱说话，他怕我们弄坏他的花，总是目光炯炯地盯着我们。其实我们乖极了，从来没一个人去伤害过花。偶尔，爷爷会送一两朵花给我们，让我们带回家送给妈妈。他每次都说同样的话，花好看，你们的妈妈更好看。我听不懂，也没有得到过他送的花（因为他很小气的，不可能摘很多送给我们），但这句话一直记着。只是年幼的我，不明白花和妈妈有什么关系，还暗暗地想，妈哪有花美啊！直到很多年之后，我才明白这句话的意思，世上还有比妈妈更美的花吗？

其实老爷爷也很美，他虽然整天与泥土、水打交道，但身上的黑衣服总是干干净净的，没有枯叶、灰尘沾在上面。他的头发是中分的，黑油油的，天天梳得很整齐。他的纽扣一直扣到脖子，夏天（那时没空调）花房里热气蒸腾，我们一走进去就浑身冒汗，但他总是纹丝不动，身上一滴汗都没有，脸上也是干干净净的。

爷爷空了就在花房前打拳，不知是什么拳，很柔和，像跳舞一样。有时，他还舞剑，他有一把长长的剑，平时挂在墙上，有长长的穗子。舞剑时，他把裤腿扎起来，一跳老高，剑在他手里像没分量似的。

最爱看他跳起、转身，然后把剑刺向前方，动作很快又轻盈，好看极了。我好几次想摸摸这把剑，没等我走近，爷爷就喝住我："别动，开过口的！"

什么叫开过口的，我不明白，但再也不敢去碰了。玛丽娅说，爷爷是大户人家的儿子，就是很有钱的家庭。不知什么事，才只身来上海，在“圣心”干了许多年。他没有妻儿，花就是他的孩子，老师说，谁动了花，他是要发怒的，但我从未见过他发怒的样子。他不大说话，脸上一直是淡淡的，后来明白了，那是历经大悲大喜后云淡风轻的样子。我很想问他，家在哪儿？什么叫“大户人家”？晚上他住哪里，住花房吗？

但没敢问。一直到“圣心”结束，他一直在。后来不知他去了哪里。多少年后，想到那满室飘香的花房，就会想起老爷爷，悄无声响的、安静的、洞察一切的那种样子，再烦的时候，也会一下子心安下来。

想念花房，想念老爷爷，忽然想起，他姓什么叫什么，居然都不知道。还有，几乎没和他说过几句话。很奇怪的，他居然是我在“圣心”记得牢牢的几个人之一。要活着，他该有一百几十岁了，哪里还会在呢。但他的确活着，活在我的记忆中，那么美，那么静，那么令人恋恋不舍！

远足

除了上课，我们在春天和秋季都有远足活动。就像现在学校的春游和秋游。

应是每学期一次，但我记得的只有两次。一次是去复兴公园。学生排队走了去，公园在雁荡路，离学校大约一千米左右，都走得动。

别的都忘了，只记得玛丽娅一直拉着在队伍第一排我的手，不时问我什么。我兴高采烈，不觉得累，妈妈陪我们去过一次复兴公园，虽然近，后来也没有去过第二次，心里是很向往的。

应该是三年级上学期的秋游，只记得一进公园就看见好多花，都种在盆里。这花我们校园也有，叫菊花。只是公园里有各种颜色、样子的，虽都叫菊花，但大小、样子都不同。那天老爷爷也去了，他看见那么多花，话也多起来了，指着这盆那盆说这是什么菊、那是什么菊，可惜我们都不懂，只觉得花好看，不知有什么不同。

▼复兴公园有很大的草坪，家里人常去（左起，我的四舅母、妈、三舅母、三姨）

有一个很大的盆，长出的菊花比我还高，上面密密麻麻开了许多小小的花。我和同学从来没见过一根花枝上能开那么多花，抢着去数有多少朵，数了半天也数不清。那次应该是在办花展，菊花放满了半个公园，阵阵清香。一路走进去，简直眼花缭乱。玛丽娅说些什么，我没记住，只是在心中暗暗惊奇，这么多花，要多少个老爷爷才种得出来啊！

走过花海，到了动物园，那时复兴公园养着好多动物。妈妈陪我们去的时候还没有。以前，公园一直有动物，抗日战争的时候没钱养活，才关闭了，这时应该是恢复的。

有哪些动物？怎么也想不起了，只记得有猴子，身上有很长的金毛。猴子不怕人，但也不睬我们，只顾自己荡来荡去玩儿。

我们都带着点心、糖果，想去喂猴子。玛丽娅阻止我们，说不可以。猴子有妈妈会喂，不能乱吃东西。猴子妈妈也是猴子，哪有东西喂？铁笼子里什么也没有啊。我们觉得奇怪。

玛丽娅说，人一天吃三顿饭，猴子也有规定时间吃饭。它们的妈妈不是猴子，是管理员。吃什么，什么时间吃，由妈妈定。如乱吃东西，猴子会生病，它们的妈妈会心疼。还有，如猴子向人讨东西吃，它们就会变成坏孩子，妈妈要罚它们的。

原来猴子像我们一样，有妈妈照顾，不能乱吃东西，更不可以向人要东西吃；也像我们一样，做了错事，会被妈妈骂！真有趣！我们不敢去招惹猴子，只是静静地看着它们。一个男生忽然发现猴子会笑，要我看，我看了半天，只见它咧着嘴，哪里在笑？和他争起来。玛丽娅说，猴子不但会笑，还会哭，猴子和人一样，很聪明，什么都知道，我们要把它们当朋友。

那为什么要把它们关起来呢？这是我们很多学生的问题。忘了玛丽娅怎么回答的，老爷爷说了几句，好像是，人住房子，猴子也要有地方住，免得冷了等等。

▼复兴公园花很多（后排左为作者）

这些拟人化的教育，把动物当朋友的启蒙，出自“圣心”两位老师，他们随时随地流露出的对万物的善意，在我心灵里，深深扎下了根。

在后来的岁月里，我不喜欢去动物园，因为觉得把动物关起来是件很残酷的事，看到猴子们无奈的眼神，心里会很痛。尽管老爷爷说，它们需要住处，可我知道，它们的住处不是在笼子里，而是在大自然。我无力去解救，只能不去看。

“圣心”无处不在的万物皆有灵的教育，对我的成长起着至关重要的作用，我终生没有忘记。

还有一次是去孤儿院，这个孤儿院在哪里？叫什么，不记得了。应该是一个慈善机构。

那天上午，教“女红”的老师要我们打开橱，取出自己做的“女红”，把最好的一件作品带上。我的橱里只有两件，我比较了好久，选了一块小手帕，上面绣了花，还有我的名字。

餐厅里放着我们的午饭包，与平时不同的，是没有汤、菜，只有面包、蛋糕、糖果。老师让我们带走。学校的大厨戴着高高的帽子，他是法国人，我们用餐时，不大看见他出来，这天他特地来给我们讲话。

老师说，这是密斯特乔，我们要带去的午餐是他做的，为让我们来得及带走，他半夜就在厨房里忙了。不等老师说，我们赶紧站起来，不约而同地鞠躬说：“谢谢密斯特乔。”

密斯特乔很年轻，平时不大看得见他，常常是我们在吃饭时，他在厨房忙，只看见一个背影。今天得以仔细地看他，觉得很新奇。他笑着，头上的厨师帽一晃一晃的，身上是西装背心、长裤，只是围了一块布（应该是围裙），那布和帽子白得耀眼。

他说法文，我们上三年级，已经会流利地说英语。对法文，还一窍不通。见我们一脸懵懂，他笑得更开心了，马上用英语说话了。他变戏法一样从口袋里摸出一大把糖，啊，巧克力！我们以为他是给我们吃的，原来不是。

他说，这是我刚做好的，糖纸是我画的，你们带去，送给最可爱的女孩。“为什么是女孩？”他说，女孩最爱吃糖啊！我坐第一排，他把糖交给了我，我仔细一看，每块糖形状不同，糖纸上都写着“I love you”，还画着一颗红红的心。

见我傻傻的样子，他笑得更开心了，“你要代我去找，这糖给像你一样可爱的女孩，只给一个人，可别给错了！你要告诉她，有一个‘爸爸’很爱她。”“什么爸爸？谁啊？”他却不回答。

密斯特乔对我们说，今天的午饭你们只能吃一半，另一半要送给要去看的孩子，他们没有爸爸妈妈，所以你们要分给他们东西，还要告诉他们，你们爱他们。

什么叫没爸爸妈妈？他们住哪儿？为什么我们要爱他们？我们又不认识他们。这些人没饭吃吗？我们有一大堆的问题，但密斯特乔没有一一回答，只是说你们去看了就知道了，礼物送给他们，别忘了，抱抱他们，再和他们一起玩儿。只是，你们千万不能去问他们的爸爸妈妈，如问了，他们要哭的。

带着一肚子疑问，我们坐上了车。我紧紧地抓着放巧克力的小包，那香味引得我口水直流，但我没去动，只是想快点找到那可爱的女孩，她会像我一样可爱吗？她的爸爸妈妈到哪里去了呢？

走以前，玛丽娅也说了好多话，她应该是向我们解释什么叫孤儿，要去的地方是什么样的，但我都听不大懂，只是记住了，那儿有许多没有家、没有爸爸妈妈的孩子，说话要小心，更不能惹哭他们。心里有许多疑惑，没有爸妈，谁烧饭给他们吃？衣服脏了，谁洗？晚上没有爸妈陪，那么黑的夜，他们不怕吗？

车开了不多久，到了。一座楼房外，像我们学校一样有围墙、大门。门上有“×× 孤儿院”五个字（我没记住是什么名字）整个院子静悄悄，看不见人，也听不见孩子的声音。

有个叔叔带我们进去，里面有一间大房子，长桌子旁坐着两排孩子，大多和我们差不多大。他们穿着一样的衣服，以同样的姿势低着头坐着。见我们进去，没人站起来，没人望我们一眼，好像我们是空气一样。我想起密斯特乔的话，赶紧找可爱的女孩，可每个孩子都低着头，看不清脸，怎么找啊！

两个孩子中间，挤进去一个我们的学生坐。我生性活泼，坐下后就拉住右边的女孩，想看看她是不是可爱？没想到，她飞快地甩开了我的手，仍低着头坐着，一眼也不瞧我。我有点奇怪，怎么这样！我又看左边那个男孩，不敢拉手，只是碰了碰他，同样的，他像没感觉一样，只微微闪开一点，没任何表情，仍低着头。

几十个孩子在桌旁坐着，他们没一点声音，我们被吓住了，也不敢出声。我很担心，这巧克力送给谁啊！他们的老师进来了，是个叔叔，一点不像我们学校的老师，他板着脸，或者说，没有表情。

他说了些什么，我当然听不懂，只是想，这人怎么是老师？他不会笑吗？你看我们的玛丽娅，她脸上整天笑眯眯的，哪像这个叔叔。就是老爷爷，他虽不爱笑，但他的眼睛是会说话的！这人一进来，那些小孩的头更低了，我们受感染，觉得有一股冷风直吹过来。

后来不知干了些什么，我都记不起了。送巧克力的任务我没完成，因为那位叔叔说，所有的礼物只能送学校，不能给个人。更重要的是，我看了一遍又一遍，没看见有可爱的女孩！很多年以后，我才明白，不会笑、脸上没有表情的女孩，即使长得像天仙一样，也不会可爱啊！

我们在那里吃了午饭，旁边坐着的孩子都从我们每个人的餐包里分得了一份。我们平时吃饭也很安静，不说话，不走动，也不与别人打招呼，所有的话只是向为我们送餐的老师说一句“谢谢”。可我们吃的时候，心情是欢快的，看见的脸都是朝气蓬勃的，走来走去的老师浑身散发的都是暖意。

这顿午饭，也是没声音，但我小小的心里只有沉重和不快乐。那些孩子低头吃，吃得很快，看得出来，他们爱吃，吃得有点狼吞虎咽，像我们平时，吃到美味时，胃口大开一样。但他们脸上的表情却如吃苦药一样，板着脸、皱着眉，冷漠的样子，令我觉得透不过气来。这顿饭，是我在小学生活中，最难以下咽的，很久以后想起来，胸口还像堵着石头一样。

能说会道的玛丽娅，那天也没怎么说话。我们走时，把准备的礼物都给了学校，那位叔叔说了谢谢。我很想把我的小手帕，还有哪怕一块巧克力送给我右边的女孩，偷偷的。但看着她没有生气的脸，也怕那位叔叔会骂，我没敢送。

回去的路上，一向喜欢叽叽喳喳的我们，都不想说话。上车前，那些孩子来送我们，他们排成两行，站在我们上车的路边，但还是都低着头，不看我们一眼。那叔叔说，谢谢，孩子们机械地齐声说，谢谢！像背课文一样。叔叔说，再见！孩子们又齐声说，再见！

说“谢谢”不应该是微笑着直视对方的眼睛说吗？说“再见”不应该招招手，看着人走远，不停地告别吗？可是他们仿佛看见面前是一堵墙而不是人一样，说得如此硬邦邦的，连音调都没有！

玛丽娅让我们向他们告别，我们此起彼伏地说，再见，再见！笑着、大声地一遍遍说，却没有呼应。他们说了一句“再见”后，再没有声音。

直到车开远，他们还站在校门，不向远去的我们张望一眼！我们看着他们，觉得奇怪、不解极了。

我记起密斯特乔的话，曾想要去抱抱她们，走上前去，我停住了，还是不敢。老师给的任务我没完成，他要我说的话，我一句也没说。我心里很难过，我不明白孤儿院为什么不像我们学校，那些孩子为什么都不会笑，不会说话？这是一次春游活动，学校一定是想让我们从中了解社会，为孤儿献爱心。送礼物、分吃午餐、拥抱，都是为了送去爱。可这份爱，我们送不出，因为那里仿佛是一座冰山，冷气袭人，连太阳都暗淡了！

回去的路上，玛丽娅坐在我旁边座位上，我看见她不断地擦眼泪。忽然地，我也想哭，而且是真的哭了。好几个女孩都哭了起来。我们都生活在完整的家庭，没有碰到过孤儿，那个世界，是我们当时的年龄所不了解，也不能接受的。我们不可能知道孤儿院究竟是什么机构，更不明白，这个地方为什么会那么冷、那么可怕！

不记得后来老师们有没有向我们解释过孤儿院和孤儿，我们也没有再去过类似的地方，但这件事对我们的刺激实在太大，一直留在我的潜意识里——失去父母，没有家，是非常非常可怕的事。

回学校后，我飞快地跑去找密斯特乔，告诉他，我一个任务也没完成。他惊奇地问为什么？巧克力呢？我说巧克力送了，但没送给女孩，因为没有可爱的女孩，学校也不许我送。他更奇怪了，怎么回事？我当然说不清，后来是老爷爷告诉他的。老爷爷怎么解释的，我不知道，我只听见密斯特乔捂着脸大叫为什么？为什么？他哭了！站在旁边的我又哭了。我不知道那天为什么我一直要哭，就是想哭，老师劝也劝不住，劝着劝着，他自己哭得更厉害了。

也许听见了哭声，玛丽娅和“女红”老师，还有校长都来了。他们没有劝，只是看着我们，玛丽娅搂着我，校长拉住密斯特乔，站着，看着，他们都擦起了眼泪，连老爷爷也流了泪。

在那些可怜的孤儿面前，在这座冰冷的孤儿院面前，万能的“上帝”，也没有任何办法。也许，孤儿院并没有那么坏，它至少给了孩子们一个避风雨之处。至于家，谁能找回？

1994 年，上海的《青年报》发起“好心人，抱一抱孤儿”的慈善活动。那天早晨，700 多个市民去上海市儿童福利院抱走一个孤儿，带他们去家里，感受春节的家庭气氛。我和先生也去了。当我抱起五岁的女孩时，突然，几十年前的场景重现在我面前。这个女孩脸上表情的冷漠，无动于衷、没有呼应，如同那顿午餐时我看到的一样，使我的心一阵阵锐痛，我和先生都忍不住流下了泪。《解放日报》著名记者崔益军按下了快门，我们的泪和孩子毫无表情的脸定格在这张照片上，后来照片被做成了海报在全国张贴。孩子不符年龄的木然，刺痛了许多善良的人。

“圣心”让我们看到了另一个世界。虽然这一次活动，并没有让我们感到施爱的快乐，相反，还有了更多的困惑。但随着年龄增长，在历经千磨万击之后，我终于明白，世上最珍贵的是亲情，要珍惜这份唯一的血脉之爱。无意中播下的种子，不管多少年，还是会在人的灵魂中悄悄复苏、发芽，长成一片绿原。

这么多年，我参加各种各样的公益活动，其中大部分都与孩子有关。

但是，做再多的慈善，被伤害的孩子还是很难复原。许多长大后的孤儿或离异家庭的孩子，都不大会笑，真的！每当我看到这样的孩子，我都会心痛欲裂。我觉得要用更多的爱去温暖他们，帮助他们。但能做的真的很少。

孩提时代的伤害，能弥补吗？就如玛丽娅说的，被“主”抛弃的孩子，可怜他们吧！这个“主”是不负责任的父母，他们是该受谴责的。

鸽子

在校园一角，有一个高高的木棚，上面住着鸽子。这些小精灵平时不出来，只能听见它们的“咕咕”声。每天上午，在我们上完两节课后，会放飞鸽子，一群大概有十几只。鸽子好像有队长（像我们做操一样，有人站在前面领操），是一只灰鸽，很大，它总是飞在最前面。它们飞行的范围就在校园后半部，绕着花房，一排平房，还有音乐教室，一圈圈地飞。有时会有一两只落到地上，歪着脑袋与人对视，过一会儿又飞上天去。

鸽子认识老爷爷，它们看见他出来了，总会飞到他身边去，有的还调皮地站在他头上，咕咕叫着，一动也不动。我好羡慕，也想让鸽子飞到我身边来，可是我一动，它们都逃走了，看都不肯看我一眼。

它们飞了好多圈，停下来，在地上走来走去。鸽子走路很好笑，一步一步，像穿了皮鞋似的，神气活现地昂首挺胸，黑眼珠子盯着人看，当人和它对上了目光，它就一下子飞走，不理你了。如不飞了，它们走累了，都围到老爷爷身边，头抬起，眼巴巴地望着。老爷爷提着口袋，从里面拿出东西，好像是小米？还是豆子？玉米？我忘了。他一把一把撒出去，一面叫着鸽子名字，每只鸽子都有名字。我看来看去，鸽子都长一个样，他怎么分得清？

叫到名字的鸽子，抬头看看老爷爷，有的会飞起来，啄老爷爷的手，有的在地上绕着他走。它们好像知道爷爷在叫它们。老爷爷有时会给我一把米，让我撒出去，可是，鸽子只吃他的粮食，看见地上我撒的米，好像很不喜欢，跳着跳着，跳远了，都不吃。见我生气，老爷爷说，它们不认识你，等认识了，会吃的。但我没等到鸽子认识我，就离开了。

鸽子下午还要飞一次，但不喂了。它们一圈又一圈在固定的天空飞，划出一道道漂亮的弧线。每当那时候，全校学生都会跑出来看。现在想想，每天鸽子这样飞，有什么好看的？但我们乐此不疲，有时候还会欢呼，吵得老爷爷生气。

我看了不知多少次鸽子飞，但一只鸽子的名字都叫不出，也没有一只鸽子肯吃我的米，更不会跑到我身边来。有一次，我们商量好了，把花房的门用木条插上，鸽子飞起来后，不让老爷爷出来。那天，一个男生真的把门插上了。爷爷敲门，大声问："怎么回事？开门！开门！"我们屏着气，看鸽子飞，爷爷敲了好一会儿，没人给他开门。鸽子飞了一会儿，到了地上，应该是找东西吃，一只只歪着脑袋东看看西瞧瞧，咕咕咕地叫着走来走去。它们找不到老爷爷，忽然一下子飞起来了，在我们头上盘旋。忽然，凉凉的，什么东西？鸽子拉屎了，好几个同学的头上落了脏东西，我也中了"枪"。啊，一个个都大叫起来。爷爷听见了，大声喊，快开门！小心我去告诉校长！关门的那男生赶紧去开了门。

从来都和颜悦色的老爷爷生气了，他看看天上飞的鸽子，招呼一声，鸽子忽地一下全回来了，亲热地停在他肩上、头上、手上，围在他脚边。他撒出鸽食，轻轻地抱起一只，叫着它名字，脸上是那么柔和。

他看我们几个狼狈的样子，好像要骂，最后只叹了一口气，说："你待鸽子好，鸽子才相信你。你惹鸽子生气，瞧，弄得一身臭了吧？""鸽子还会记仇？"爷爷说："你爱它，它也爱你，你不爱，它怎么当你是朋友呢？"他带我们进花房，让我们坐下。他说："鸽子和人一样，要吃饭，时间到了，厨师没来，没饭吃，它怎么不生气？人生气时会骂人打人，鸽子不会，它用自己的方式发怒气。把你们弄得一头一脑的脏，不是鸽子错，是你们错了，明白不？"

我们似懂非懂，但这句话我记住了，"鸽子和人一样！"在"圣心"，老师告诉我们，花、草、树、鸽子、猴子……都和人一样，有灵魂。它们会痛、会生气、会高兴，要把它们当朋友，善待它们。这是老师教的道理，对小孩子来说，这是多好的教育！

从此，我们依然看鸽子，依然喜欢看它们划在空中的圈，心中羡慕着老爷爷被鸽子围着的亲近，但再也不会去伤害它们了。

很多年以后，看到人民广场的鸽子，看到小区对面的鸽棚，看到一群群鸽子在天上飞，心里总是很温暖，像看到朋友一样。不知它们中有没有“圣心”鸽子的后代？我曾好多次去人民广场喂鸽子，鸽子啄地上的玉米，却从来不会看我一眼，也不会飞到人头上来。那究竟与我们老爷爷喂出来的鸽子不一样的。现在看到的是鸽子，那会儿，是我们学校的一份子，是朋友，也是亲人。

后来，我还曾为鸽子写过一篇文章。

附文：世上最美的风景（刊 2014 年 5 月 15 日新民晚报）

对面小区一幢楼顶上，有两只大鸽棚。每天早晨，我站在窗前，总看见鸽子在天空飞。它们很有规律，不停地绕着小区，飞得并不很高，也不飞得很远。有一只似乎是“头鸟”，它身形比其余的大，头上有一束黑毛特别长。它总是在前面，其余的呈扇形紧紧跟随。

鸽子飞了一圈又一圈，它们映着蓝天，像带着画笔，在小区上空描着不规则却有序的画。屋顶上有一面红色的旗，偶尔有一男子在屋顶挥旗，鸽子会立刻中止飞行，迅速地回去。更多的时间，鸽子在飞了半小时后，会自动回巢。

鸽子的白羽毛清亮有光泽，它们张翅飞翔时，常有羽毛飘下来。当然，也难免有鸽屎撒下，我们小区的车常中“彩”，车主多有抱怨，但只是用水一洗了之，从无人去找鸽主理论。夜深时，常听见“咕咕咕”的声音，声音很响，传得很远。如睡不着时，听着怪心烦的，但好像也没人去提意见。

鸽主是个中年男子，傍晚，常见他在屋顶走来走去。双休日如天气好，他会在屋顶待很久。夏天的夜里，他搬张躺椅上来，远远地看去，很悠闲的样子。有时喝着酒，不见有什么菜，只是握着啤酒瓶，两只脚荡来荡去的。鸽子在他身边围着，调皮的还停在他头上、肩上。一幅人鸽嬉戏图！

有一天清晨下着倾盆大雨，我去关窗。忽然看见窗台上蹲着两只鸽子，浑身湿漉漉的，在微微颤抖。鸽子蜷缩着，羽毛上水滴亮晶晶的，它们见我走近，似乎并不害怕，只是盯着我看，两双眼睛同样闪着温和的信任。

它们很冷？羽毛湿了，飞不动？没力气冲进雨中？我没法问，但我读懂了它们的眼神：它们需要帮助！正想伸出手去，只见对面屋顶上的红旗挥了起来，鸽子挣扎着站起，翅膀张开扇了几下，水滴溅了我一头。没等我想好如何帮，它们已像射出的箭，“嗖”的一声飞得老远。主人淋在雨中，他张开双臂，鸽子扑进他怀里，男子轻抚两只小精灵，看得我心里好暖。

搬到此地的十多年里，每天清晨看鸽子飞，成了我早起必做的功课。蓝天白云，因为有这道风景，显得格外生动。对面小区的旧工房，再也不觉得破败。看着鸽子一年年地绕着我家窗口飞，数量越来越多，种群越来越大，常生出许多欣喜。虽然，至今不认识那男子，也没法与鸽子说说话，但在心里早把他和它们当作了老熟人。有时外出几天，常会在清晨习惯地打开窗，看不到鸽子才知身在异地，顿时有茫然若失之感。出差回来第一件事，赶紧打开窗，看见鸽子在屋顶闲庭信步，听到它们高高低低的“咕咕”声，才觉得是真的回到了家，一颗心才放下来。

最近，对面小区“平改坡”，整天敲敲打打，电光火花灼人。忧虑着那群鸽子，我天天站在窗口数已竣工的楼，一幢又一幢，破旧的楼戴上尖顶“帽”，刷了墙面，变得焕然一新。有鸽子的楼一直没动静，我以为有关部门会网开一面。终于有一天，对面传来乒乒乓乓的敲击声，赶紧去看，在拆鸽棚了。屋顶一片狼藉，鸽子一只都不见了。从这天起，天空没有了鸽子，夜晚再听不到“咕咕”声，我们的车不用每天擦，清洁工也不用抱怨那扫不尽的污染物……环境洁净了，耳根清静了，夜晚安宁了，但我心里却空落落的。清晨打开窗，天空只有寂寞的白云；屋顶只有空洞的假窗；小区只有沉默的树木；地上只有无聊的麻雀……再没有那一支支描花绣春的画笔在眼前变幻风景，这日子过得越发没有了生机！

对面的鸽子到哪里去了？它们怎知要搬家？现在它们搬到了何处？鸽子最有灵性，千里万里会归旧巢。它们怎么从未回来过呢？站在空荡荡的窗前，看着整齐划一的小区，我常发出深深的叹息。旧区改造，新楼造起，如果安置的不仅是人，还有鸽子该多好，因为，万物相偕才能彼此温暖，彼此成就，世上才会有最美的风景啊！

音乐课

“圣心”有音乐课，每天下午一节。音乐教室在花房后面，二层楼房的楼上。教室很大，里面放着三角钢琴，还有一些乐器，主要是打击乐器：鼓、三角琴、小铃等，也有小提琴，还有装着大喇叭的唱机、唱片橱，没有管乐器。

有两位音乐老师，一位是女的，中国人，穿旗袍，一头长长的卷发，走起路来高跟鞋敲在地上，笃笃笃，很有节奏感，我忘了她姓什么。

每堂课女老师总是先弹一首曲子，然后放唱片，每天不同的乐曲，是些什么曲子，都忘了。应该都是中国的古曲、地方戏曲之类的。因为记着她说了无数遍的话：我们是中国人。这句话她几乎每堂课都要说。不知是不是因为教会学校是西式教育，她怕我们忘本，所以无数遍地说这句话。推而广之，她要我们听的，应该都是中国乐曲。还有，她上课不讲英语，只讲国语。

学校所有老师和员工不论课上课下，都是讲英语，基本上听不到一句国语，包括花房的老爷爷、门房间的叔叔，也是一口流利的英语。这位音乐老师是个例外。上课时，我们常常会讲英语（因为习惯了），她听得懂，偶然也会用英语回答，但绝大多数时间都是讲国语。她一口京片子，声音特别好听。

后来我们明白了，她教中国歌曲，怎么翻译成英语唱？干脆上课全用国语了。

唱片听完，她会讲这是什么曲子，谁是作者，大致什么意思，我都不记得了。最喜欢她教唱歌，不是她唱一句，我们跟一句。而是她先唱一遍，讲了歌词，解释意思后再唱，两三遍后，她把词抄在黑板上，我们读一两遍，就跟着琴唱。应该是教了好多歌，我能记起的只有一首“花非花”，是白居易的词，忘了是谁谱的曲子，现在我还能记起词，会唱：“花非花，雾非雾，夜半来，天明去，来如春梦不多时，去似朝云无觅处。”

曲调特别好听，慢悠悠的。老师要我们闭上眼，想象那究竟是什么？什么样的东西才非花非雾、轻盈透明？我们七嘴八舌，是露珠？是霜？是雨水？老师说都对，都不全对。还说，将来你们长大了，会明白的。是不是猜对了，不是最重要的，重要的是这个想象的过程，太有诗意了。这首歌记得特别清晰。

还有一首《告别吧，南洋》，老师唱的时候很悲伤的样子，到最后还会流泪。这首歌很长，当时是不是记住了全部歌词，难以回忆，只记得老师唱着唱着就会哽咽。我们受到感染，总是装着伤心的样子唱，只是，再怎么唱，我们也唱不哭。

女老师是隔天来上音乐课。除了听唱片，教唱歌，她不做别的事。几年里，应该学会很多歌，但我都想不起来了。后来，听到某支歌，会突然想起，这是哪里唱过的？听到某支曲子，也会觉得好熟悉。这是“圣心”种下的因。

另一位是男老师，法国人，大家叫他密斯特昂。他很年轻，现在想起来，应是俊男一个。他爱开玩笑，总是引得我们哄堂大笑。

他上课不肯坐着，弹琴也不肯坐着，总是跳来跳去，走来走去。他的钢琴弹得惊天动地，总把三角钢琴琴盖支起，手指飞快地在键上跳，声音响得似乎连玻璃窗都会“唱”起来。

他不大给我们听唱片，喜欢弹曲子给我们听。弹了一首，问：“你们睡着了吗？”“为什么要睡着？”他说：“这是摇篮曲。”又弹一曲问：“你们想跳舞吗？这是波尔卡舞曲。”这样，一支支弹，一声声问，我们的脑子里便印下了梦幻曲、小步舞曲、月光曲，还有很多我们听不懂的像风暴来临，田野细雨……那样的曲子，不管我们听不听得懂，他就是这么教，让各种各样的乐曲响在教室里，印在我们心上。

唱得最多、记得最牢，至今我仍能用英语完整唱出的歌是《欢乐颂》。他常带我们唱这支歌，他并不解释词意，只是要我们跟着他唱。这是我最早学会的一支英语歌，后来才知这是世界流行的名曲。在新年音乐会上，常常会唱。我无数次听、唱这支歌，当我了解词意后，更加喜欢了。

他不教唱歌，他喜欢自己唱，弹着曲唱着歌，他总是一脸快乐的样子，头发一跳一跳，眼睛一眨一眨，嘴上一斜一歪，表情生动极了。

有时他要我们唱，勇敢的女生会站起来唱，不管唱什么歌，他都会用琴伴奏，真是神了。他会挑几个唱得好的同学站在琴旁，要他们跟着他唱。他唱的都是外国歌，用英语（或者也有法语、意大利语）。同学们起先是不知所措，在他引导下，一遍两遍以后，居然能跟着唱起来。唱词肯定不准，但曲调都能跟上。他没叫过我，我是一个胆小的女孩，如果叫我上去唱这么难的歌，肯定会吓哭。应该是玛丽娅和他说过，所以他一次也没为难过我。

他和女老师是完全不同的风格，不知听他唱过多少歌，弹过多少曲，当时都不大懂，也记不住。后来才知道那是多好的音乐教育啊！那些曲子都是世界名曲。后来音乐一响起，我就会雀跃，我听过，我知道！第一次听维也纳新年音乐会的返场曲《拉德兹基进行曲》，旋律一响起，我几乎要跳起来，这是密斯特昂弹过的，他教我们什么时候要拍手，什么时候该停下。他还让我们一面拍手一面顿脚，开心极了。想起当年的音乐课，如沉睡的美人，一首曲子就唤醒了所有的记忆，生动极了。多年后，我写文纪念这位可爱的老师。

附文：辞旧迎新的快乐（刊 2019 年 12 月 9 日新民晚报）

又到岁末了，辞旧迎新虽是个形式，但如有文化内涵，就成了久久回味的快乐之源。

那年我六岁，上小学二年级。自12月起，全校师生都参与迎新年的准备，我被选进合唱队。我年幼，总挨着老师站在管风琴旁。琴很高，显得我特别矮小。担任伴奏的是法籍老师密斯特昂，我咬不准这个字，总叫他“杭”。他很喜欢我，叫我“密斯豌豆”。

他穿黑西装，每天换不同的领带。他用夸张的姿势弹琴，手抬得高高的，头往后仰，高音突然响起，见吓我一跳，便高兴地扮鬼脸。他教发声，说不能喊，要用腹部呼吸，声音从下到上成一条线冲头部。他手按肚子示范如何运气，顽皮的男生在地上打着滚喊：“我的肚子只会咕咕叫……”后来，我们终于学会了唱歌，他拿巧克力作奖励，那糖可真好吃。

12 月 31 日夜，学校到处流光溢彩，礼堂里有棵高到屋顶的枞树，上面挂满彩灯，还有学生制作的小礼品，我做的纸折青蛙在灯下闪闪亮。那晚寒风凛冽，我们却不觉得冷。子夜钟声敲响，密斯特昂一挥手，歌声响起：

“欢乐女神，圣洁美丽，她的光芒照大地……”全场大合唱声中，校长点燃手中的蜡烛，开始了全校新年之光的传递。每个人手中的烛被身边人点燃，男孩女孩都保持着笔挺的站姿，小小的火花在胸前跳跃。蜡烛围着树放在地上，四周变得明亮一片。钟声停了，我们欢呼雀跃，老师拥抱我们，在每个孩子额上印了祝福的吻。密斯特昂举起我转着圈喊：“密斯豌豆，新年快乐！”他的褐发在彩灯中飘起，褐眼珠里满是五颜六色。我在半空中手舞足蹈地喊：“密斯特杭……”下半句淹没在无边的欢笑中，墙上的彩绘玻璃哗哗地响，歌声、笑声和快乐填满了这个新年。

音乐课是在每天下午最后一节课，密斯特昂听下课铃响，总是问：“要下课吗？”我们唱得开心，不肯下课，总是喊：“不要，再唱！”于是，再唱，再听，再笑！有些学生在学乐器，老师会让他们在课后排练。小提琴是最美妙的乐器，听老师拉出一支支动人心弦的曲子，心都要化了。我总是很羡慕地看老师用钢琴和着学生的乐声，想着，哪一天我也要去学小提琴。

“圣心”的音乐课完全不同于我后来上的任何一所学校，老师们以渊博的音乐知识，把我们带入音乐殿堂。当时，尽管不懂，也尽管没记住，但这样的全方位输入，在我们幼小的心灵里播下了音乐的种子。

我一生爱音乐，而且兴趣广泛，中西古典音乐、流行、通俗乐曲、民歌、戏曲、民间小调……我都喜欢，都能听爱听，还能听出点道道来。我学过钢琴、小提琴，也学过声乐，限于条件虽然都未成器，却懂得了很多。最后，我当了好几年中学音乐老师，成了中学里少见的没学过音乐专业，却很称职的音乐老师，我排的音乐节目，登上过上海文化广场的舞台，得过市级奖。

这是两位音乐老师绝对没想到的，可这是事实。音乐给我的生活带来了涓涓清流，无论在哪里，只要有音乐，我就会觉得这里是春天！

感谢“圣心”的音乐课，感谢两位音乐老师，特别是难忘的密斯特昂。

后来，我真的去学了小提琴，不过那时很多年过去了，我已长大了。

附文：没有听众的新年音乐会（刊 2012 年 12 月 27 日新民晚报）

17 岁那年，我心血来潮，买了一把小提琴。有一天在海宁路听到琴声，便循声找去。听说我要学琴，那位先生说，“提琴要从小学，你这么大了，学不好的。”我自夸：“我特别聪明啊。”他拿了琴谱说：“你读得出，我就教。”这可难不倒我，听我很顺畅地读完谱，先生惊奇地问：“你学过钢琴？”我多了个心眼答非所问：“会弹点儿琴。”他要我随便弹个曲子，给了我一本琴谱。天哪！琴谱上是巴哈、车尔尼、贝多芬，把一支曲唱完都不易，没拜过师的我哪会弹这么正规的曲子！但话已说出，怎好改口？我定定神，随手弹起《少女的祈祷》。我试着用右手找旋律，左手配和声，随心所欲，毫无章法，手忙脚乱。一曲弹罢，我一头冷汗，他目瞪口呆：“指法全不对！旋律却奏出，怎么回事？”我不敢说是自学的。先生没再问，收下了我这个学生。

学琴十分枯燥。下巴夹不住琴，弓的角度不对，手指更按不准位置，出来的音全是“杀鸡杀鸭”，听得自己都牙疼。先生总那么耐心，每句话都温文尔雅，每个手势都潇洒飘逸。有时见我兴味索然，就说：“来，弹支钢琴曲吧！”“乱弹？”“你又不当钢琴家，没关系！”于是我胡乱敲键，一曲敲完，心绪平和了。大概“杀”了一年多，才算入了门。先生很喜欢，说我有悟性，特地把我的时间换至下午。课后，师母在桌上铺了绣花桌布，端出自己烤的蛋糕，把茶倒在精致的杯子里，让我一起享用下午茶。用茶点时，大家轮流弹钢琴、拉提琴、四手联弹。轮到我了，我的提琴拉不成调，钢琴又只会乱弹，但他们个个脸带笑容，耐心地忍受折磨，还报以掌声。先生总是说，音乐是悦人心胸的。你从中得到快乐，就达到了目的。

我断断续续学了两年，因故没再学下去。先生说，下周我们开新年音乐会，你一定要来。我一看给的乐谱是《蓝色多瑙河》，赶紧回绝，说太难了！先生说：“做事只要有心，再难也不怕，你肯定行的。”我拼着命练，一天拉十七八个小时。合成那天，先生让我坐在前面，说由我担任“首席”。这怎么行！先生却不许我说话，示意我指挥大家定音，然后开始演奏。他坐在我身边，感受他鼓舞的目光，跟着他的节拍，我不仅拉出了全曲，还完成了独奏段。

12 月 31 日，我如约到了先生家。屋子明亮而温馨，新年树上挂满了礼物，壁炉散发出融融的暖意，窗帘上绣着金色的铃铛。穿着丝绒旗袍的师母披着一头长波浪卷发，她盘起我的长辫，让我穿上白缎长裙，先生连声赞“青春无敌！”音乐会开始了，我这个“首席”轻轻一甩头，二十几个小乐手整齐地奏出了“春天来了……”我入神地拉着琴，如水的旋律从手中畅快地流出，春天泛出轻浅的绿，冲破冬夜，染透了心头。这天，先生给我讲了芬兰音乐家西贝柳斯的故事。他说：“你记住，无论什么样的苦难都打不倒一颗爱音乐的心。”

我鞠躬告别。先生站在门口，朔风吹起他红色的领带，像朵小小的火花，在我的身后跃动。如今，很多往事化作轻云飘向苍穹，了无踪迹。但这场没有听众的新年音乐会，始终回响在我的心中。生命途中的曲折，常来自美丽的牵绊，它们似朦胧实清明。我的眼前，因此年年有赐给我的谢了又开的花海。

▲下午茶

节日

学校不仅上课、体锻、手工等，一年里还有不少节日，每次都有活动。好像节日挺多的。如父亲节、母亲节，最初就是在“圣心”得知的。感恩节、万圣节，虽与宗教有关，对孩子来说，只是有趣的日子。记得最牢的是儿童节、元旦，还有就是学期结束的同学会。

一、儿童节，那时四月四日是儿童节。这天上午上课，下午不上课。先是开庆祝会。那天会有家长参加，家长进场都带了礼物。礼物不是送给自己孩子的，而是交给老师，放在几张大桌子上。家长席在最后几排，老师也坐在最后。前面的座位换上了雪白的绣花椅套，让学生坐。级任老师并不坐在班级里。这一天，所有的大人都是陪衬，孩子才是主角。

我参加过学校两次儿童节活动，记忆犹新。第一次是刚进“圣心”，读一年级下，那时我听不懂英语也不会讲，学校所有的景象都是陌生的。那天早晨妈妈陪我去，她带了一个大娃娃。我好想把娃娃留下，我还没有那么大的娃娃，为什么要送掉？当我得知到了学校，娃娃也不是送我的，心里很难过，想哭。妈妈说，别人也会送你礼物的，哭什么！再觉得冤也没办法，因为妈说，这是玛丽娅关照的。

眼看娃娃放上了桌子，那双黑溜溜的眼睛像真人一样看着我，我一点办法也没有。我暗暗想，如果可以自己选礼物，我一定去拿回来。

开会了，我惦记着这个娃娃，简直是坐立不安。不知台上什么人在讲话（我还不大认识学校的老师），讲些什么，也听不懂（全是英语）。正觉得没劲，忽然听见有人在叫我名字，谁在叫？妈说：“快，校长在台上叫你，快上去！”叫我？叫我干什么？我吓坏了，不肯上去。

一个穿白纱裙的小女生走到我面前，牵住我的手把我引上台。台下噼噼啪啪地响起掌声。我看着满满一礼堂人，吓得腿也抖起来了。校长对着台下说，这是我们的新学生叶良骏，她刚刚到“圣心”来，是我们的新朋友，大家认识一下。台下轰然齐声喊：“叶良骏！叶良骏好！”个个笑得灿烂。校长又说：“她只有5岁，还有比她更小的孩子吗？”台下没人回答。校长笑容满面地说：“她是我们全校最小的孩子，大家都要爱她、帮助她。”“好！”

校长轻轻地问我："我们班每个孩子都有个学名，也给你取个学名，好吗？"我不懂什么叫学名，但看着这个校长非常慈爱的样子，所有的害怕都没了，连忙点头。校长对大家说："从今天起，她叫爱丽莎，你们说这个名字好不好？"又是一阵大叫："好！爱丽莎！爱丽莎！"我不知道为什么我变成了爱丽莎，但这个名字好听，我喜欢，开心地笑起来。

校长对我说的这段话，都是国语，没说英语。台下全校学生也都说国语，我都听懂了。后来我才知道凡开大会，校长全程都说英语，今天是个例外，是对我这个新生的特殊照顾。试想，如果她和学生们都说英语，我一个字也听不懂，就只能像傻子一样站着，对一个孩子的打击会多大！我一下子就喜欢上了这所学校，更对这位校长印象深刻。

我有了一个新名字。后来我才知这是一个教名，学校虽然不特别提倡学生入教，也许是因为方便，所有的学生都有一个法国名字。校长说："爱丽莎，你是新同学，今天儿童节，爸爸妈妈给你们送了礼。我让你第一个去挑件礼物，好不好？"

我高兴得要跳起来了，我可以去挑那个娃娃了！我迫不及待地想下去，校长轻轻地在我耳畔说："爱丽莎，好孩子，每件礼物都是爸爸妈妈的爱，都要感谢的。明白吗？"我一点也不明白，只想去挑那个大娃娃。

玛丽娅牵着我的手走向桌子，上面堆满各种各样礼物，那个娃娃很醒目地坐着，像真人一样，眼睛盯着我看。我的心都要跳出来了，我马上就可以得到她了！玛丽娅忽然问我："今天你妈妈送了什么？"我指指那个娃娃说："就是它！""你想要它？"我点点头。玛丽娅说："我们挑别的吧。"她拿起一摞书，那是有插图的童话集，看到书，我两眼放光，立刻忘了要娃娃。我把书抱在怀里，高高兴兴地坐到位子上。

好久以后，我才明白因为玛丽娅到过我们家，一定对家里满橱的书印象深刻。了解孩子，才能引导孩子！如果那天不是玛丽娅巧妙地让我遵守了规则，而是说你不可以选那个娃娃，只能选别的。会怎么样？我肯定会哭闹吧。就是不情愿地选了别的，还是会惦记那个娃娃，甚至好久都会因未得到心爱的东西而不开心的。

规则定了，就要遵守，这是"圣心"无意中教我的道理。那天，离我进“圣心”只有一个多月。我幼稚、爱哭、胆小、不会说英语，不认识什么人，还有很深的乡气、野气。从这个儿童节后，我真正爱上了“圣心”，喜欢那些老师，还认识了好多小朋友。我慢慢地变得像个小学生了。

我对这位校长产生了极大的好感，每次见到她，我都会奔过去，像别人一样亲亲热热地打招呼。几十年后，我撰文纪念她。

附文：那舞动的小手帕（刊 2012 年 4 月 19 日新民晚报）

因为编一本画册，需查阅上海教育人物资料。翻开尘封几十年的档案，一个个为上海教育奋斗终生的校长、教师，在我眼前鲜活地闪过。在《上海教育人物》一书上，我看到了一所熟悉的学校“圣心小学”！竟然还有当年我从来不知道的校长名字：张霭墨！我情不自禁地站起来，推开窗，向着高远的蓝天深深鞠躬，高喊一声：“密斯张！”我哽咽了。

▲圣心小学奖状

当年，我还小，从来不明白校长是干什么的，似乎也没人向我们介绍。所有的老师、包括校工、还有教我们女红的修女，我们都不称老师，用英语叫男的“密斯特”，女的叫“密斯”，后面再加上姓。小孩子对老师只凭印象，和善的、长得好看的，我们就喜欢。校长不给我们上课，但每年 4 月 4 日儿童节，她会上台讲话。讲什么当然全忘了，但记得她总穿件粉红的呢子旗袍，远远看去好看极了，她被全校学生喜爱。校长讲话后是发奖，每年评出的好学生，不是讲成绩，而是摔倒了不哭；指甲干净；天天带手帕；走楼梯没声音……没有奖状，只发奖品，铅笔、橡皮、蝴蝶结等。密斯张总是用双手把小小的奖品送到学生手里，然后在获奖同学额上轻轻一吻。三年级的儿童节，我得了奖，是因为同学不小心把水倒在我身上，我没和他吵，还说了句“没关系！”就为这句话，我上台得到一块绣花小手帕。密斯张拥抱我，夸我是个好孩子，她的亲吻多温柔啊！我看着她的脸被红旗袍衬着，丝绸般光滑、柔和，在我童稚的眼里，她像仙女一样，真美！

后来，因为搬了家，四年级我转到澄衷小学。再后来，圣心小学没了，密斯张再没见过。今天，看到资料才知道许多事，我把它记下来，作为永远的纪念。

张霭墨，生于1888年，江苏无锡人。出身名门，是蜚声沪上的张园主人张叔和的第6个女儿。早年就读中西女塾（宋庆龄三姐妹的母校），后去美国华盛顿师范学院深造。1931年被上海天主教圣心修道院聘为圣心小学校长。她秉性磊落，待人诚挚，热心公益，是一位爱国的天主教徒。抗战时期，她让出学校场地，为新四军赶制一万套军服，她说：“凡是中国人，都要尽这个职的。”

新中国成立后，她响应政府关于宗教必须和学校分开的政策，圣心小学是全市首批被收回教育主权的教会学校之一。抗美援朝时，她将积蓄捐献出来购买飞机大炮，给其他教会学校很大启发和震动。圣心小学改名为卢湾区长乐路第一小学，她仍任校长，后被评为市优秀校长、市一级校长。

她根据儿童年龄、心理特点自编教材，亲自在学校礼堂轮流为学生上课，通过各种活动启发孩子们做懂礼貌、守纪律、团结友爱、奋发向上的好学生。她亲切和蔼的面容，循循善诱的方法，曾融化过许许多多幼小的心灵。她悲天悯人，以爱待人，一生不知给多少学生代付过学费、医药费；给困难学生买过食物，送过衣物。她爱教育，爱学校，爱孩子，病重住院依旧不忘学校工作。1962年3月8日她抱病用嘶哑的声音，断断续续地为全校师生作了最后一场报告。她弥留之际还再三叮嘱：“不要管我，快去上课！”1962年4月5日，为教育事业奋斗终身的张霭墨校长，因肺癌逝世，享年74岁。

密斯张早就走了，当年去送行的人中，不知有没有圣心小学的学生。我连她的名字都不知道，怎会知道长乐一小与我母校的关系！所以我从来没回去过。现在，“圣心”原址是向明中学，长乐一小也查不到任何资料。历史常是新的一页遮盖了旧迹。回望过去，我们失去了许多可以凭吊的东西，但世界依然没有破碎，人们平静地接受命运的安排，在日子里生长与飘零。仰望苍天，那里没有密斯张美丽的身影，但总有点诗意留在心上，可以不断咀嚼。美好的记忆像那个深刻的吻在风中飘动，它穿过时空稀薄的烟云，化作旖旎时节的花雨，柔软地铺在我碎银般的光阴里。

人生如拐，世事如弯，我已记不起校长的面容，“圣心”也已是一片朦胧，但为那永远舞动在我人生路上的小手帕，还有那个蕴含频频叮咛的亲吻，今天，我想说一句：“这么多年，我一直努力做个好孩子。请校长考考我。”站在时光的边缘，密斯张在等着回忆一点一点明亮，然后，一定会静静地笑了。

新年

在学校，新年是特别重要的节日。我参加过两次，一次是 1947 年，我上二年级，另一次是 1948 年，我上三年级。我在好几篇文章里回忆起这个节。

学校的迎新年完全不同于我们的春节。春节是亲人团聚的日子，元旦虽也是亲人回家的节，但它的意义及狂欢，都不同于我们的旧历年。

学校到 12 月，就开始忙起来了。老师们布置环境，所有的大装饰，如小鹿、雪橇、小矮人等都由老师、嬷嬷们制作。学生的手工、女红课用来制作挂件、小礼品、花纸、飘带、星星……女孩子忙着在新年老人及白雪公主、小矮人等人的衣服上绣花，缀珠子，男孩子做帽子、托盘、装礼品的大布包……全校师生没一个不参与的。老爷爷最忙了，要选枞树。

枞树是校园里种了好多年的，在花房后面的树林里，很大一片都是枞树，还有大草坪。我一直不知道枞树是属于什么科的，它有点像雪松，但不像雪松那样有伸得很大的枝干，它是像宝塔一样的。我们的礼堂很高很大，树上要挂很多东西，太矮了不够挂，也不好看，树太高大了，摆不稳。老爷爷会有好多天去树林里一遍遍选，走来走去，我很喜欢跟他去，他比画，我也比画，像模像样的。总要好几天，他才选定一棵。选定后，他会先整理。用水冲树枝，目的应该是清洁，有什么虫子也可冲掉。是否有水管，我不记得了，应该有的，否则上面冲不到。枞树造型很漂亮，不用砍去枝叶，但要砍去根脉。12 月 31 日，欢庆就在这夜。树要锯下、装饰，应该是提前两天去砍。晚了来不及，早了树不精神。到底几号砍，我不确定，也没看见过，因为爷爷说砍树有危险，不许我们去看。

▲圣心小学教学楼

等可以去看时，树已砍下，躺在地上。老爷爷还要用水洗、冲，然后把根部砍平整。我第一次看见年轮，就是老爷爷告诉我的。平时树长在地上，看不见，砍下来才看见一圈圈纹路，爷爷说："这是树的年龄，几岁就几圈。"砍下的树不会很大，应该是二十岁左右，比较细，但很高。

树洗干净，修去多余的枝叶，根也修平了，就可以搬到礼堂去。搬树是件大事，除了老师，还有震旦大学的大同学，没有女生，也不许我们参与，连看也不准，大概是怕出危险。树没有了根，放在一个盆里，树放进去，竖起来，盆里装满鹅卵石，树就稳稳地站住了。

接下来是装饰。礼堂挂彩带，装亮晶晶的灯，都是老师爬在梯子上做。高年级同学往树上挂礼品，这些礼品都是我们做的。低年级同学用棉花铺在树枝上，把它扮成下雪的样子，留着下面两层树枝，任何一个孩子都可以挂自己写的卡片、纸折的小桌、小凳、小青蛙等。

从 12 月起，每天下课后，我们就开始忙，那真是开心极了，心里充满着盼望。因为每人都要准备礼物，礼物不能买，得自己做，就要动脑筋。没有规定礼物送给谁，也不限制数量，你能做多少，爱送几个人都由自己决定。小孩子的心很简单，脑子里没有很多心思，只是想着要感谢谁，与谁好，就要送礼物给他。也猜着谁会给自己送礼物，送什么样的礼物。那真是各显神通，拼命动脑筋设计、做，还得保守秘密，不能让别人知道你为谁准备了礼物，是什么样的礼物。

小孩子能送什么东西？无非是树叶做的书签、在书里压干了的花、用硬纸裁成的卡片，上面写的贺词倒是要动脑筋的。大一点的女孩会绣手绢，做小布袋，我们这些小女生只能歪歪扭扭地把贺词写在纸上，叠起来穿上线去挂在树上。

我不记得自己做过什么礼物了。做书签也要花时间早早准备，不是到了新年随随便便拾片树叶可以送的。我肯定只会用纸片。那时还不会写诗，大概抄书上的句子。纸片也不是就这么可以挂上树。得写好字，还有收礼人的名字，再折起来（有人会折出好看的花样，我不会，只会四四方方的折起来），上面穿一根线（彩色丝线），然后去挂起来。

记不清我的礼物送给谁了，老师中肯定有玛丽娅，不知还有没有别人，大概也会有老爷爷。同学中会有同桌吧？

到31日那天，所有的准备都完成了，只等晚上的庆祝仪式了。那一天可真长！我有专文叙述。

附文：积贮快乐的节日（刊2007年12月27日新民晚报）

我爱过节。有的节，想起来，心里便暖融融的，比如，元旦。

“元旦”并不是近年西风渐盛才吹来的洋节。它是新年的第一天，距今已2000多年。经过多少年的修润，它逐渐演变成一个平民节日，与当初的定义已相去甚远。

我对这个节日的最早记忆在6岁。当年我就读的圣心小学，除了多外籍教师，与其他校没什么两样。但每年的12月，就有些不同，我们从月初就忙得不得了。每天放学，人人留在大礼堂里：老师在高高的木架上装饰屋子；学生缝演出服、串珠子、做头饰、排节目……不时有人被针扎了，发出夸张的尖叫；那边珠子打翻了，一群人满地乱爬；男生抢着试新年老人装，大胡子遮眼，衣服又长，稍一动就仰天大叉躺在地上吼；合唱班老师作示范：“声音从肚子往头上冲！”我们按按肚子，摸摸脑袋，笑得一个字也唱不出……全校几百人都挤在礼堂里，忙的、唱的、玩的、做事的，还有捣蛋的、荡来荡去的，到处都是人，到处都是笑声，彩色玻璃窗天天被震得哗哗响。

一天天地过去，我们的忙碌有了结果：校门口停了一辆雪橇，几头“鹿”

昂首站着；操场上竖起巨大的枞树；窗户上贴着新年老人的笑脸；饭厅里，“火鸡”在招手；“雪地”上，圣诞花艳红；走在校园里，到处可碰到“扫烟囱的人”“匹诺曹”“白雪公主”“小矮人”……夜晚灯光打开，学校成了诗意朦胧的童话世界，我们东摸摸西看看，都不肯回家。如有人走过，孩子们会自豪地抢着说：“这些都是我们做的！”

31日终于到了。我们系上雪白的餐巾吃大餐。大家记着老师的话，嚼食要闭嘴，喝汤勿使出声，个个成了绅士、淑女。好不容易吃好饭，我们急不可待地冲出去。管风琴奏起“铃儿响叮当”，我们围起圆圈跳舞。唱啊、跳啊、疯啊，一直到夜半钟声响起，玩得一头一脑汗的我们，刹那间静下来。礼堂的大门开了，缓缓地驶进一辆金碧辉煌的“马”车，新年老人带着满满一车礼物进来了。震耳的欢呼声响彻整个大厅，许多人兴奋得在地上打滚，我们争着，抢着，最后每人得到了一只长袜子，里面鼓鼓囊囊地塞满了糖果。老师亲吻我们，学生互祝新年，欢乐的节日到了顶峰。

这时，门房张伯伯跑过来说：“门口有个乞丐。”老师带我们去看。梧桐树下坐着一个人，光脚，穿一件破衣，他抱着树干，大口大口地啃树皮。我们被吓坏了。老师说：“让我们照顾他，爱他……”孩子们争先恐后地把“长袜”送给他。我是多么不舍得啊，但只犹豫了一下，还是倒出了所有的礼物。乞丐笑了，我拿着空袜子，手舞足蹈地跑回家。在这个节日，做个好孩子，感觉真是妙极了。

从此，我牢牢地记住了这个节日，以至长大后，我把这个日子定为自己的结婚纪念日。因为，真正的节日并不取决于它的名称，而在于究竟能发掘和引导出什么。就像快乐，有时近在咫尺，有时又遥远模糊，但只要心是活泼的，它便会觉醒，生命也就会燃起欢快的火花。如果所有的节日都能积贮快乐，都能给我们留下悠长的回味，人生就会淡定从容，那该有多好啊！

同乐会

▲圣心小学作业本

同乐会是在学期结束前向家长汇报学校工作的形式。开完同乐会，学期就结束了。

那天，每个孩子都和家长一起到校。每个教室里放着一学期里孩子做的手工、“女红”、参加各种活动的作文、画（那时好像没照相），还有看过的书，我们为名家的书配的插图。真是很大胆的做法，这是美术课上的作业。老师没要我们画石膏像什么的，就是让孩子挑本书或语文课本上的文章，让我们画插图。一般是童话书或短短的诗。老师教会我们画线条什么的以后，就是讲怎么把书中的故事画出来。爱怎么画就怎么画，画得不好老师不会说，但如果你讲不出画的意思，老师就要你再画，直到讲得出了为止。

家长最感兴趣的就是这些画。不可想象，小学低年级的学生，画画基本功都没掌握，哪会画插图！肯定是，人物是头大小手比例不成样子的怪物；动物，牛不像牛，猪不像猪，谁知是什么东西。但家长看得饶有兴味，有的哈哈大笑，有的忍俊不禁，有的问孩子这是什么，孩子回答得驴唇不对马嘴……教室里，一片笑声。这笑声没有一点嘲弄或贬低，只有快乐，只有表扬，只有童趣。

我对画不大感兴趣，但美术课不能做别的事，也只好乱画。画了些什么都不记得了。几年画下来，画技也许没什么长进，可对故事的理解，融会贯通之后的呈现大有进步！很多年之后，我的书一本本出版，书的封面大多是我自己设计的，布局、颜色、用什么图等等，都是我本人做好，再请人画（后来我才遗憾没好好学画，如一直坚持画下来，就可以自己设计自己画，方便多了）。

还有那些手工、女红，家长也很喜欢看，找到自己孩子的作品后，不管多粗糙，多丑，都会赞不绝口。站在旁边的我们，个个像是真的设计师、工匠一样，不知有多自豪！

教室里，琳琅满目的展品中，唯独没有成绩单，连作业本也没有。

考试是有的，但给家长看的恰恰没有成绩，也没有人会去问孩子考了第几名，学校从来没有排名这一说。

这天在教室里，级任老师陪着家长，指着一件件作品，如数家珍，把每一个孩子都说得像天仙一样，浑身都是优点，都那么能干，了不起！站在旁边的我们，心里美滋滋的。

然后去礼堂开大会，全校师生、家长挤得满满的。有校长讲话，老师表演唱歌，密斯特乔和密斯特昂四手钢琴联弹，还有学生歌舞。然后校长宣布这学期得奖同学名单。得奖者不是考试得了好成绩，而是本领学得最多的，插图画得最好的，体育课摔跤不哭的，帮助了谁的，下雨天把伞和同学一起用的……与读书成绩一点都没关系。

当被叫到名字的同学上台去接受奖品时，个个脸上都笑得像朵花。我也被叫到过一次（在“舞动的小手帕”一文中有专述），校长宣布名单，一个个单独上台，她双手把奖品送给同学。那不是学生做的，是校长买的铅笔盒、钢笔、本子、漂亮的蝴蝶结、别针，还有男生喜欢的模型……

当一个小孩子因为做了某件好事，尽管这事很小很小，却得到在全校面前的表扬，这是多大的荣誉！这对孩子的成长有多大的作用！授奖，不是像现在那样，一排人站着，由一位老师挨个发奖品，而是一个一个上台，一个一个地发，由校长发！更令人难忘的是，校长还会抱抱孩子，亲吻他！这样隆重的荣誉，我以后再也没有如此得过——尽管奖状有一大沓，都没有这一次受奖记忆深刻。

当孩子们授奖仪式结束后，便是全校学生手工、“女红”作品、画作、作文等义卖。家长、老师都会挑件东西，往一只箱子里塞进钱。学生站在边上，眼巴巴地望着，希望自己的作品会被大人挑走。

其实每个人的作品都会被挑走，因为每个学生都有家长来参加，没人会吝啬这点钱。至于付多少钱，没人会计较。有的家长会挑几件作品，老师会劝他们最多只能挑两件，免得别人没有了。

当桌上空空如也了，会场欢声笑语到了顶点。箱子里的钱会被送去孤儿院，帮助那些孩子改善生活条件，这是玛丽娅说的。同乐会在一片笑声中结束，家长带着孩子离去。校长站在校门口，向每个人告别。她脸上的笑容多么明朗、静美啊！

密斯张，再见，谢谢您。您在天上，还会在校门口向我们笑着说“再见”吗？真想念您啊！

其他

“圣心”的校园是在震旦女子文理学院里面，与大学之间没有围墙隔断。礼堂操场都是共用的。

这是大学配置，所以校园真的大。教学楼是独立的，与大学并不相连。大学生有时会过来帮我们做些事。特别是每次过节，有很多大姐姐来，带我们做礼品，教我们唱歌、跳舞、排节目。很多学长会乐器。有时上音乐课后，会有几个学长过来，和密斯特昂一起演奏，她们带来乐器，大喇叭、小喇叭、长长的笛子什么的。这是我们最开心的时候，她们演奏，我们几个小孩子就可以敲鼓、小铃、三角铃，或者跟着曲子唱歌。小小的音乐会，不仅可听，还可参与，非常期盼。

校址在长乐路 139 号、141 号（不知蒲石路是否这个门牌），文理学院于 1937 年创办。学院由胡文耀任校长，经费由美国圣心修道院提供，虽叫“震旦”，但不属于震旦大学，是完全独立的一个学院。1951 年与震旦大学合并。1952 年 10 月，大学院系调整，震旦大学被撤销，几个学院被合并至其他大学。

圣心小学在中华人民共和国成立初（1951 年 2 月）传教士退出回国后，由政府接管，改名为长乐路第一小学，校长仍是张霭墨。张校长一直任此校校长，直到她于 1962 年因病去世。长一小学后撤并，原址一直由上海市社会科学院和向明中学（原为震旦附中，有男中、女中）用至今。

“圣心”原为法国圣公会创办，不知为何女子文理学院由美国教会创办。圣心小学并非文理学院附小，而是震旦大学附小，但校园却与文理学院在一起。震旦大学在重庆南路 227 号至 280 号，撤并后与几所大学医科合并在此成立第二医学院，现为交通大学医学院。

我在网上查到，“圣心”完整名为上海市私立圣心小学，还找到了圣心小学的毕业证书、作文本和校徽，非常珍贵。遗憾的是老校园照片没见到，也没找到张校长照片。年代久远，学校没了，历史中断了，资料散失在所难免，唯有记忆了。由于上小学时年龄较小（比同年级学生更小），时隔这么久，记忆难免有误。查了许多资料，“圣心”已从历史中淡去，难以复原了。

1994 年教师节，我策划组织全市教师义务医疗咨询，需借个与医疗有关的场地，并无人引荐或指点，冥冥中似有人带领，我既无介绍信，也没任何人牵线，第一个去的地方就是第二医学院，竟一说即合，学院一口答应，不仅无偿出借场地，还派出医生参加，使这个活动成功举行，这是后话，也是“震旦”缘的余韵。

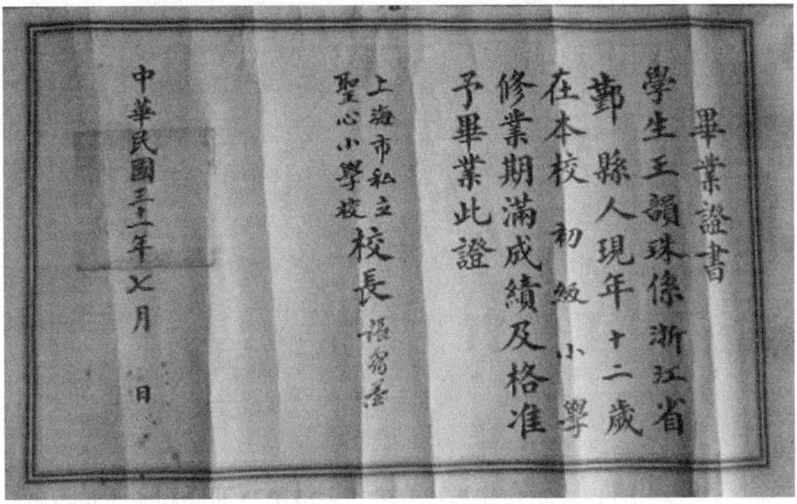
畢業證書
學生王韻珠係浙江省
鄞縣人現年十二歲
在本校初級小學
修業期滿成績及格准
予畢業此證
上海市私立
聖心小學校校長張[illegible]
中華民國三十二年七月　日

▲圣心小学毕业证书

在“圣心”，对于同学没留下什么记忆，唯一的同学是丽琴，她是叔太公叶国俊的次女。她家住长乐路 37 号，她父亲开和平药房并行医。忘了她是否和我同届，只记得有一阵，她天天来叫我一起上学，好像应该是我刚上学那些日子。我年龄小，又是去陌生学校，爸妈不放心，让她陪我去。

▲长乐路 37 号（叶善定开的和平药房原址）

依稀记得有一天，她在楼下等我，见我不下去，上楼来叫。我正坐在马桶上背英语。她见我头上都是汗，叫了起来。妈来看，才知道我没吃早饭饿的。丽琴这家和我们是关系密切的族亲，一直有来往，但与她同行上学，就剩这点记忆了。

告别

自 1947 年 1 月我入“圣心”，读一年级下学期起，至 1949 年 4 月，我在那里读了近两年半，自一年级下读到四年级初。我从一个什么都不懂的女孩，变成了守规矩、爱学习的活泼女生。我会用英语流利会话，会动手做手工、会唱歌、奏打击乐器，还跟着密斯特昂学过两年钢琴。我懂得了许多道理，我的性格发生了极大变化，兴趣爱好也广泛了。

学校里有许多大户人家的孩子，现在想起来，不是一般意义上的富裕，否则，承受不起昂贵的学费。能进这所学校的有教友、外国人、富商的子女，像我爸只是一个企业高管，并不能算是富人，只是薪酬高而已。但在学校，没有任何攀比，放学来接孩子的不大有汽车，路远一点的是黄包车，近的没人接，都自己回去。学校的活动，家长来参加，穿的衣服不过是西装、长衫、旗袍，没有珠光宝气、裘皮大衣之类的。义卖时，他们往箱子里塞钱都装在信封里，看不出多少。它和一般的私立学校不同，学校的经费来自教会，很富裕，加上学费，足够维持学校，所以不会要家长捐款。这种平等、无所求的态度，使学校和家长的关系很纯粹。校长不用取悦任何人，更不用对哪一个家长另眼看待，或对哪个学生多加关照。

孩子不比成绩，读书没压力；课程表上除了上课，还有许多书本之外的课，所以真的很开心。两年多里，我学到了许多东西，感受到学校和老师对我们的爱——无处不在的爱。

可是，这样快乐的学校生活，突然就要结束了。1949 年年初，学校不断有老师忽然不见了，起先是外籍老师。密斯特昂是第一个走的，他上完最后一节音乐课，下课铃响起，他说："我们再唱一首歌吧。"他弹起了《欢乐颂》，跟着琴声，我们像往常一样，静静地唱这首我们唱了不知多少遍的歌。

歌声停了，密斯特昂合上琴盖，理好乐谱站起来，他看着我们不说话。我们奇怪地等着，他却仍不说话。好一会儿，他说："你们一定要记着这首歌常常唱唱吧。"然后，挥挥手，走了。第二天的音乐课，是密斯特乔来上的。后来乔也不见了，音乐课改成隔天，由那位女老师上。女老师上了大概近一个月，有一天，下课铃响了，她不下课，坐在钢琴边说："来，我们再唱一首歌。"琴声响起，是《送别》，我们一起唱起来，"长亭外，古道边，芳草碧连天，海之涯……"老师和我们一起唱，唱着唱着，她忽然哭了，我们不知所措，都停下来了，呆呆地望着她，第二天，她也不见了。我们不再上音乐课了。

再后来，就是上"女红"课的老师。那天上完课，她要我们把橱里东西都拿出来说，都带回去吧。我们不明所以，都拿出来了。她东摸摸西看看，下课铃响，我们照常规，站起来向她行礼说："再见！"她鞠躬，却没回我们"再见"，只是站了一会儿，拭着眼睛，眼泪汪汪的，然后头也不回地走了。我和几个女孩追到门口，只见她不断回头看，却不停步，我们向她招手，她只点点头，不一会儿，她就消失在校门口了。

陆续的，老师一个个不见了。我们小，不知他们去了哪儿，也不懂得问。我们的课，特别是下午的，减少了，放学也早了。最后有记忆的是老爷爷的离开。

那天，是自然课，老师带我们去花房，老爷爷一反常态，没有忙，只是坐着。他任我们东走走西看看，平时他会指挥我们做事，这回，他什么都不说。没人告诉我们怎么干，我们觉得很无聊。好不容易下课铃响，见老爷爷呆呆坐着，我们觉得怪怪的，鞠躬说“再见”，他不回答，仍不声不响地看着我们，我们不知所措，都飞快地逃走了。第二天，他也不见了。

附文：繁花落尽春犹在（刊 2022 年 1 月 1 日新民晚报）

辞旧迎新时，总会想起那个花房，还有老爷爷，心里便一阵雀跃。

花房在我们小学里，我们常去上劳作课。高大透亮的玻璃房里，到处是花。有位老爷爷在忙，老师说，在这里，要听他的指挥。他教我们小心地摘去枯叶，轻轻去掉垂头的花，用小杯子缓缓地浇水，挑最大的花剪下送到办公室。他不许我动手，说我太小，会弄痛花。男生奔跑喊叫，他说，花无法安心喝水，会长不好。花会痛？还怕吵？他说，花有灵魂，你爱它，待它好，它都知道，就会越长越美。

下课了，老爷爷送我一枝花说：“今天你很乖，奖你一枝花送妈妈。花美，你妈妈更美。”妈妈哪有花美啊？很多年后，我才明白，世上再美的花，也没有妈美！其实，老爷爷也很美，他穿黑衣黑裤，上面没有一点灰，再热的天，纽扣也一直扣到领口。雪白的头发，总是梳得整齐，还会说一口流利的英语，听着，像唱歌一样。最爱看他打拳，柔柔的，像跳舞。有时他舞剑，剑上有长长的红穗，他扎紧裤腿，一跳老高，落地却无声。他左腾右挪，把剑刺向前方，双目炯炯，把我们都看呆了。他天天住校，过年也不回去。他脸上总是淡淡的，只有在侍弄花时，嘴角才弯起，很温柔地笑。老师说，花就是他的孩子，谁动了他的花，他要发怒的。

校园一角有鸽棚，上午两节课后会放飞鸽子，它们绕着花房一圈圈飞，常有一两只落地上，歪着小脑袋与人对视。鸽子总会飞到老爷爷身边去，有的调皮地站在他头上一动不动。飞累了，它们在地上走来走去，围在老爷爷身旁，眼巴巴地望着。他拎着大口袋，一把把撒出玉米，一面叫鸽子的名字，叫到的鸽子抬头看看他，有的会啄他的手，有的绕着他走。有次我吵着也要喂，老爷爷给我一把玉米，我高高地撒出去，可鸽子却视而不见，没一只来吃，都围着他转。

我很生气，第二天约了几个男生把花房门用木条插上，不许老爷爷出来。鸽子飞起来后，盘旋几圈都落到地上，一只只东看西看，咕咕地叫，有的去啄花房门。老爷爷拉不开门，急得大叫："怎么回事？开门，开门！"我们屏住气，不作声。鸽子找来找去，忽地一下上了天，在我们头上飞来飞去。忽然，凉凉的，什么东西？原来鸽子拉屎了，我们都中了"枪"。啊，我们抱着脑袋大叫，老爷爷又喊："快开门！"我赶紧开了门。

他见我们狼狈的样子，好像要发怒，却只叹了一口气说："鸽子和人一样，到时间要吃饭，没饭吃，当然要生气。弄得你们一头臭，它没错，是你们错了！"我似懂非懂，但记住了，鸽子和花一样，有灵魂，会痛、会生气，要把它们当作朋友，善待它们。

最后一次劳作课，我们又去了花房。老爷爷一反往常，没有在忙，只是静静地坐着。他任我们东看西摸，不阻止也不要我们做事。我们觉得奇怪，但不敢问。忽然，他拿起剪刀，咔嚓咔嚓，剪下一朵朵盛开的花。剪了很久，直到全部花都剪下，花盆里只剩下光秃秃的枝。我们不知所措，因为他脸上全是泪。他说："送给你们，把花都拿走吧！"我忍不住问："花都剪完了，还会长出来吗？"老爷爷轻轻地回答了我。第二天他就不见了。

又是新年，家里布置了很多花，香气扑鼻。忽然好想念老爷爷，我不知他姓名，也不知他去了何方。繁花落尽春犹在，彩蝶时从梦里翔，世上早就没了老爷爷。但他仍然活着，活在我的童年记忆里，活在我心里播下的善种里，还有那句回答："花是有灵魂的，即使枯了，死了，美永远活着！"光阴流转中，眼前升起了一片温暖的绚烂。

我和爸说了这事，爸说他们都回家了。回家不应该在过年时吗？他们怎么现在走？为什么我们好多课不上了？爸说，要打仗了，外国人现在不走，恐怕走不了了。可老爷爷是中国人，他为什么也要走呢？没人回答我。

三年级下学期，就在这些我有很多不解的日子里，从二月开学，读到四月初。学校里已经看不到外籍老师了，还有几个中国老师也不见了。上课受到很大影响。爸说，这样不行，要另想办法。

那天，玛丽娅来了，她已经好几天没到我们班上来了。我们很高兴又看到她，围在她身边问东问西。她说些什么，我忘了，只是听懂她也要走了。她说，回家去看妈妈。下课铃响起，玛丽娅似乎吃了一惊，似乎还想说些什么，但她马上就平静下来了。她回我们的鞠躬道别礼，说：“再见，孩子们，再见！”一反往常，她没立刻走出教室，而是站在门口，一个个拥抱、亲吻我们说：“孩子，再见！”我怕玛丽娅也会忽然不见了，拉着她的手不放。玛丽娅抱住我，轻轻地说：“爱丽莎，再见！”她亲吻我的额，又说了一句：“再见，爱丽莎！”依在她温暖的怀抱，小小的我，忽然觉得那真是一种心灵感应，我会再也见不到她，紧紧抓住她的衣襟，不肯离开，仰着脸求她，别走，玛丽娅！她望着我，没说话，只是又一次亲亲我，然后转身离去。第二天，亲爱的、被我们所有孩子都喜欢的、都深爱的玛丽娅也不见了！从此，再没人叫过我“爱丽莎”这个名字。

玛丽娅是我们的级任老师，她是我一生中记得最清晰、想起来就会眼湿的好老师。她非常美，虽然她天天穿着黑袍。她声音很甜，说话时，那双蓝眼睛流露出的慈爱，使我们天天都觉得像在妈妈身边。她教会我英语，发掘了我身上许多从未有过的潜质。她是我永远要感恩的人。遗憾的是，除了一个名字，我对她一点不了解。她回到了哪里？是法国吗？她为什么要当修女？后来我才知道玛丽娅是她的教名，我连她的真名都不知道！

我那时太小了，竟什么也没问过！但没关系啊，玛丽娅是我见过的最完美的女性，也是最有爱心的老师。她现在一定在天上，和她的“主”在一起，一定很快乐。我对她的记忆构筑了我童年的美好学习生活，她将永远活在我的心里。

学校里老师越来越少，学生也少了好多。同学走的时候，有的人会哭，他们说，爸爸妈妈要带他们去很远的国家和地区，还有我听也没听到过的地方。他们不要去，说喜欢在这儿读书。可他们也走了。

学校就这样一天天挨着，老师、学生越来越少，最后，校长亲自来上课了。那天，校长在我们教室待了一个上午，上了三节课，她说英语，有时夹着我听不懂的词，应该是法语。一反往常，她的脸上没有一丝笑容，只是很认真地上课，最后一节语文课，她忽然说国语了，她合上书本，给我们讲了岳飞的故事，然后我们念《满江红》，平时的语文课都说英语，所以没有古诗词，这是我在圣心上的唯一的诗词课，这首词父亲早教会我了，我明白意思，背得顺溜，校长上完课，她在讲台前站着，不再说话，只是深深地望着我们，下课铃响了，她回我们的鞠躬礼，然后转身走了，从此我再也没见过她。到了四月初的一天，爸说，明天不要去“圣心”了，我已给你找到读书的新地方。我心里一百个不愿意，但没办法。

第二天，妈陪我去了“圣心”，取了留在橱里的东西，又去了校长室，密斯张不在，是另外一个老师接待我们。大概是办什么手续，办好后，妈就带我走了。小孩不知离别愁，我竟一点没留恋，再说，那几个熟悉的老师、嬷嬷，还有老爷爷都不在了，要告别也找不到人了。我就这么，头也不回地离开了“圣心”。这一别，就是一生，因为“圣心”后来消失得无影无踪了。

妈带我去了雁荡路，那是法国公园（现复兴公园）附近，我去过。路边有幢楼，妈说：“到了，就是这儿。”

▶ 上海中华职业学校大楼

雁荡路80号，这就是我要去上学的地方。妈带我进了楼，进门就是楼梯，上了二楼，有几间教室，大人小孩都有，老师在上课。我第一个感觉是，这里不像学校。

有个老先生接待妈，说了会儿话，妈把我交给他就走了。老先生穿灰长衫，不苟言笑。他带我到一个教室，与在上课的老师打了招呼，我就糊里糊涂地走到座位上坐下。

上课的也是个年纪挺大的男老师，我拿出课本，他一看说，喔，三年级，要我等等。他继续上课，我一听，不知在讲什么。我觉得无聊，就四处看，发现坐在我后面的都是大人，男女都有。像我这样的小学生只有几个，都没在听，在折纸头玩儿。

这一天，不知怎么混下来的。我心里都是疑问，大人怎么和小孩在一起上课？老师讲的课我一点听不懂，回去爸问起来，他肯定要说我不好好读书。下课了，老师要我们几个小学生别走，原来这才是上课。可一问，不对了，我们并不在一个年级，三、四、五年级都有，书也不一样。老师皱皱眉头，没说什么，他怎么上我们的课，我不记得了。

好不容易等到放学，我一路哭回去，这算什么学校，连操场都没有！还没有女老师，都是年纪大的男老师，看上去就很可怕。更重要的是，和大人在一起，我听不懂，这学怎么上得下去？一回去我就向爸告状，跺着脚，明天再不去了，我要回“圣心”去！

爸无奈地叹着气，说：“这不是没办法吗！‘圣心’是教会学校，教会的人都走了，学校没人管了，怎么回去？要打仗了，命都难保，还挑三挑四，有个地方让你上学，蛮好嘞，挑什么挑？”爸是第一次向我解释教会学校，我虽不大明白，但学校老师都走了，嬷嬷也走了，是事实，是没法回去了。“那，换所学校，那里，大人小孩在一起上学，我听不懂！”

妈说：“别去上学了，在家待着吧。”爸不同意，又拿“打仗”来吓唬我：“枪炮不长眼睛，如打仗了，逃命要紧，知道吗？趁现在还没大乱，有一天学上，就上一天吧。我们暑假要搬家了，那边会有好学校的。”

中华义务小学 >>

战争、枪炮，对小孩子来说，是很远的事，但爸说要搬到新房子去，有好学校读，才是听得进的话。我不吵了，乖乖地每天去上学。

这所学校的确很简陋，没操场不说，还没校长。老师不多，课也只有国文和算术。每天上午三节，我和另一个三年级学生只上一节国文课，下午上一节算术。我们上课时，其他学生，包括那十几个大人都做作业或看书。国文课如何上的，我不记得了。算术课与“圣心”不一样，是教算盘，妈还专门去买了一只小算盘。背口诀，教指法。老师教，如何拨算盘珠，上档、下档，下面珠子是一，上面的珠子要算五等等，教得很清楚。

我觉得挺好玩，很用心地学，不多久就学会加减法。老师不布置作业，只在课堂上练习。算术课是全班一起学，那十几个大人也一起打算盘。有一个女人很笨，老打错，手势也不对，老师常骂她。

▲中华义务小学墙上挂着大算盘

老师说我聪明，好几次让我到讲台前，在那个挂着的大算盘上做题目。大算盘杆子上有毛，珠子拨上拨下要用力，但不会掉下来，比小算盘要慢好多。每次我都做得对，被老师夸。

后来又教乘、除法，乘法很快学会了，除法有点难，后来也学会了。我从小到大都不喜欢上算术课，可这两个月，我迷上了算盘。白天算盘放在书包里带进带出，回到家里也忙着练。没多久，我就会帮妈妈算小菜账了。妈妈说，这比"圣心"实惠多了，有这个手艺，将来不愁没饭吃。

国文课是个很老的先生上，他留着胡子，穿一件深色长衫。一上讲台，他没有多余的话，就开始上课。因为听不懂他上课，我就玩算盘，他也不管。他很凶，有人讲话，会走过去拍桌子，一拍，像炸雷似的，马上把全班吓住了。也许因为课讲得无趣，趁他不注意，那几个女人总忍不住要说话，桌子拍多了，好像不起作用了。

那天，是用毛笔抄课文，大人抄他们的，我们抄自己课本。我坐第一排，胆子也小，教室里发生了什么事，从来不回头去看。忽然，我听到撕本子的声音，一看，老先生站在最后一排，那里坐着三个女人，她们的本子全撕了，女人很害怕的样子。先生怒气冲冲，从讲台上拿起红墨水和毛笔，到她们面前，挥笔一动，三个女人嘴上都画了一个红圈。先生一面拍桌子，一面大喊，叫你们说话！叫你们说话！

原来这几个女人上课不用心，老讲话，先生忍了很久，这次忍无可忍，用红毛笔把她们的嘴"封"住了。教室里乱了套，女人哭，先生骂，还拿尺在桌上敲。我们几个小学生吓得直发抖。我更怕，因为我在"圣心"从来没碰到过这么凶的老师。我忍不住哭出了声。先生朝前面走过来，拿着尺，似乎要打我，我哭得更厉害了。先生大喝一声：哭什么哭？以后上课谁不好好听，就这样画圈，让人家都知道你是坏学生！我赶快咽下了哭声。

那天课没法上了。那几个女人平时真的话多，不知她们这么大年纪了，为什么要和小学生一起来上课？不喜欢上课为什么报名呢？被先生罚，我心里觉得是活该！后来，她们一直哭一直哭，眼泪鼻涕糊了一脸，好恶心。此后，这几个人没再来教室，我们上课清静多了。

那天回家，妈见我眼睛哭肿了，急得问发生了什么事。我哭着喊着，这是什么学校！都是坏老师！我不去上学了！爸得知后直叹气，说：“挨一天是一天吧，你不去上学，等去了新学校，还要再读三年级，多不合算！”我一听，那不是留级吗？我不要留级！

于是，我只好还是去那里上学。上了几天学后，老师带我们去另一个教室，那应该是手工室，有些工具，墙上挂着木头的模型，竹子的小篮子，还有一些小小的笔筒、小椅子、小桌子等都是竹做的。老师说，这都是同学自己做的，问我们想不想学。当然想，这多好玩啊！

有几个比我大的同学，领到了好几根竹皮（应该是竹篾），他们跟着老师学编东西。我和一个小同学领到一沓纸，一个女老师教我们折纸。她先让我们看她折，三弄两弄，一只小狗就做成了，还能站起来。我从来没这么用心地学过，看她怎么折，我就怎么折，可折了半天，怎么也折不出小狗来。老师好像没了耐心，她说那就随便折着玩吧！

那天放学，我带着自己折的纸凳、纸桌、纸椅回家，那不是老师教的，是本来就会了的。终究，我没学会折会站的小狗，那几个大同学，也没编成篮子，倒把手弄破了。后来我才知道，这个学校叫中华职业学校，是黄炎培创办的。学校主要为就业做培训，除了文化课，主要学技能，编织就是其中之一。

之所以班级有大人、小孩，也是这个原因。学校根据文化程度编班，不预设考试，你说读几年级就可读几年级。那时文盲、半文盲很多，那几个女人大概是来扫盲的，但年龄大了，从未上过正规学校，只好和我们编在一个班上小学的课。她们没有学习习惯，也不懂学校规矩，仗着自己年龄大，在上课时不守秩序，结果读不下去了。

对我这个“圣心”学生来说，简直是从天堂跌到了地上，很不习惯。上课枯燥，老师古板，教室狭小，别说没玩的地方，连好好走路的走廊都没有。我像被关在笼里的小鸟一样，变得没精打采，上课昏昏欲睡，老师不布置作业，放学也没事情做。

一天天地，外面风声越来越紧了，天天听老师说，军队要打到上海来了。他们说逃难、回老家、买米囤起来等等，我在家里也常听大人说。那天，妈妈买了一盏煤油灯，还提了一桶火油回家，说一打仗，肯定要停电，先备着。家里的老保姆也常常扛着一箱箱肥皂、食油、米回家，有一次还扛了一匹布，累得气喘吁吁，三楼楼梯旁堆满了东西，上楼要侧着身子走。

我们上课时，常常有老师说，你们自己看书，他就不见了。过了会儿，他气喘吁吁地回来了，背着一袋米，原来买米去了。想到妈也常常出去买米、煤、肥皂……我感到日子与以前要不一样了，会发生什么大事了。爸和妈常常轻轻地商量要走，说台湾有朋友叫爸去，妈不同意，说这么一大家子，有老有小，怎么走？爸说，带两个老大（我和大弟）走，其余孩子回乡下去。但终于没走成，幸亏没走成，否则家就破了。

这段混乱的日子，我虽天天上学，实际上并没有学到什么东西。家里爸妈常因走不走争执不下，吵起来。学校老师根本没心思上课，看得出来，大人都为将要发生的时局变化而忧心忡忡。

我再不懂事也明白，在这里读书的日子不会长了。只因为不想留级，再不开心，我还是背着书包天天去学校。放学的时间越来越早，到4月下旬，学校只上半天课，中午就放学了。

经过激烈的争吵，加上祖母托人带信，坚决不同意爸走。爸妈终于达成共识，留在上海不走了。实际上我们家根本没法走，家里当时有9口人，有再多的钱也没用，那时候飞机、轮船票都不可能买到那么多张。大弟、小弟都还小，我这个长女也只有8岁。窠娘是小脚，怎么走？还有阿娘，一个人在乡下，家里有田有屋，走了谁管？现在想来，爸是很想走的，但实在动不了，只能留下。这一步谁知是对是错？

终于，爸在虹口买了新屋。就在这一年，二妹、三妹都到了上学年龄，她们要从乡下出来，长乐路屋子太小，住不下。爸既然决定不走，搬家是火烧眉毛的事。爸妈到处看房子，后来姑父汤惠峰介绍了一处房子，他们很满意，就定下了。房子买好，爸宣布等我放暑假，我们就可以搬到大房子里去了。

好不容易挨到4月底，老师说学校不开了，5月份你们都不要来了。我急得要哭，三年级没读完，到了新学校，我怎么办？难道真的留级再去读三年级？将来被人骂“留级坯”，怎么得了！小孩子不懂世事多变，只知道书要一学期一学期地读，三年级下，应该读到6月中旬才放暑假。我哭着求老师，我要读书，我一定很乖的。

老师一改平时古板的样子，为我拭去泪说："不是我们不让你读，是要打仗了，懂吗？打起仗来，各自逃命要紧，读什么书啊？"我哭、求都没用。4月底那天，妈专门来学校接我。其实，学校没我什么东西要整理，也许要办什么手续。我还在担心会留级，妈给我看一张纸，上面写着三年级下学期，修业合格。老师说："你已读完三年级了，这是结业证书，你不会留级的。"

老师和妈妈低声说着什么，我听不清楚，临走，老师从手工室取了一个小竹篮说："送你作纪念吧。"我放心地回家了。

在"中华"，我读了近两个月，几乎没学到什么东西，也没留下什么印象，但这所不像学校的学校，在非常时期给了我一个过渡，我没成为失学儿童，还是心存感激的。最值得感谢的是，我在这儿学会了算盘，加减乘除都很娴熟。在几十年后，这个本领发挥了很大作用。有几年，我靠这个得以谋生，有了一份养家糊口的工作。这是"中华"给我的馈赠。这也是实践黄炎培先生办校的校训"敬业乐群"，其校设立职业指导部，学校专业根据生产和流通环节设置。

很多年后，我才知道，这所学校与陶行知有关。陶先生是发起人之一，还在这里讲过课。"中华"的办学宗旨就是陶先生的"双手万能，手脑并用"，提倡教育职业融为一体的新教育开放形式。

▲中华职业学校创办人黄炎培

▲陶行知

在我研究陶行知的几十年里，经常会与陶先生的朋友“交集”，黄炎培先生就是其中重要的一位。世上的缘就这么奇妙！常常在陶行知的著作中看到黄炎培的名字，他们一起办学，为学校募集资金，讨论教育……陶行知去世，黄炎培参加公祭仪式，送别老友，很多年里，走过复兴公园，看到这座大楼，总会过去看看。虽然大楼里已没有学校，但旧迹仍在，气韵也在，总感觉很亲切。

不上学以后，我只能天天待在家里。我曾经去过一次“圣心”，只见校门紧闭，喊破了嗓子也不见有人来开。路边房子的玻璃窗都贴上了米字形的纸条，我们家也贴了。我们 98 号弄堂口的小烟纸店三天两头关门，家里要买油盐酱醋，只好跑很远的地方去买。再后来，霞飞路（淮海路）上的店一家家都关了门，大人们的神情越来越紧张。

窠娘开始整理衣物，她理好一只包，说里面是救命的东西，逃难了好用。还把几条棉被堆在走廊上，说万一打起仗来，可以包在身上挡弹片。家里的空桶、米袋、瓶瓶罐罐都装满了窠娘像蚂蚁搬家般买来的东西。紧张的空气在弄堂里四处蔓延，听得最多的是打仗！打仗！

小孩子不懂打仗是怎么回事，只觉得待在家里没劲，巴望着早点上学。问爸，爸说，要等安定下来才能搬家，搬了家才能上新学校。现在，只能在这里等。他以前下班总是很晚回家，这一阵，每天总是早早地回家，晚饭也在家里吃。

两个弟弟还小，两个妹妹还在乡下，家里只有我一个孩子上过学。爸有了空就教我读诗、背诗。每天不是读就是默、背，背不出要打手心。还教我写毛笔字，柳公权什么的帖，一本本翻出来要我临。有的字我不认识，爸就教，也是在这几个月，他教会我查词典。

爸说光阴匆匆，不能虚度，不上学，在家也可以读书。那几个月，是爸与我最亲近的日子。

在家上学

三年级下，我在中华义务小学读了不到两个月，按学期规定，还有三个月才放暑假。因临近上海解放，我家又要搬迁，不可能再找小学补上这三个月。

爸说，不能去学校，在家也可以上学。他和妈商量，把我每天的课程安排好了。三年级如在学校，要上好几门课，但在家里，只能因陋就简，爸和妈分工，妈教算术，爸负责国文。爸白天要上班，只能晚上教。课本是现成的。

每天上午妈教我，我不太有印象了。无非是做算术习题，然后她批改。记得最牢的事是爸教国文，这是爸的强项。所以，他一套套的，恨不得把肚子里的学问全输入我的小脑袋里。也许是为了给我点希望，他不止一次说，等仗打完了，“圣心”一定会再办下去，你就可以回去读书，将来一路读上去，成为“震旦”人，最后去法国深造。

我相信爸的话，渴望可以回“圣心”，所以非常用功。每天晚上，吃好饭，爸就开始上课，除了国文课，他开始教诗。以前断断续续的，爸也要我读诗、背诗，我只觉得好玩，学了一点。现在，他是正儿八经的教诗。

爸找出一本唐诗（不知是不是《唐诗三百首》），说：“我们一首首学。”但第一首是以前学过的李白《静夜思》，我记得很牢，马上背给他听。他说：“你知不知道这诗是什么意思？”我当然不知道。

爸说，这是想念故乡，就是一个人离开老家，在很远的地方，一个晚上，天上有月亮，他看见月亮，就想自己的老家。“为什么看见月亮要想家呢？”爸仿佛“听”见我心里的疑问，他说在很远的地方有月亮，在老家也有月亮，世界上只有一个月亮，照着很远的地方，也照着近处……我记不大全了，但这是我记忆中最清晰的一首诗，爸教会了我思念故乡。

那时，我离开宁波乡下，看不见阿娘，也看不到童年玩伴，心里很是想念，起先还常哭着要回去。这首诗，爸用浅显的语言让我懂了意思。爸在讲解时，自己也会泪光闪闪，一定是想他妈妈了。我受到感染，心里也觉得酸酸的。

这首诗，可说是我学诗的启蒙，至今还会引起共鸣。后来，爸好像不太讲诗了，他说诗是不能解释的，只能自己想象。他把生字教会我后，就是要我背，还要默写。几个月里，我把一本厚厚的唐诗背完、默完了。我从小记性好，背诗一点不难。至于诗意，我还太小，大多是囫囵吞枣。

一般情况下，爸布置的背诗、默诗，我都很快能完成，只有长诗会背错或漏句。如错了，爸要处罚，不打手心，而是罚抄十遍，再错，就要吃“毛栗子”了。

除了背诗，还教平仄。只是那两年在“圣心”，全程说英文，在家说宁波话，我的国语不行，四声读不准，还记不住。被爸骂了几次后，视平仄为畏途，弄得爸失去耐心，不教了。妈说他，一点没耐心。爸振振有词，我也七岁学诗，像她那么大，已背了上千首诗了。平仄终于没好好学，爸的理由很充足，诗读多了，积在肚子里，格律自不学而会。

学诗我很喜欢，有时还会把诗意加以想象讲给爸爸听。说得是否对，我不知道，好像爸没有不满意，总是点着头，很享受的样子。这几个月，诗读得多，字也认得多，收获很大。

还有一件事，我不喜欢，就是用毛笔写字。每天晚上两张大楷，临帖，爸站在身后，很吓人。毛笔握得不对，手肘没放平，字写得不好，都会被他打。因为怕挨打，越发紧张，字写歪了，墨不均匀，被爸一打，更紧张了，会把纸张扯破，墨汁滴在桌上，字更写不好了。

最吓人的是，爸会突然地来拔我手里的笔，如未握紧，被他拿走，那不仅要受罚，还要提笔一动不动地站着，直到握牢了，他再“拔”不走笔了为止。学字的过程真的很不堪，不知被爸打过多少次。结果一到要写字时，我就会紧张，甚至一拿起笔就要上厕所。妈为此多次和爸吵，窠娘更生气，与爸不知争执过多少次，但都没用，爸依旧我行我素。

爸说我学诗很聪明，写字为什么这么笨，是两位妈妈护着宠着的缘故。他不说自己方法不对，怪别人，怪我笨，不用功。他忘了我只是一个七岁的小孩子，是要鼓励的，他这么凶，结果我对写字完全没了兴趣。后来，爸也只好不了了之。但几个月的临帖，我对书法有了一定的认识，也知道了字该怎么写。未成器，是没有坚持，也是老师没用正确方法教。至少，我不算是书法盲，还是能写点字的。

爸在晚上给我上完课，会布置作业。每天上午我先背诗、抄诗，由妈妈看我默诗，然后写字。爸不在时，我的字反而写得好。妈要管两个弟弟，没空盯着我，我情绪放松，时间也充裕，常常写着写着，自己都觉得字写得好了，连妈也会夸我。常常的，妈把我白天写的字给爸检查，爸会笑着点头，但等他站在我后面看我写，我又老样子了，弄得我很泄气，爸只会说，竖子不可教也！而不怪他自己不会教。

下午我不做功课，喜欢看书。因为学诗，很多难字我不仅会写还懂了意思。爸有不少书，其实我都看不懂，但喜欢翻，翻着翻着，看书习惯养成了。爸知道我看他的书，一点没担心和生气，反而十分高兴。他开始教我查词典。那时还没新华字典，是四角号码，爸很快把我教会了。这样，我看书更容易了。

就在这段时间，爸开始带我去书店。他在福州路上班，上班把我带去，他上班，我去书店。那时福州路书店多，社会风气也好，我像爸说的“老鼠跌进白米缸”，喜欢上了书店。我的看书习惯就是这样开始形成的，书店成了我的又一所学校。

父亲视书如命。来上海后，白天上班，他下班后当《商报》夜班编辑，为的是读更多的“书”；又另兼一份职，为的是多赚钱可自由支配购书。从我记事起，家里已是满地满架的书，走路都得侧着身子。

父亲在家的时间很少，也不大管我。他若在家，只顾看书或写文章。童年的我十分寂寞，便拿书当玩伴。先是找书上的画，后来便学着读。不识的字问父亲，他常听不见，或答非所问。问多了，他会很不耐烦地说：“查字典去！”吓得我再不敢问，只好跟他学查字典——那时我大约只有六七岁。

平生从事过不少职业，只有一个身份不变——始终自认是个读书人。作为女人，不能免俗，也喜欢逛街，看见橱窗里的漂亮服装、精美皮包，也会眼睛发亮！但跑得最多的还是书店，看得最多的是书柜、书架上的书。

跑书店最早的记忆是在5岁，我刚读一年级。父母身边只我一个孩子，我倍受宠爱。爸爸还不到卅岁，他似乎不知该如何表达一个父亲的爱，从来不会陪我玩儿，话也不多，只是一有空就带我去书店。有时他陪我一起看书，选合适的买一两本。有时他去上班，把我一个人扔在他单位附近的书店。我太小，认的字不多，口袋里也没钱。说是看书，实则是玩儿，把书店的书翻来覆去找插图；或者把书摞起来又横着排队；或者把一样大小的书堆在一起数数。不知为什么，那时书店里的人脾气都一样的好，任我怎么折腾，从未有一个骂我，或者赶我走。有时午饭时间到了，爸还没来，店员会送片面包给我。我不懂事，吃了面包还要喝水，还要上厕所，总有人会帮我。这哪儿是书店，简直就是儿童乐园！现在想起来，对那几个穿长衫、说话轻声慢气的店员，心里还充满感激。

读三四年级后，周日除了看电影、去公园，爸还是喜欢带我去书店。寒暑假，几乎天天去。爸在福州路上班，那条路上书店多得不得了。店都不大，大多是一开间门面，里面有一两个店员，进去的人不管买不买书，他们都很客气地接待，不大说话，只是微笑或点头致意。没人时，他们手里都拿着书，坐着（不像现在，营业员不许坐），静悄悄地看书。我从这家店看到那家店，上午在路这边，下午去路对面，看得囫囵吞枣，半生不熟也不管，真的看了不少书。好像买的书不多，不知因为看不懂还是钱少，总是看白书。记忆中我自己挑的只有一本《俄罗斯童话》，这本书直到十年动乱才被毁掉。

因为战争，我没处读书，但庆幸我出身在知识分子家庭，有一个满腹经纶的爸。我未读完的小学三年级下学期，由爸妈任教，在家里、书店继续上学，没有荒废，还学到了学校不教的诗词和书法。后来我也写诗，但主要是现代诗，格律诗写得不多，为此，还常被身为诗词名家的爸骂。

爸是个大诗人，但他不擅发掘别人的潜能，也不大懂心理学。他对诗的痴迷，使他的诗是字字句句从心头抠出，被海内外称颂。他往往以这样的标准要求别人，看见报刊上的旧体诗，很少有满意的（除上海老诗人傅璧园除外，那是他唯一称赞并甘拜下风的老诗人）。他说得最多的是“狗屁不通！”甚至一再写信去找版面责任编辑的麻烦，说你刊诗，一定要懂诗，不懂装什么内行！为此，得罪了好多人。

我有时写格律诗，不敢给他看，如给他看，他一定说，去改！这算什么诗！改了再给他看，他还是那句话，不行，再改！弄得我灰头土脸。他兴之所至，会给我改诗，但改着改着，就面目全非，成了他的诗，而没有我的诗味了。为怕他挑剔，后来我不大写旧体诗，写了也不敢给他看，直接去发表。对于我不肯写格律诗，他总是痛心疾首地说：“你有童子功，为什么不写？”

想到陶行知写过一则故事，“打掉了一个爱迪生”，我很想讲给爸听，从没敢讲。对小孩子，引导、耐心最重要，一味责罚、贬低，怎么学得好！我的书法没学下去，诗也没学精，有自己原因，也是被爸“打”掉了兴趣。

附文：错失一位好老师（刊 2021 年 6 月 20 日新民晚报）

别人都说爸是好老师。他在西宁马坊中学当班主任，把不爱学习、成绩惨不忍睹的学生都送进了大学。学生几十年记着他，他去世还来沪送别。爸在宁波大学开选修课《红楼梦》，理科、外语，甚至外校学生都来抢座，窗台走廊门口都挤满了人。家有这样一位好老师，应是大幸，可我对爸一直心存芥蒂。

五岁我来上海读小学，一看屋小、弄堂窄、马路吵，心里一百个不愿意，更难熬的是爸要我学诗。我不识字，爸读一句，我跟一句，读了几遍，就要我背，我不理解，怎背得出？他骂：“侬咋介笨！”我哭着要回乡找阿娘。说到阿娘，爸眼圈红了。他说：“你看，今夜月亮又大又圆。上海有月亮，乡下也有月亮，你在想阿娘，阿娘也在想你，这就是‘举头望明月，低头思故乡。’”我忽然明白了诗的意思，马上背出来了。这是爸教会我的第一首诗，他边讲边擦泪。我不明白爸为什么哭，但我牢牢记住了诗意，诗把故乡和我连在了一起。那时，爸要上班，又兼职当记者，还常去看戏、票戏，十分忙，但只要有空，他就教我背诗，却再没有了教第一首诗的耐心。诗中的字我大多不认识，更不明白意思，常常是爸读了一遍又一遍，我还是背不出，他总是骂我，有时还要打我手心。我怕挨打，非常专心地学，学着、背着，脑子里会出现一些场景，说给爸听，他却总是板着脸说，胡说八道，诗哪里是说这些，好好动脑子想！妈常和他吵，你不好好教，只知道打骂！爸说，你懂啥！诗是没法教的，只有熟读诗词，才会懂诗。作诗，便水到渠成。他常常吼，脑子要转起来！要用功！哪一次背慢了背错了，还是要挨打。学诗，成了很可怕的事。

上小学了，爸又教我写毛笔字。他说人有两张脸，一张是天生的，另一张脸就是写好字。见爸买来毛笔、大楷本、字帖，我兴高采烈，谁知一上手，又是苦！每晚临帖，爸站在身后。握笔不对，手肘没放平，字写得不好，都会被他打。因为怕挨打，越发紧张，字歪了，墨不匀，甚至把纸扯破，墨汁滴在桌上……爸还会突然拔我的笔，如被他拔走，不仅要吃“毛栗子”，还要被罚提笔站着，直到他再拔不走笔为止。学写字，不知被爸打了多少次。结果，一提笔，我就紧张，甚至频频上厕所，爸拗不过天天和他吵的妈，只好任我的字“野蛮生长”。后来，识字多了，我自己能看懂诗了，学诗便不再那么难。

到小学毕业，我背了至少上千首诗，但因为爸总说我笨，骂我不用功，我对古诗产生了抗拒。我上寄宿制中学后，爸再没法逼我学诗写字，我欢欣鼓舞，从此只读、写新诗，也再不写毛笔字。爸回上海后的十几年里，他品评我的散文和诗，总是遗憾，说我有童子功，却没成为他那样的诗人。见我龙飞凤舞的字，也常摇头叹息。只有我偶尔写了格律诗，他嘴上说你总是不肯用功，脸上却笑成一朵花。

昨夜月细似眉，诗涌如潮，吟成一首七律，结尾押不好韵，随手拿起电话请教爸，“你拨的电话是空号！”我呆若木鸡。原来世上最远的距离，并非生与死，而是爸天天在眼前，我却看不见他的苦心。弯月晶薄，清露晨流，我，错失了一位好老师！

在没学上的日子里，我上了一所家办学校，还是学到了很多东西。不能说学了没用，或者都被爸“打”掉了。我的不少好习惯，如读书、去书店、背诵诗都是在此打下了基础。我后来从文，爸说我的散文不错，是因为肚子里诗多，这话有道理。

到5月，风声更紧了，弄堂里不大有人走来走去，大人见面只是匆匆点点头，不像以前会停下来聊聊天。我再不懂事，也明白要发生什么大事了。妈和窠娘常盘点家里的存货，算着米能吃几天，肥皂、草纸够用几天……爸回家越来越晚，不知在忙些什么。以前爸要是晚回来，妈会说他，甚至吵架，但这些日子，妈不管了。

大概是5月中旬，弄堂口开烟杂店的阿奶妈（都这么叫她）挨家挨户来说件什么事。妈说，我家老的老小的小，怎么去？原来要在弄口堆沙包。我自告奋勇去了。阿奶妈找来了麻袋，说要去找沙子装在里面，做什么用呢？好像说可以挡子弹。我们几个孩子不懂危险将近，只当是件好玩事。跟着新亮阿公（住在二楼厢房，我的又一位族太公）四处去找沙子。后来找到了一堆沙子，不知是谁扔在路边的，我们用小桶、勺子把沙舀进麻袋装满，却拿不动了。新亮阿公不知从哪里找来一辆童车，竹藤做的，和两个男人把麻袋推至弄口。记不得我们搞了多长时间，装了几袋沙，只记得弄堂铁门里面沙袋堆起来，只是矮矮一层，大人小孩已经人仰马翻，再装不动了。是否挡住了子弹，或根本没子弹射进，也不记得了。

爸不再布置作业，我乐得疯玩了。这一段日子，只有每天楼上楼下奔进奔出，和隔壁的同龄人青囡、红囡们玩的记忆。只是，大人关照，不许到马路上去，说有很多伤兵会打人、抢东西，惹急了他们，一枪打死也有可能，吓得我们不敢走出弄堂大铁门一步。大铁门以前从早到晚敞开着，夜里也不关，形同虚设，从来未见有坏人进来过。现在如临大敌，大门关了，只有一扇小门进出，到吃晚饭时就关了。爸爸下班晚回来，要叫门，阿奶妈听见是熟人的声音才会开。

终于听见炮声了。这天，爸爸没去上班，他说，共产党要打进来了，要改朝换代了，好事啊好事！他一直很兴奋的样子。阿奶妈一家家去问，看到人都在家里，便锁上大铁门。大人都忧心忡忡地不时向窗外望，只有我们几个孩子上蹿下跳玩得无法无天，大人没心思管我们，只有吵得太厉害了，爸才会呵斥。我们安静一会儿就忘记了，照样玩儿。

这天夜里，炮声更近了。爸说，到苏州河了！妈和窠娘把棉被铺在桌子上，让我和大弟钻在下面睡。我们不知为什么不睡床上，只觉好玩儿，在桌子底下打来打去地闹。爸妈都坐着，窠娘大概坐不住了，她说“有福做人，无福化炭”，“先主死，后主生”（意思是生死由命），怕个甚！去睡了，我们也困了，不知什么时候睡着了。

一觉醒来，天已大亮，大人都不在屋里，我们到楼下去找。一看，弄堂口站满了人，大铁门敞开着，沙袋已搬开，外面地上都是人。我们挤过去看，都是兵，背着长枪，有的坐着，有的睡在地上。爸和几个大人在劝他们，进弄堂来坐（那天细雨蒙蒙的），弄堂口过街楼下可以避雨，但兵们都摆摆手，仍旧一动不动坐着、躺着。阿奶妈拿了热水瓶倒水给他们喝，他们也不要。天在下雨，还很冷，这些兵居然谢绝一切好意，静静地坐着、躺着。

这天是1949年5月25日，我们在长乐路98号三楼迎来了上海解放。亲眼见到解放军进城，见到下雨天，穿着单薄衣服的解放军不肯进弄堂避雨，谢绝百姓送他们的食物和水，和衣躺在地上，这一幕太令人记忆深刻了，直到今天，我还清晰地记得一个小战士，和弄堂里上中学的强哥差不多大，怎么劝也不吃我送他的一张大饼！多好的兵啊！爸说，解放了！解放了！很高兴的样子，从此，天天忙到深更半夜才回家。

过了大概一个月，爸说，市面稳定下来了，虹口的房子已弄停当（大概是指收拾好了），过两天，阿娘和阿二、阿三要从乡下来，我们要搬家了。

忘记是什么日子，我们搬家了。那时没有搬场公司，是爸爸的单位来了几个同事，都是年轻力壮的，帮我们搬东西。窠娘拎着一只小包，我背着书包，大弟最起劲，他抢着搬只痰盂，结果摔了一跤，脸上磕出血，从此留了一个月牙形的疤。搬运东西的是两辆从菜场借来的黄鱼车，然后我和妈妈、窠娘等坐了两辆三轮车，心里带着对新居的向往，满心欢喜地向虹口东余杭路奔去。

旧居的家具都是借我们房子的叔太婆的，所以搬家很简单，只是一点细软和衣物。我的书包里是课本、笔墨，窠娘的包里叠着我的“圣心”校服。遗憾的是，这几件伴了我两年，留着不可复制记忆的旗袍，从此，我再没有穿过。尽管我视它们为宝贝，终于随着岁月消逝，灰飞烟灭了。随着新时代的来临，“圣心”越走越远，直至，没有了踪影。

新居在东余杭路727弄61号，有点像石库门，其实是一幢很大的西式楼房，有61、63号两个门牌，中间墙连在一起，两个门牌所有的房间都是左右对称，一模一样的。爸用金条顶下来，据说很贵，二房东还无理要求，多付了七个月房租。因为“顶”下来的房子已易了主人，根本没有房租这一说，爸说，求太平吧，早点搬过去，孩子们开学都可以上学。

这幢房子属姓王的老板，房子没完全造好，他就匆匆去了香港。厨房和自来水都在一楼。二楼楼梯边的墙上有一扇门，买房时说楼上有厨房，还有卫生间和阳台，搬过来才知都没来得及造。房子完全是依洋房式样造的，高大、宽敞、明亮，木门木窗结实，屋的外墙是原色水泥起花，坚固、厚实。

◀ 东余杭路 727 弄

▲东余杭路 727 弄 61 号

▲东余杭路727弄63号

我家住两层楼，二楼有南、北、西三面窗，前后两间；三楼是一间前楼，一间后楼。爸妈住二楼，朝北一间是客厅，三楼前间住阿娘和我、二妹、三妹，窠娘住后楼。大弟、小弟因为小，和爸妈睡一起。

厨房是合用的，我们因房子大，靠东有一面墙给我们用。爸说，当初看房子时，明明说好二楼也有厨房，现在麻烦了，窠娘要楼上楼下跑。窠娘说，勿要紧，我走路咚咚响，咋会走勿动！

▲厨房

因为有了这么大的房子，我们几个孩子乐坏了。二妹三妹一直在乡下，这次出来，因阿娘一同来，倒不怕生，我们一会儿就玩在了一起，屋子里到处是我们咯咯的笑声。

我们家安定了下来，过了好几年宁和、富裕、快乐的生活。我也该去新学校上学了。

爸说，宁波人当然去“澄衷”上学。“澄衷”在弄堂对面，穿过东余杭路转弯至唐山路就是校门，比前两所小学都要近。更重要的是此校是叶澄衷办的，不仅是上海一所非常有名的好学校，也是我们叶家人自己办的学校。

爸爸办了手续，1949 年 9 月开学，我成了“澄衷小学”的四年级学生。

澄衷小学

1899年年初，叶澄衷决定要创办一所学堂。他谈到自己家境贫寒，年幼失学，缺少文化，所以在创业时，倍感艰辛。搞实业，没文化不行，不懂科学不行。要国家强盛，不再受人欺辱，我们的后代，更不能没文化，不懂科学。

他周密地思考了办学的教育内容、组织形式，学校名称和捐款捐地数额等细节后，决定把筹建学堂的大事交给怀德堂的董事们。

叶澄衷感到自己身体渐渐不适，生命之光似乎消退，他于1899年10月19日，写信给樊时勋等七位怀德堂董事，郑重其事地正式提出筹建澄衷学堂的想法。明确“在张家湾购买土地约30亩，拨银10万两，交怀德堂董事诸君子筹办建造学堂房屋，订立章程，务求妥洽，克垂久远。”他的心愿为：从此学习之人，学有进益，大则可望成才，小亦得以谋生。并定下校名为澄衷蒙学堂。此信发出，18 天后，澄衷公去世，这封信成了叶公关于创办澄衷蒙学堂的遗嘱。

▲澄衷学校原校门

弥留之际，叶公心系贫寒子弟，“俾使无力从师者，皆得就学焉”，殷切期望董事悉心筹办，开平民教育及新式学堂之先河，深谋远虑，卓尔不群，用心极其良苦。

董事们开始了学堂筹建工作，叶公的病情愈来愈严重，临终前他还念念不忘筹办学堂之事，召集七位董事，商定建立由各商行之分号值年的办法来管理学堂事务的制度，规定各号经理分掌其事，依次轮值，周而复始。他再三叮嘱家人，学堂交校董会和校长谋划决定，子孙们应协力完成开办学堂之愿，但不要介入学校具体事务。交代完后事，一代商界巨子叶澄衷走完了他六十年辉煌的人生历程，于 1899 年 11 月 5 日与世长辞。

1900 年 6 月 24 日，学堂在虹口张家湾破土兴建。因工程浩大，学堂建到一半，10 万银两已用去大半，难以为继。澄衷公长子叶贻鉴将父亲分给他的 10 万银两悉数捐出，以保证学堂顺利竣工。

1901 年春，学堂竣工落成，计有正舍 30 幢，旁舍 15 幢，风雨操场一所，设寻常小学和高等小学。应樊时勋之请，晚清著名学者刘树屏来沪筹备学堂开学时宜。依照叶公嘱托，校名为“澄衷蒙学堂”，请清末状元张謇题校名，以石刻嵌于大堂前。聘蔡元培任总教习（教务长）。近日，澄衷传来新址奠基的好消息，特写文记之。

▲澄衷蒙学堂

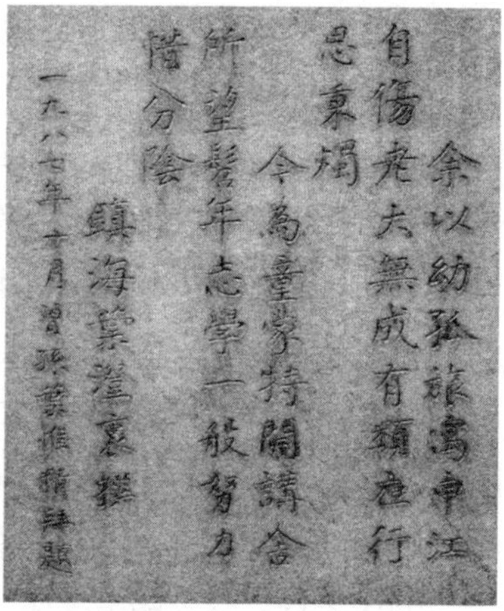

▲叶惟精书写的澄衷蒙学堂对联

刘树屏根据叶公生前旨意代撰一副对联，悬挂在大礼堂两侧：“余以幼孤，旅寓申江，自伤老大无成，有类夜行思秉烛；今为童蒙，特开讲舍，所望髫年志学，一般努力惜分阴。”

校董会呈请当局为学堂立案，上报两江总督刘坤一，转请督学部堂大人赵书翘核准办理，于 1901 年春季批文送达学堂。

1901 年 4 月 16 日，澄衷蒙学堂正式开学，后来以此日为立校纪念日。所招学生，皆为贫寒子弟，除免学杂费外，并发给书包、课本和竹布长衫。所聘教职员计 82 人，均供膳食，每人各居一室，生活起居设备齐全，笔墨文具皆由校方提供。

附文：我也是“澄衷”校友（刊 2015 年 10 月 17 日新民晚报）

今天，是澄衷高级中学 115 周年校庆，我去了。那么多年，从未把自己当作她的校友，也没回去过。因为她叫高中了，我读的却是小学。进门报到台上有张表格，上面最早的毕业生是 1966 年，我没法归类，只签了名。可我的确是她的校友。

1949 年 5 月上海解放，我们家还住在蒲石路（长乐路）98 号，我就读的圣心小学不知是法国教会撤走了，还是别的原因，没法读下去了。我在雁荡路的中华义务学校借读了几个月，暑假我家搬到东余杭路，9 月我转入澄衷小学读四年级。因为年幼，又只读了两年，一点不记得老师、同学的名字了，只有比我高一届的小林，因是邻居，是记得的唯一同学。他英年早逝，没人好问上学的事了。记忆中，学校很大，房子是红砖砌成的，是二层楼房，教室外有廊檐。进校门是叶澄衷先生全身铜像，长袍马褂戴瓜皮帽，拖着长辫子。铜像很高大，不像今天看到的那尊又矮又小，据说是校友后来捐资重塑的。有座大钟，也很高大，今天看到的据说是原物，只是搬了地方，怎么也觉得很小。操场当然也大，因为学校秉承澄衷先生遗训，非常重视体育，可今天看到的操场实在不像我记忆中的样子，很小，像篮球场。

我当年的教室，即红砖二层楼房早拆了，原址盖了李达三楼。楼房上的“澄衷蒙学堂”、还有几块碑被保留下来，设了碑廊。在校史室，我看到陶行知于 1922 年来校讲课的记录，这是我没听说过的事，很珍贵的资料。我还看到王震校长简介，他于 1949 至 1953 年在此任校长，正是我上学那时。看到他的照片，须发皆白，长髯飘逸，慈和的样子，不禁眼湿。他就是那个样子，我们常在校园里碰到他，总是笑眯眯的。他就住在学校隔壁弄堂里。听说战争时期，他为维持学校，拿出私产私蓄解急难。可以想象的，当时的校长任期都很长，视校如家，是一荣俱荣，一损俱损的感情，为学校毁家办学的不止王校长一个。我向他深深鞠了一躬。

我送了自己的新作《博爱存心》给学校，扉页上写“岁月流逝，‘澄衷’永存”。虽然物是人非，旧踪难觅；虽然印象模糊，昨日不再，但“澄衷”仍是我母校。校友册上没我名字，我仍是她的学生。最好的学校也许并非有多少杰出校友，有多少专家院士名人，而是学生离开几十年后，把所有的功课都忘记了，心里却记得当年校长温和的笑容，阔别半个多世纪，见到“他”还会流泪。当年校园里各种细节流露的爱意，似无意却深播的种子，塑造了学生柔软善感的心。带着这样的心上路，不管他从事什么工作，他首先是一个好人。这才是成功教育，也正是期颐之年的李达三校友捐2000万元回报母校的原因。

在学校，碰到我创排“东方之舟”剧组的四个学生演员，他们热情地陪我参观，为我留影。有他们陪同，使我在无法找回记忆的校园中，感到温馨，弥补了遗憾。

澄衷精神

在家乡办学校，持续最久的是叶澄衷先生。

澄衷先生幼贫，经奋斗成为沪上有名的企业家。他发达后不忘家乡，倾力回报社会，所做好事数不胜数，办义庄即为其中之一。他办学有明确的宗旨：“中国之积弱由于积贫，积贫由于无知，无知由于不学。兴天下之利，莫大于兴学。”

1902年，叶澄衷家族遵遗嘱以3万银两办叶氏义庄，后捐1312亩田给义庄作为教育经费及济贫帮困的费用开支。义庄首批招20名贫困学子，后逐步扩大。方圆几十里地不论家境、出身、年龄、是否姓叶，都可报名且免费上学。义庄校训为“勤、朴、肃、睦”，强调德育与自治能力。义庄后改为“中兴学堂”，有六字方针“惜阴、勤奋、自强”。二十世纪二三十年代，“中兴”以校设市，称中兴市（相当于学生会），还有中兴法院等，下设机构，让学生在各种岗位上值勤，锻炼能力，学会为大家服务的本领。

学校高薪聘名师，担任校长20多年的金茂如，为晚清举人，学识渊博，治学严谨，爱生如子。支家英校长，毕业于上海公学。他是个全能人才，语、数、自、音、美、英都擅长且会管理，由他聘请老师，皆以全能为首选。在此校，级任老师兼教音乐，算术老师讲流利英语，美术老师会打拳……是常事。一批名师任教，他们各有特色，让学校的文体活动变得丰富多彩。在老师影响下，学生兴趣广泛，多才多艺。

1926年，“中兴”开风气之先，招第一个女生入学，成为全国少有的男女同校读书的学校，不少女孩因此受惠。学校治学严谨，德智并重，理念超前，中西兼容，学风淳正，人才辈出。老家的小孩子没有一个不上学，更没有因家贫失学的。村里长辈人前人后夸孩子，就是一个标准：“读书用功！”在这种氛围下，家家以读书为荣，个个努力上进。叶澄衷先生功不可没。

宁波人有跑码头传统，有句宁波老话“跑过三江六码头，吃过奉化芋艿头”。不少人离开家乡去上海、汉口、广州、香港，远的下南洋。在上海的宁波人很多，澄衷先生去世前立下遗嘱：“久欲在虹口设立学堂，延聘名师，专以教授中国经书为做人之根本，俾使无力从师者，皆得就学焉。”以10万银两，购地30亩在沪办起澄衷蒙学堂，解决家乡贫寒子弟在上海读书困难。他的长子继续捐资10万银两，1901年学校在唐山路落成，从小学到高中都有。学校后来规模扩大，学生也不仅是宁波籍，它不再像叶氏义庄完全免费。“澄衷”是私立学校，要收学费，但家贫者可申请减免，成绩好的有奖学金。首任校长刘树屏，教务长蔡元培。

中华人民共和国成立初，我就读的教会学校外籍教师回国，我家又搬到虹口，父亲找了“澄衷”的校长，我插班读四年级。学校与教会学校有点不同，但老师们同样有趣，活动很多，好些老师用英语交谈。我还被音乐老师选入合唱队，他带我们去广播电台参加市儿童唱歌比赛，得奖后发给每人一枚纪念章，我当宝贝似的至今还珍藏着。操场旁有个游泳池，至今大多数学校没有，可见其超前。教室外走廊很宽还有顶，下雨天学生可如常奔跑玩耍，为的是“强身为要”。

进门处有澄衷先生全身铜像，穿长袍马褂，戴瓜皮帽，身后拖条长辫子。

校隔壁弄堂有个白发白胡子老先生常来，听说是老校长，大家都称他王先生。有次在校门口我碰上他，他拉住我问："你是宁波人？"很慈祥的样子。教导处有个姓陆的老师，是我们庄市人。我只读了两年，因父亲在新老交替的年代，收入减少不能负担高额学费，又不肯申请减免费，我转到公立小学去了。尽管我在乡下未进叶氏义庄，在上海"澄衷"只读了两年，但前辈为民办学，几十年为家乡子弟造福的精神，已深感于心。我也是受惠者之一。

梅贻琦说："所谓大学之大者，非谓有大楼之谓也，有大师之谓也。"千真万确。这实是教育之真谛，也是澄衷之精神。

刘树屏校长专门创作校歌，以勉励学生勤奋学习，努力进取，不负叶公之殷切期望。此歌一直为澄衷校歌，至今已 120 年，天天在校园传唱。

澄衷蒙学堂是沪上第一所由国人创办的班级授课制新式学校，它的办学规模、教育理念等由刘校长写成"澄衷蒙学堂落成记"，由张謇书写，铭刻成碑，竖在校园内。

▲首任校长刘树屏

1901 年 7 月，刘树屏因病请假，由蔡元培代理主持校务。1901 年 7 月 27 日，叶澄衷长子叶贻鉴不幸逝世，此后生员人数增加，办学经费紧张，难以为继。深受父兄贤德之风影响，叶氏兄弟六人同意自 1902 年起，每年农历三月，拨出 4000 银两，作学堂常年使用经费。以后，改为一次拨银十万两。1902 年，拟添办中学、师范、商科，校名改为"澄衷学堂"。

1912 年 2 月，学校更名为"私立澄衷初高等小学校"。1913 年 3 月重设中学部。1920 年，添设甲种商科。1926 年秋，增设高中和专修科。1927 年停办高中。1928 年学校分为中学和小学两部分，中学名为"私立澄衷中学校"，小学为"私立澄衷中学附属小学校"。1930 年夏重办高中。1934 年，按教育部令，小学校称"私立澄衷小学校"，校长由中学校长兼任。

1937 年"八一三"淞沪之战爆发，日军占据澄衷校园，学校被迫四处借房，却依旧恪守职责，因陋就简，认真施教，直至 1948 年 8 月才搬回原址，被迫外迁 11 年。

1952 年政府开始接管私立学校。1956 年，校名由“私立澄衷中小学校”改为“上海市五十八中学”，小学部被划出。1985 年才恢复校名为“上海市澄衷中学”。2003 年起不再招初中生，又改名为“上海市澄衷高级中学”。

120 年以来，校名“澄衷”不变，地址不变，持诚求真的精神不变，澄衷学子已超过五万人，遍布全国各地和海外。一大批杰出人士从这里起步，实现了人生辉煌的跨越，为祖国建设和社会文明进步做出巨大贡献。

叶澄衷的“兴天下之利，莫大于兴学”思想，深深地影响着澄衷学堂的筹建者、管理者，也影响着一代又一代的澄衷学子。

1949 年 9 月，我走进了澄衷小学，当时的校名是“私立澄衷小学校”。爸爸牵着我的手，陪我穿过窄窄的东余杭路，走进了学校。叶澄衷是所有宁波镇海人都非常熟悉的大好人。他办的叶氏义庄和捐巨银重修的崇正书院在乡下无人不知。

在家待了几个月，去上学是件盼望已久的事，我跳跳蹦蹦地跟着爸走，他一路给我介绍澄衷公和这所学校，我对澄衷公在老家就非常熟悉，爸不说，我也知道他的为人。他和我们的亲缘，阿娘早就说过好多遍了。所以，我一点没有陌生感，高高兴兴地走进了校门。

校门上“澄衷学校”四个字高高挂着。那时校门在唐山路，一进门，右侧是个游泳池，关着，只见一堵镂空的墙围着一个大池子，里面没有水，爸说，还可以游泳。后来听说，泳池里淹死过一个人，已经不开了。

我们去了办公室，应该是教导处（或叫教务处），有位姓陆的先生，是我们庄市人，爸认识他，说些什么我没留意，只顾东看西看。办了手续、领了书，爸带我去找教室。一路上，爸关照我说，陆先生说我们可以申请免费，因为是自家人，规定可以不用交学费。爸说，我们家境好，不应该享受免费，我已付了学费。上学交学费，不是应该的吗？我不懂这有什么区别，听了也不大明白，只是点头而已。

▲澄衷蒙学堂门楼

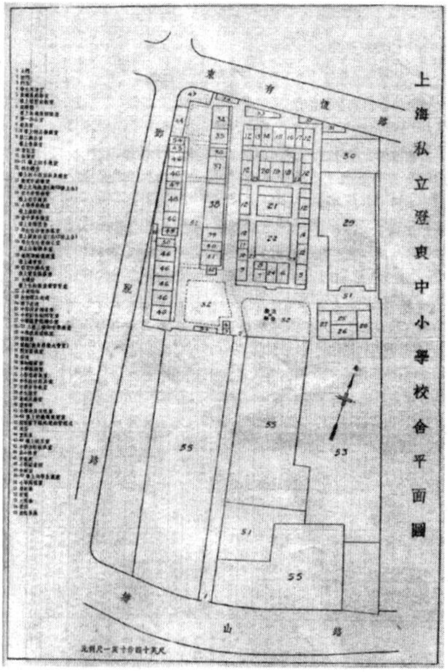

▲澄衷蒙学堂平面图

后来听妈埋怨爸，才知私立学校学费很贵，明明可以免费，为什么不申请。长大后才知“澄衷”对贫寒子弟完全免费，连衣服也发。对宁波庄市的乡亲，只要申请，不管是否贫寒，都可以减免或全免学费，并不去做调查。对叶家亲人，更有不成文的规定，只要打个招呼就可以全免学费，这与澄衷公办学宗旨、做人有关，是为了以各种形式回报家乡，惠及众人。

去上学的前一天，妈带我去照相馆照了一张相，我扎着短短的小辫，很天真的样子。

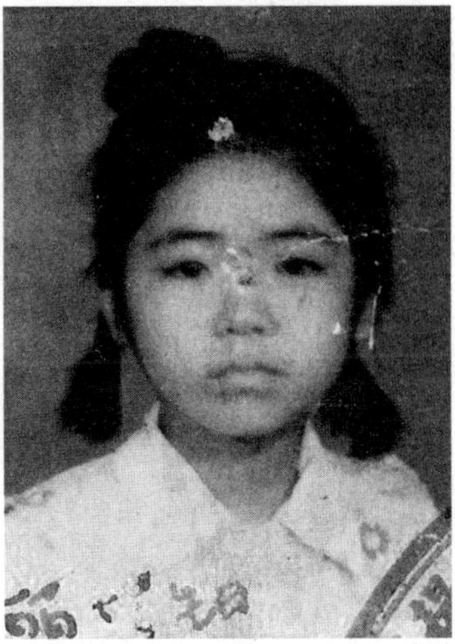

▲我进“澄衷”时特地照的相

我第一天去“澄衷”，窠娘特地找出“圣心”的校服阴丹士林旗袍让我穿上，她说这衣服看上去干净。我听话地穿了，已几个月没穿校服，今天又当小学生了，心里不知有多高兴。窠娘左看右看说，你长高了，这旗袍太短，脱下来吧。我听话地脱下来，换了件妈给我做的旗袍。

那天很早就起床了，妈仔细地为我梳好小辫，一面絮絮叨叨地关照，说些什么，都不记得了。窠娘烧好泡饭，早盛了一碗冷着，上面还有一只白煮蛋。窠娘说些什么，为什么要吃蛋（平时没有的），我听了，都忘了，只想着快去学校。

妈特地买了一只新书包，包里装了新的铅笔盒，又把一块白手帕别在我旗袍纽扣上，左看右看，又说了好些话。爸不耐烦了，这么啰唆，又不是没上过学！窠娘送我下楼，也是横关照竖关照，以前上学，从来没人管我，自己背了书包就走，这回，弄得像件大事似的。本来高高兴兴的我，被两个妈一搅，也有点紧张起来。

一路上，爸不说什么话，他走得很快，我小跑步才跟上他。学校在我们家对面，但那时门在唐山路，要转过去，平时没去过，路好像有点远。到了校门口，望进去，第一个印象是，好大！这个大，不像“圣心”，四面都是花园、房子，还有花房、礼堂等都是散状的。这个学校是一条直线，看过去，几排二层楼房子一个式样，红砖、尖顶，有廊檐。因为人小，这条直线觉得望不到头似的。有一幢楼上有“澄衷蒙学堂”五个字，似是石头刻的，字很大。

▲澄衷蒙学堂旧影

门房伯伯让爸带我进去，并指着中间一幢楼说，陆先生在那里等你。走进校园，爸没带我去办公室，走到了一幢楼前，那里竖着一座铜像。“他”头戴瓜皮帽，穿着长袍马褂，头上有一条辫子，这人像我见过的阿爷画像，也是这般打扮。爸说，这就是“澄衷小学”的创始人叶澄衷，我们叶家人。我不懂什么叫创始人，是校长吗？爸说，这学校是他买地捐钱造的。你看这周围没什么学校，是他造了这么好的学校，你们才可以不用走老远的路去上学。你要记着他的名字，叶澄衷！我在乡下就知道了他的名字，学校就是用了他名字，很好记。爸说，站好，我们向他鞠躬。我恭恭敬敬地鞠了躬，更加牢牢地记住了他的名字。还觉得他脸上的表情很温和，手里拿着一卷书，像个读书人。我小，很多事不明白，但听爸说，他是叶家人，心里就觉着是自己人，很亲切。对将要去的教室，一点也不觉害怕和陌生。

爸带我在校园走了一圈，那操场好大！一面走，爸一面指着楼告诉我，这是什么，那是什么，我没记住，只觉得学校楼多、房子多、树多。忽然看见一座很高大的钟，安放在方方的楼上。爸说，这是钟楼，以前的钟楼好像不是在这个位置，钟也比这只大。我仰头看，钟面上好像还有字，爸说，这是《申报》赠学校的钟，上面的字是“寸阴是惜”。我看不清楚，但这四个字的意思是明白的。

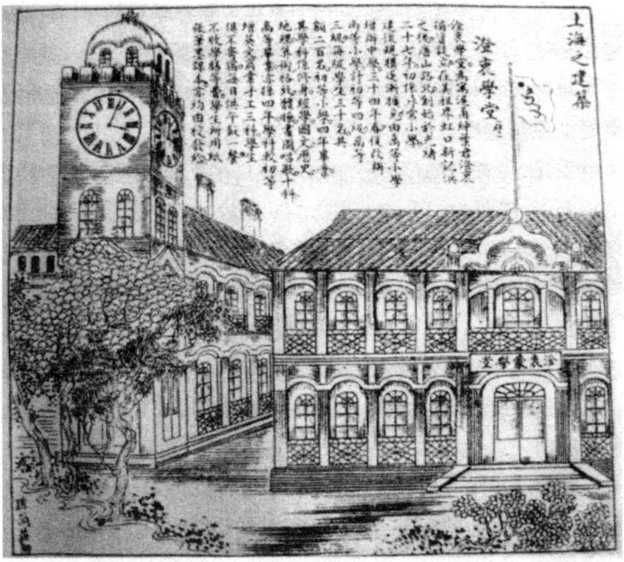

▲ 1909 年上海《图画日报》连载的《上海之建筑》中的澄衷学堂

爸从来没像这天那样，耐心地向我介绍学校，也从未和我说过那么多话。可惜因年龄小，又隔了那么久，他说的，我都记不清了。

在办公室见到了陆先生，是我们庄市人，爸说他是贝陆朱樊村人，是我们的乡邻。他穿着长衫，一双布鞋，像极了轫初小学的老师。爸要我鞠躬，我照做了，他温和地夸了我几句，无非是长得好看什么的。他和爸说了不少话，我听不懂，说着说着他们争论起来了。

后来我才知道，陆先生已把我列入免费学生名单，爸不肯，一定要交学费。原来，是澄衷公公立下的规矩，学校是为“造就人才”所办，怕有人因“无力从师”，不肯送子女入学，故对族里亲人体贴倍加，“若有所求，罔不自助。”他临终之际，还对子女嘱咐：“务必厚待同仁好友，切不可忘了为父诚朴待人之道。”这就形成了一条不成文的规矩，族人、亲友只要申请，均可免费送子女入学。虽说有“家庭贫寒”这条，但只要申请人提出，并不调查核实（为的是宁波人最讲面子）。陆先生出于好心，认为我们完全可以享受免费。

这时爸在上海有高薪职业，还兼了丙康药厂董事会秘书和《商报》夜班编辑二职，拿着三份薪水。因在药房当高级白领，路子颇宽，还与同事一起做紧俏药品生意，故收入颇丰。爸坚决谢绝陆先生的好意，要他划去了我免费生的名单，交了学费。爸说，澄衷公的学校维持至今不易，叶家人理应扶助支持，哪有坐享福利之理！

对这些，我一窍不通，都是后来才慢慢知道的。爸把我送到教室就离开了。他好像很放心，竟一句叮嘱也没有，只是问了一句：“你喜欢这个学校吗？”我点头如捣蒜。在家关了几个月，有书读就很开心，何况是这么大的一个学校。我当然喜欢。

后来我才知道，其实爸是很担忧的。因为“澄衷”与“圣心”是完全不同的学校，我已习惯了西式教育，一口英语已很流利，到“澄衷”来，改变的不仅是教材，还有老师、教学方式等等。对我这样的小孩子，一下子恐怕很难适应。这也正是开学第一天，妈和窠娘千叮万嘱的原因。我开始上课了，起先是有点不习惯，慢慢地，发现学校不比“圣心”差，没多久，就喜欢上了。印象最深的有以下几种：

国文

第一堂课是国文课，首先不适应的是，老师讲国语，课文也完全不同。幸好，国语我已听讲自如，只是在“圣心”习惯了的英语思维，一下子难改。老师提问，我总会慢一拍，有时还不由自主地将英语冲口而出，引得哄堂大笑。上的什么课，没印象了，只记得老师问我叫什么名字，我在脑中把它翻成了英语，又用英语回答了。老师一愣，但很快她就用英语请我坐下。老师会英语？我一高兴，就把不习惯扔到了脑外。

小孩子习惯很容易改，很快我就不再说英语，老师上的课我都听得懂，也能用中文很快完成作业。我的国文成绩一下子就上去了，背古诗是我的强项（我肚子里有上千首古诗呢！），把同学们惊得一愣一愣的。

级任老师是个女的，我记不起她的姓，她的样子也忘了，是我们的国文老师。我喜欢她的课，她的声音特别好听。课文都记不起来了，只记得每星期要写一篇作文。作文，我在“圣心”就比别的同学写得好，但因习惯了用英文写，词语掌握得不多，每篇作文写得很短，内容也简单。到了“澄衷”，没多少日子，我就习惯了用中文写，写得很流畅。作文是在课堂上写的，老师在黑板上写出题目，但不讲应该怎么写，注意什么，任我们想怎么写就怎么写。写完后老师收上去，第二天上课她把批改好的作文发下来，会讲评。

老师批作文很认真，用红笔写评语，圈出好词好句。慢慢地，我的作文本上红圈越来越多，她在课堂读我的作文也越来越多。到了四年级下，我的作文在学校里小有名气了。老师好几次把我的作文贴在壁报上，让其他班级同学看。我还被她推荐参加了作文比赛（忘了在学校还是出去比的），只记得我一点也不慌，抽到一个题目，唰唰唰地就写开了。我第一个交卷时，有的同学还在苦思冥想，一个字也未写。后来得了奖，这是我生平第一次写文章得奖，老师直夸我，很少夸人的爸也破天荒地称赞，说我是他的囡，正宗！

老师教会我写作文，还教会我读更多的书。她带我们去图书馆，告诉我们如何找书。还记得她说，这里书是分类的，你可以一排排借回去，这样可以少花时间找。平常日下午和周六下午、周日上午图书馆开放，可在阅览室看书报杂志，然后把书借走。我几乎每天必到。去图书馆找书，根据老师的介绍读书、写笔记，成了我的乐趣。我看书速度越来越快，图书馆规定一次只能借 2 本书，因为我看得快，国文老师请馆里通融，让我一次能借三本书。在“澄衷”，我看了不知多少书，爸说我是“老鼠又跌入白米缸里了”。的确如此。我按老师教的，一排排地借书、读过去。起先是小说，后来就杂了，诗、自然科学、历史书什么的，都有兴趣。图书馆还有不少英文原版书，大多是外国童话，也有戏剧、诗歌，我都借了看，借助字典，大致可以看懂。

一个学校的图书馆是比课堂更重要的学习场所，上课有时间限制，图书馆却如海洋浩瀚无边。有个优秀的国文老师带领，在这片广阔的大海里遨游，学生所得哪是一堂语文课可比的！这是“澄衷”给我的最大礼物。虽然我不记得国文老师的面容，但我永远感谢她。

也许正因为此，老师很喜欢我，她还去过我们家一次，和爸爸谈了很久。她走后，不苟言笑的爸说了句：“月丽是我们家的真传！”脸上笑得像朵花。我对语文的情有独钟，也是从“澄衷”起源的。

老师的课不记得了，记得的是她甜甜的笑容，还有她的旗袍，有一件，竟也是阴丹士林的，像“圣心”的校服！她有很多旗袍，每天换了穿，真好看！但后来我再没穿过“圣心”的校服，因为老师说，学校要上体育课，还有各种体育活动，穿旗袍没法做。我还奇怪地问，体育课不分男女吗？当然不分，一起上！妈特地去霞飞路（淮海中路）买了衬衫、长裤，“圣心”的旗袍从此束之高阁。随着时代变迁，老师也不再穿旗袍，换上了“列宁装”。到我再穿上旗袍，已经是半个多世纪以后了。

上了什么课，我也忘了。只记得好几次她让我背诗，我滚瓜烂熟地背完了，她会摸摸我脑袋，还要全班同学鼓掌夸我。

“澄衷”的国文老师（想破脑袋，我竟还是想不起这位老师的姓，现在还觉得挺对不起她的）教会了我如何读文章，如何体会诗意，教会了我写作文。老师后来常读我的习作，告诉同学我的文章好在哪里，怎么才能写得美。她说，因为叶良骏肚子里有许多诗，所以她的作文写得好。我听了沾沾自喜，至此才明白，爸逼我学诗，原来是有用的。

上课的内容怎么也想不起来了，只记得老师带我们去图书馆，学校图书馆听说以前有许多书，打仗都烧没了。但我觉得书还是很多，而且有不少是我们读得懂的书。还有一些杂志。老师让我们办借书卡，我高兴极了，这儿比家里的书多得多，两年里我借了一本又一本，看了多少本书，没统计过。我的阅读进程，是自“澄衷”开始加速的。

算术

课堂上的课，我都不记得了。只记得我的算盘出了风头。算术课除了做题，就是讲算式，这是有课本的；还有珠算课，好像没有专门课本，黑板上挂个大算盘，老师边说边打。我们背了口诀就照着打。我在中华义务小学已学会了加减乘除，口诀背得顺，指法也熟练，每次演算，我总是全班第一个算出答数。一次、两次，老师发现后，常要我去讲台前演算，他报数，我用小算盘算，他报完数，我的答案就出来了，又快又准。

老师没问我是否学过珠算，只是夸我聪明、用功，我心里美滋滋的。有一次，学校举办珠算比赛，不分年级都可报名。我算盘打得好，但胆子小，不敢去赛场。老师代我报了名，比赛那天，我吓得眼泪直转，不敢去。老师说，你本事那么大，不去可惜了。我看着那么多比我长得高大的同学，腿都哆嗦起来。老师牵着我手，帮我拿着小算盘，一面说，别人肯定没你打得快。别去看他们，只看算盘，你很能干的。他推了我一把，我糊里糊涂地走进了赛场。

赛场是个大教室，每人一张桌子，桌上放着两张纸，我拿起看，原来都是加减题，没有乘除，心里一喜，太简单了！马上忘记了害怕。口令响起，教室里响起噼噼啪啪声，我埋头看算式，右手飞快地拨算珠，我基本上不用看算盘，越打越快。

有人举手，第一个打完，老师报了时间。我第二个举手，老师也报了时间。时间到了，半数以上同学还没打完。老师要我们保持算盘上的最后数字，一个个挨着个儿看，记下了我们的答案。结果当场出来了，我得了第一名！第一个打完的同学，速度快，但答数错了。我完全正确。那场比赛是全校年级混合，没有一、二年级的，我读四年级，是较小的一个，速度超过了五、六年级的学长，还正确。老师比我还高兴，一个劲地夸我！

我的数学一直学不好，自小学至中学，既不喜欢，成绩也差，唯有这一次，我得了一个算术奖项。这破天荒的奖，一直被爸提起，他常说，这真是个奇迹！

那次是否发了奖，我忘了，但比赛的场景还历历在目。“澄衷”居然把不爱数学的我，引领上了算术领奖台，老师的因人施教可见一斑。刚转学进来的我，一下子在全校出了名，把我的陌生感全赶到了九霄云外。

体育

印象最深的课，是体育课。一般的跑步、跳跃什么的，“澄衷”都有，男女生一起上，要求也是一样的。第一次学跳高，我看着这根竹竿，实在想象不出怎么跨得过去！到了沙坑前就不敢迈步。一次又一次，老师示范，同学喊加油，都不行，最后干脆从竹竿底下钻了过去，引起哄堂大笑。老师没说我，也不再逼我学，后来，别人跳高，我就被老师分配去捡掉下的竹竿。老师说，等你长高了，我再教你吧。在“澄衷”，老师允许我不学跳高，他从来没批评我胆小或责骂我。体育课上，凡有跳高，我是唯一不在队伍里的人，优哉游哉，荡来荡去，一点不觉有什么不对。现在想起来，这是因人施教吧？谁让我长得这么矮小呢？

体育老师姓什么，也不记得了，好多年以后，才知道他叫王怀琪，是赫赫有名的体育教育专家。体育课应该有各种项目，但不记得了，印象最深的是体操。

应该是根据学校规定，上体操课要穿规定服装，我进校时没穿，好像到了四年级下，交了费用，才领到体操制服，两套白色，一套深蓝的。白色是春夏穿的，蓝色是秋冬的，像学生装的样子，对襟，有口袋，上衣较长，裤子也有口袋，是西式的，腰前有纽扣。

王先生腰背笔挺，说话带口音，听说他也是“澄衷”毕业的，是我们的学长。上课时（或者是每日做操时），他总会手持一把竹尺，站在队伍前，目光炯炯地看着，时不时喊：“腰挺直，站稳了！”有男生习惯佝背，他会走过去，用尺拍背，严厉地说：“顶天立地男子汉！你这是啥样子？”如还不改，尺就重重地打上去了。不过，他从来不打女生，其实有的女生也会弯腰曲背，但他往往视而不见，不知什么道理。

▲体育教育家王怀琪

我很喜欢上他的课，他看上去威风凛凛，实际很有趣。他示范时，一会儿像老虎下山，一会儿像猴子摘桃，有时学蛇爬行，有时如小兔子跳，惟妙惟肖。后来我才知道他创立了“八团锦”（后叫“八段锦”），里面的动作有不少是学动物的，很适合小孩子学。虽然他不责罚女生，但因喜欢他的课，每次我都努力站直了，很用心地学，一次也没被他批评过。一周有三次体操课，每天还有早操，我们在操场上的时间很多。

听说他参加过奥运会，那时还不懂什么是奥运会，只知道他去过德国、瑞士、丹麦、捷克等国家，是我们国家体育代表团的一员。在学生心中，他是个闯四海的了不起的人。他是个非常受欢迎的老师，特别是男生，对他简直五体投地。我生性活泼，也特别喜欢体育课。虽然好多年里，想不起他姓什么，却一直记着他的话，腰挺直，站稳了！一生都保持着挺立的习惯，对健康大有好处。要谢谢“澄衷”那么有趣又训练得法的体操课。

除了在课上学习体操，课余，王先生也总在操场上，同学们可根据自己特长参加各种体育项目。我跳高不行，就练立定跳远，后来成绩越来越好。只是，一直到离开“澄衷”，我还是没学会跳高。八段锦学会了，后来都忘了。但学校提倡的“强身健体”，形成了我一生的锻炼习惯，至今还天天健身。这个习惯的坚持，使我有了健康的身体，即使在艰苦的岁月，也能坚持下来，至今还能工作。这是母校和王怀琪先生送我的最好的礼物。

经过半个多世纪的阔别，我重回母校，应邀创排大型历史舞台剧《天下之利》，看到了很多资料，王怀琪关于体育的著作不少，其中有专门介绍八段锦的，书中有画，注明动作。里面的动作造型栩栩如生，一下子把我带回了王先生的体操课，特别亲切。原来王先生在“澄衷”工作了43年！为了纪念他对体育的贡献，精武体育馆还安放着他的铜像。很幸运，我曾得到一位体育教育家的面授，他教会我体育不是陪衬，而是立足人世最重要的保证。为纪念他，我把八段锦编成一个情节放入了《天下之利》中。

对体育的重视，是“澄衷”的一大特色，建校初，学校就订了“体育目标、组织、课程”，非常具体地定制了目标是“增进全身健康，养成卫生生活之习惯。发展个性，养成生活上所需要之运动技能。注重团体运动，养成遵守纪律崇尚仁侠之德性。”概括得多好！

学校每天有朝操，即晨练时间，为15分钟，除八段锦，还有徒手操、游戏及跑步。每周除体育课外，还有普通操每个年级两小时，用来队列训练、韵律活动（健身舞及各式舞蹈）、技巧运动、练习自卫能力（国术、角力），游戏活动（球类、田径、接力跑、团体游戏）等，涵盖了几乎所有体育项目。

学校体育设施非常齐全，有足球、篮球、排球场；跑道、沙坑、单杠双杠等器械，还有游泳池（中华人民共和国成立初才关闭）。有室外，也有室内健身房：篮球场、乒乓台；有跳箱、单双杠、倒立架、吊环、云梯……应有尽有。

学校对每项体育成绩制定了合格分，除体育成绩量化外，还有体格体态分数（身高、体重、体力、胸围、握力、肺力等）。还有运动品性（诚实、忠孝、助人、仁爱、礼节、公平、服从、快乐、勤俭、勇敢、情绪、公德）。后者比前者更重要，占体育成绩的百分之十五。

还规定了加分（早操全部出席，一学期体操课满勤，一学期课外运动满勤及各项运动成绩优良）；减分（早操每缺二次扣一分，体育课每缺二次扣一分，无故缺席为旷课，一次作两次计算扣分。旷课未请求补考，体育各项均作不及格等）。

以上日常体育成绩占体育总成绩百分之六十。体育总成绩不及格（不满六十分），不得升级或毕业。体育与升级、毕业挂钩，不知是否由“澄衷”首先发起。

还有好玩的规定，运动结束后提倡“入浴”（即洗澡），学校有浴室，“入浴”一次，作二分计算。运动分占70%，入浴分占30%，运动或入浴次数增加，可酌加运动品行一至十分。

因年代久远，对这段经历，具体的已记不清了。但对于这所学校倡导体育的快乐，犹记在心。功课不多，每天都有时间去操场上运动，这些项目都很好玩。小孩子上学，无非就是要开心，记得最牢的，也是每天毫无拘束的游戏、运动，对身心发展事半功倍。

其实，王怀琪先生是很严格的，有时还要用尺打人，但我们都不怕他，被打的男生也从不记恨，下一分钟就“王先生、王先生”地叫个不停了。几十年后，很多校友提起他，都充满了感激。他倡导的“八团锦”成了不少学生一生的健身运动。虽然我对他的记忆很模糊，但看了书，特别是他的体育著作，所有埋在心里的东西都在记忆中复活了。这种记忆非它，而是参加体育活动的快乐！

音乐

这是我很喜欢的一门课。在“圣心”我参加合唱团，学会了识五线谱、腹式呼吸，密斯特昂夸我的声音特别纯、好听。到“澄衷”后，起先很不能适应。

音乐老师是男是女，长什么样，同样记不起来了。上课的情形有点印象。先是练声，不像“圣心”，练声是哼熟悉的无字歌，比较有趣，这儿，是咪、啊、玛……有点枯燥。老师弹琴，一个个音阶高上去，全班一起练，总有几个男生调皮捣蛋，发出怪声，引得全班哈哈大笑。老师并不责怪，只管弹琴，让我们继续练。

接着是讲课，应该是讲乐理，但我都记不起来了。这些，在“圣心”都已烂熟于心，对我，一点没难度。余下的时间才是教歌。每次先唱“校歌”，别人都早已会唱，我是新生，跟着跟着也会了，只是不明白歌词。觉得词有点拗口，难记（后来，才知道是文言文）。这支歌一直到我离开“澄衷”，也不明白歌词的意思，但唱得很熟，是囫囵吞枣，记得有“人生为学须及时……何以报之？唯学耳。”

直到几十年后才因创排《天下之利》，找了歌词。当学生唱起这首歌时，久违的旋律在心头掀起酸酸甜甜的心潮，写得多好啊！

澄衷校歌由澄衷首任校长刘树屏作词，朱织云作曲。这首歌流露出对学校创始人的感激之情，学生们从中认识到学习不仅为自己，为回报澄衷公，也是为振兴祖国而奋起。

歌词如下：“巍巍大厦峙，叶公手奠江之涘。吾党受其赐，何以报之？唯学耳。人生为学须及时，莫诿年幼稚，祝我兄兄弟弟努力进行慰公期，祝我兄兄弟弟努力进行慰公期。”校歌已传唱了一个多世纪，点燃了几代学子的求学热情。我至今还会唱。这首校歌不仅音乐课唱，每天朝操、各种活动都要唱，旋律朴实、自然，不急不缓地诉说“澄衷”学子铭记读书的目的和愿望，易记易唱。

我当时没弄明白歌词，现在完全懂了。我读的六所小学，唯“澄衷”有校歌，在学校不知唱了、听了多少遍，熟悉的旋律常常萦绕在脑海里，激励我勇往直前。

老师教我们多少歌，记不清了，印象最深的一首，忘了歌名，只记得开头一句：“太阳下，开鲜花，红的花，白的花……”旋律也记得，但后面的词忘了。这首歌活泼，适合小孩子唱，我们都喜欢。

有一天，老师在课上选了六个女生，其中有我，要我们跟着琴唱，我们唱得很开心。老师又要我们一个个独唱，有一个女生被换掉了，换了另一个胖乎乎的女孩。我们一次次独唱、二人唱、三人唱，再合唱。最后，她要我站在五人前领唱。那时，我不懂什么是领唱，胆子却大，按她的要求唱了一遍又一遍，她很满意。

老师说，市里有唱歌比赛，已由学校报了名，我们六人就去唱这首歌。放学后，老师把我留下来，仔细地指导我。我才知道领唱很重要，不仅站在最前面，比别人更清晰地让台下看到，还应把情绪带给合唱的同学，领唱的好坏影响比赛成绩，也会影响到合唱者，所以要非常认真地练习。老师一句句地教，原来，我们平时随心所欲地唱，完全没唱出这首歌的意思，那叫乱唱。

这首歌本来就唱熟了，现在一句句、一字字根据老师意思唱，要改掉以前没有节奏、感情的唱法，比学一首新歌还难。老师见我一直达不到要求，停下琴，要我朗诵歌词。一句句读，要我讲出这句那句是什么意思。后来，练了许多次，终于达到了要求。我唱着，也觉得比以前更快乐更好听了，是一种跳跃性的节奏，有轻有重有快有慢，是一个小女孩在花园里跳跳蹦蹦赏花的情绪。

我们练了好几节音乐课，我领唱，全班合唱，又六人合唱，唱得滚瓜烂熟，节奏、情感都处理得非常好。老师说，这下可以了，星期日，我们去北京东路 2 号上海人民广播电台参加比赛。小孩子不知道电台是什么单位，回去告诉爸，爸说，你们不得了啦，电台一广播，全上海、全中国都听得见你们的歌了！他比我还高兴。

周日一大早，妈叫醒我，穿上烫得笔挺的校服，梳好了头。这天早饭不是平时吃的泡饭，妈买了大饼油条，还煮了蛋。她说，阿拉月丽要去当明星啦！平时我是自己去上学，这天，妈送我去，一路关照。我不明白妈为什么如此郑重其事，但心里也挺高兴。

我们在音乐室集合，先练声，老师说，嗓子打开了才唱得好，我们非常认真地跟着琴练“咪、啊、玛……”几分钟后，老师说可以了，我们再唱一遍。他没再关照什么，只是让我们放声唱歌。我高高兴兴地领唱，心里想起老师的话，这是小女孩，也就是我，在花园里看到那么多花时的开心，轻快的步子，跳跃的音符，微笑的神情，惊喜的目光……唱完了，老师说，唱得好极了！

我们坐上无轨电车（好像是20路），没有几站，到了外滩。老师要我们排好队，叮嘱着，到了里面，不能说话！我们都以为，在电台里乱说话，声音会传出去让全中国人都听见，吓得大气都不敢喘。

我们排在第三队，大家都坐在一个大厅里，里面有好多小学生，但一点声音都没有，都安静地坐着。我东看看西瞧瞧，很好奇，也有很多问题想问，但不敢说话。前面两支参赛队伍进去了，我们看不见，也听不见他们在哪儿唱，只见进去，不见人出来。轮到我们了，老师用手指在嘴上竖了一下，示意别说话。

我们被带到一间不大的屋子，每人戴上了一副放在耳朵上的什么东西，有位先生示意老师弹风琴，问我们听得见吗？那声音好清晰。先唱了一遍，然后是正式比赛。老师微笑着向我点头，我一点也不紧张，听着琴声，微笑着唱起来。唱完了，那位先生向我们竖起大拇指，老师也高兴地直点头。

我们被带到另一间大屋子，前两队比赛完的学生也在那里。有个阿姨发给我们每人一包点心，里面有面包糖果。老师说现在可以吃，但我们谁都没吃，怕嚼东西的声音会传出去。我们不敢说话，不敢吃东西，小便很急，也没人去上厕所。没人告诉我们，这不是录音室，声音不会传出去。小孩子就那么单纯。

坐了好长一段时间，所有比赛都结束了，屋子里挤得满满的，渐渐地有了说话声，可我们还是静静地坐着。又过了一会儿，宣布结果了，“澄衷小学第二名！”我们都听到了！第二名！这是全市比赛，多不容易啊！

老师开心地一把抱住我说，你唱得真好！又夸大家，你们都唱得非常好！当场发奖，是什么奖品，我记不起来了，有个徽章，正面是“上海市广播电台儿童唱歌比赛”，每人发了一个，我一直保存着。

这件事，印象特别深。我已读四年级，人大了，懂事了，记性也好了。对于音乐的爱，从“圣心”始，到“澄衷”更加有深度了。

“澄衷”的艺术教育包含劳作、图画、音乐，都放在课程内。我对劳作、图画都没什么印象了，只有音乐记忆犹新。遗憾的是怎么也想不起老师是什么样的，连姓都忘了，实在不应该。学校对艺术教育很重视，每学期组织比赛，得了奖有银质奖品，非常隆重。印象中除了这次唱歌比赛，我似没参加过学校以外的其他赛事。但就这一次，已够用一生了。

铜像

第一天进校，爸就让我拜“见”了这座铜像，当时，我只是照爸所说的，向“他”鞠躬行礼，虽然，早在乡下就知道他的名字，每年阿娘还带我去扫墓，却不大清楚“他”究竟是谁。后来，学校不少活动都在铜像前的空地上举行，它背对“澄衷蒙学堂”，此楼正是我们教室所在处，每天进进出出都会看见“他”。

老师在朝操时，在课上，在各种仪式、活动上，都会介绍叶澄衷，而且要大家向他行礼致敬。我觉得“他”很亲切，像是我们学校的一个老师。“他”穿着长袍马褂，戴瓜皮帽，背后拖着根大辫子，脚上是布鞋，手里拿着书。“他”每天静静地“站”着，目光慈蔼，如果仰头望“他”，觉得“他”的目光是对着自己在看。

慢慢地，我知道了他的很多故事，也知道了铜像的故事。“澄衷”创建时，叶澄衷已去世。为了纪念这位学校创始人，在1921年，由一批校友自筹资金，铸建了铜像。校史里记载了建铜像还得到当时中央政府批准，1915年6月26日奉袁（世凯）大总统批令，“因叶成忠（字澄衷）有功教育，准在兴学地方，捐资建立铜像。”一个学校建铜像纪念校创始人，得到总统的批件，在全国大概没第二所，可见叶澄衷影响之大。

自1915年发起筹资，至1921年2月28日，历时6年，才举行隆重的揭幕仪式。铜像安放在澄衷蒙学堂前，据说，是20世纪20年代初上海仅有的四座铜像之一。

▲叶澄衷铜像

自此后，“澄衷公”天天“站”在校园里，陪伴众多学子求学、体操、开展各种活动。抗战时，校园被日寇占领，铜像被日本人偷走，后被群众发现，才奋力追回。抗战胜利后，铜像复位，重新矗立在美丽的校园里。这就是我上学时看到的铜像。我曾许多次在铜像前走来走去，迎着他亲切的目光，读书、游戏、得到表扬……

爸曾告诉我，叶澄衷是我们自家人，幼时，阿娘在清明带我去祭扫他的墓园，也说过，他是你的澄衷公公。我年幼，没听进心里去，很长一段时间，一直没弄明白，这自家人是什么意思。

一直到我离开“澄衷”，“他”一直在校园里，成为学校一景。后来听说因受电影《武训传》批判的波及，叶澄衷铜像被拆毁，校名也改为五十八中学。那时，我早不在“澄衷”了。

现在的铜像是1985年恢复上海市澄衷中学校名后，于1987年10月11日重新浇铸的。当时成吨的钢材无处可买，是校友、交通大学校长找来仓库中废弃的同质船舵赞助的，由交大青铜公司根据照片及原铜像有关资料浇铸而成，所需费用也由校友集资。

这座铜像坐落于原教学大楼南首绿荫如盖的场地上，座高2.4米，像高1.6米，净重600多公斤，工艺精湛，栩栩如生。叶澄衷又回到了校园，至今还“站”在那里。后来铜像搬过两次，1997年，李达三楼造好后，铜像移至更大的场地。一个世纪以来，“叶澄衷”谦和诚朴的神情，鼓励、期待的目光，令众多学子抚今追昔，浮想联翩。

铜像，是我对“澄衷”鲜明一景的记忆。2018年，我创排舞台剧《天下之利》时，因改造校园，澄衷高级中学已迁至临时校址，所有学生都在新址上课，校园里一个人都没有。我带领剧组全体学生回母校寻根，我站在铜像前，向大家讲澄衷故事，带领大家向“他”深深鞠躬。这时，距我离开“澄衷”已60多年了，我回来了。世事变幻，昨日不再，但澄衷公还静静地站在校园里，守护着这片曾给了成千上万学生以梦想和勇气的校园。

澄衷高中至今还没有搬回去，不知“澄衷公”是否还会再次迁移？但不管“他”迁至何处，他的精神和品格，已永远留在了我的心中。我们乡下有一句流传很广的话，后来也传到了上海：“做人当学叶澄衷！”他是我的楷模，也是无数学子的楷模。

附文：风景这边独好（刊2022年12月12日新民晚报）

1898年夏，五金大王叶澄衷在张家浜实地考察，看到一群孩子在河滩玩。潮水正悄悄涨起，他急喊：“交关危险！快回去！”没想到孩子们骂：“侬格老头子哪能介要管闲事，阿拉白相关侬啥事体？”

他回到家中左思右想，认为儿童顽劣，是因为上不起学。想到外强凌辱、国运多舛，都与教育不力有关。他喊出了：“中国之积弱由于积贫，积贫由于无知，无知由于不学。兴天下之利，莫大于兴学！”他买下30亩地，捐10万银两，嘱后人在此地办学堂，弥留之际留下遗言：“齐力同心，促其所成。”

1900年6月24日，学堂在张家浜破土兴建，建到一半，10万银两所剩无几。长子贻鉴将分得的遗产十万银两全部捐出。1901年4月16日，我国第一所由国人创办的以班级授课制新式学校开学。叶氏兄弟六人又捐10万银两，使澄衷蒙学堂得以正常运转。至今，东余杭路，丹徒路、公平路、唐山路街区，只因有了这所学校，生机盎然，已120多年。

学校吸引了诸多名家。首任校长刘树屏在总教习蔡元培（后任校长）协助下，编了著名教本《澄衷蒙学堂字课图说》，被誉为晚清民初启蒙读物的发轫之作。书中不仅图说常用字3500个，还将刚传入国内的化学元素、百科知识等包含其中，成为长期广受欢迎的训蒙教材。

“澄衷”的天空群星璀璨。章一山、曹慕管、葛祖兰、吴友孝、王震、丰子恺、钱君匋等大师名流先后任职。学校还请了一大批中外著名学者专家来校讲学，有蔡炎培、章太炎、陶行知、李公朴、马寅初、刘湛恩、林语堂、夏丏尊等。如1921年10月20日，一位哈佛博士，作了《中国与世界》的演讲，从美国人的视角发表个人意见：“必须中国人自己振作，奋发有为，才可日渐富强！”仅1914至1937年20多年里，就有150多位名人来作了170多场演讲。活水源源而来，开拓了师生视野，活跃了办学思想。办学开放，名师云集，学校英才辈出。胡适、竺可桢、李四光、倪征燠、李达三、陈虞孙、陆俨少、王怀琪、袁牧之、陈鲤庭等都从这里走出。

这是一片流淌红色血脉的土地。学校地处杨浦、虹口一带，是上海产业工人集居地之一。校园里洋溢着进步、民主的气氛，又秉承乐善好施的情怀，接纳无数贫苦工人子弟免费入学，名闻四方。这块沃土为中国共产党早期活动提供了场所，为革命做出了重大贡献。

1920年5月1日，在澄衷操场上召开了上海首次纪念五一劳动节的集会。为此，陈独秀与陈望道有过一次商谈。陈独秀指出，中国共产党成立之前，必须做好宣传马克思主义，开展工人运动，推进各地共产主义小组的成立三方面工作，“我们的工作不能停留在作文章上。”陈望道认同这个观点，同意出席集会。这次集会是开展工人运动的一个组成部分，只有将马克思主义与中国工人运动结合起来，才能为党的建立奠定坚实的阶级基础。由陈独秀发起并参加的影响广泛的集会，与会者五百多人。他们聚集在操场上，高擎红旗，群情激昂，“劳工解放”的吼声首次回荡在上海街头。

在革命者的引领下，各个历史时期，都有澄衷学子为中华的崛起而牺牲。血写民主第一枪的史霄雯；为民族解放赴难的何友谅，轰炸日寇军事目标殉国的俞时骧，牺牲在异国他乡的林炯……他们永远是“澄衷”上空闪亮的星辰，至今还在光照后人。120 多年来，学校抵住了外国商人的威逼利诱，挺过了日寇的掠夺践踏。躲过了岁月的风霜雨雪，就如叶公铜像几度遭劫，仍在校园挺立一样，“澄衷”一直在原址坚守。叶澄衷富可敌国，但万贯家产已灰飞烟灭，唯有他办的学校留在世上，传递着他的初心：“要想强盛吾国，不再受人欺辱，一定要兴教育！”

近日，澄衷新校区已奠基，一所各有 24 个班级的初高中将在大连路、唐山路、保定路、昆明路街区重建。在北外滩摩天大楼之中，有一所文化积淀深远，红色血脉流淌的百年老校，天天书声琅琅，一定会风景这边独好！

▲刘树屏撰、张謇书《澄衷蒙学堂落记》碑刻

校长

我进“澄衷”时，校长是王震先生。那时还不知他名字，我们不大见到他。第一次碰到他是在隔壁弄堂口，我放学正要回家，忽见一位白胡子老爷爷从学校隔壁的弄堂里慢腾腾地走过来。

▲王震校长

他穿件灰布长衫，黑布鞋，印象最深的是一脸大胡须，全白了，慈眉慈目的样子。我迎面碰上他，不知他是谁，觉得长须飘飘的人少见，很好奇。我停下来目不转睛地看他，他当然看到了，走过来，弯下身子，摸摸我的头问，你叫什么名字？听我姓叶，他说：“喔，你也姓叶！”又问，你是宁波人？我奇怪他怎么知道（后来才知道学校里宁波人特别多）。又问我住哪里？他说的不是国语，是上海话。我很想拉拉他的胡须，没敢，但一点不怕他，很愿意和他讲话。就这么说了几句，我得知他是校长，姓王。校长不上课，所以平时看不大见他。

后来又在弄堂里碰见一次，原来他住在学校隔壁，为此学校还在围墙上开了一道小门。那弄堂与学校只隔一堵墙，现在还在，叫养正中里。我和同学放学后去那里跳橡皮筋。王校长从家里出来，我们没看到他，只顾奔跑，不小心撞到了人，一看是校长，把我们吓住了。王校长一把拉住我，见我没碰伤，好像放下了心，说，以后走路要当心，碰伤了人、碰伤了自己都不好。没有一点责备的意思，我们才舒了一口气。

正想走，他忽然叫住我：“叶良骏，放学了，赶紧回家吧。”校长居然记得我！我开心极了，恭恭敬敬地鞠躬说再见，回家去了。以后放学，我一直记着他的话，从不在外面玩儿。他的模样，特别是一脸雪白的大胡子，我一直记得。

2015年，“澄衷”115周年校庆，我第一次回母校，在校史室，我又见到了“他”——王震校长，一脸长长的白胡子，戴副黑框眼镜，依然微微笑着，和善亲切的样子，我忍不住流下了眼泪。一个学校，不管办得怎么样，是否名校，在几十年后，学生回去见到“校长”时，还会落泪，还会想起当年他说的话——平平常常，却满是爱意，因此，对母校永难忘记。这就是好教育，这就是好学校！

后来我才知道王震校长1918年就来“澄衷”任训育主任，离开后，至1942年又回“澄衷”，经历了抗日战争、解放战争直到新中国成立以后。这是学校历史上最困难的时期。抗战时校舍被占，他带着全校师生在外辗转借屋苦苦坚持办学。胜利后物价飞涨，难以为继，他捐出家产，毁家办学才把学校支撑到上海解放。他前后在“澄衷”工作二十年，任校长十年半，直到退休。

他住的养正中里也是校产，是石库门房子，他在晒台上搭了鸽棚，养了一群鸽子。我们在操场上常看到他放飞鸽子。我和一个男生曾去他家门口，希望哪只鸽子落地上，我们去抓来玩儿，但去了几次，一只也没抓到。鸽子总在天上飞，落在屋顶上，从不到地上来，后来就没了兴趣。现在想想，如果我们抓了鸽子，给王校长看到，不知他会怎么对我们？不会骂，是肯定的，他那样子，哪里会粗声大气地骂学生呢！所以，我们才那么大胆！

这样的校长，现在想起来，心里还是柔软一片。

王震校长退休后被聘为上海文史馆馆员。我找了文史馆副馆长沈飞德先生，他发来了王校长的简介：王震，江苏昆山人，民革党员，上海龙门师范学校、上海国民法律专门学校毕业。曾任浙江镇海、上海奉贤、松江、浦东小学教员。福建集美中学、江苏常州中学、上海圣约翰大学附中、江苏省立女中、上海中学教师。上海澄衷中学校长。

原来他第一次当老师是在我老家浙江镇海，怪不得讲话有宁波口音，我一直以为他是宁波人。他出生于1890年，1978年去世。

王震是第一位在“澄衷”工作到退休的校长（1952年退休）。退休后在上海社会科学院为研究生上古典文学课。他还是一位酷爱古文的学者，任校训育主任时就支持曹慕管校长的国文会考。在社科院上课时他为学生倒背陶渊明的《桃花源记》，被传为佳话。上海大学教授邓伟志曾撰文回忆，王校长上论语课，既无书也无本子，是背一段讲一段，“论语”全本背得滚瓜烂熟，学生佩服得五体投地。

▲王震校长和我

用餐

学校规定，中午在学校吃饭，我家在学校对面，也不能回家去吃。小孩子喜欢热闹，和同学们在一起吃饭比在家里开心多了，当然喜欢。

住宿生一日三餐都由学校食堂供应，我们只吃一餐。如早晨来不及吃早饭，我们也不能去食堂吃，有严格规定。饭可添，吃些什么菜，不记得了，比家里花样多是肯定的。

用餐有“膳厅规则”。十二点午餐，开饭前五分钟，钟声响起，我们在教室外排队，由老师带领缓步依次走入，不得争先恐后，也不准嬉笑打闹。每桌八人，饭菜都已放好，等八人齐坐下了，才可一起用餐。每桌有一位老师或职员，与学生同餐，吃一样的饭菜。

每桌座位固定，学生每餐都坐同样的位子，不得任意更换。夏天，规定天再热，也要穿好衣衫进膳厅。有时上完体操课，我们大汗淋漓，男生会脱去上衣，光膀子吹风凉快，在操场上偶一为之，老师默许，但进膳厅前，必须擦干汗，穿好衣服，否则不能进去。膳厅里有电扇，天气炎热时老师会开，用餐不会太热。

用餐时，桌上的菜不能抢，也不能只吃自己喜欢的菜。老师会不时把菜碗换个位子，使每个人都能吃自己面前的菜，不用把筷子伸老长，去搛对面的菜。吃饭时不能说话，喝汤不可出声，碗筷也不能敲击出声。整个餐厅静悄悄的。桌上如有饭菜，规定要捡起吃掉，地上的拾起放空碗里。

吃完了，不能先走，要把筷子放在碗上，以示食毕，等全桌人吃完才可一起离开，排好队去盥洗室漱口洗脸。餐后规定不能奔、跳，这段时间可以三三两两在操场上走走，或去阅览室看杂志书报，也可在音乐室唱歌。男生喜欢在教室下棋，女孩就玩穿绷绷、扔结子。我对这些都没兴趣，总是捧着借来的书使劲看——因为图书馆规定一本书只能借两天，我一次借三本，不抓紧时间看不完。

学校教会学生用餐礼仪，日复一日按规则要求，如违反了，要受责罚，如：损坏碗筷要赔，桌椅不能任意搬动，座位不能坐错。排队时，如大声喧哗，要面壁思过，等大家坐下才准进去等等。

这些规则成了习惯，用餐文明了，人也会知礼，变得文雅起来。

活动

学校有各种活动。如避灾练习。平时，在体育课上，老师训练我们，有了意外事一定要灵活应对，奔、跳、钻、卧地爬行等都是课上经常要练的，我们当作游戏做，喜欢极了。

四年级第一学期，我刚进“澄衷”，忽然钟声响起，不像平时，是急急地乱敲。老师正上算术课，他立刻停下来，大声说，掩口鼻，排队依次奔出去。我不知发生了什么事，心里慌慌的，同桌男生拉了我一把，失火了！快逃！啊，火灾，不得了！我吓得走不动路。见同学们用手帕捂住口鼻，我也学着做，飞快地排队奔出教室，奔出走廊，到了操场。没有几分钟，全校学生都出来了。

体育老师喊口令，卧倒！唰地一下，大家都躺在了地上。钟声还在敲，越敲越急。老师说，屋里还有人，来二十个男生，跟我去救人！跑出一群男生，身手敏捷地跟着老师奔进楼里。一会儿，两个人一组，背的、扶的、抬的，“救”出了人，一看，都是老师。

我很奇怪，没有火啊，更奇怪的是，我们都躲出来，老师怎么会在楼里不知逃，还要人去救？钟声又响起来了，缓缓的敲，渐渐轻下来，最后停了。老师宣布：“火”被扑灭了，没有人伤亡！

我到处看，火在哪里？后来我才知道这是一学期一次的避灾练习，一切都像真的一样。学生都知道钟声轻重缓急的意思，听从老师的指挥，迅速撤离室内，在空旷处避险。在室内未出来的老师，救他们的学生，都是根据火灾实情设计的。所以，几分钟内，全校师生都有条不紊地逃出教室，在操场上静候。

我是新生，第一次参加，事先也没人告诉我这是练习，才吓住了。经过第一次练习，后来我一点也不怕了。这种避灾实地演习，比课堂上讲一百次都有用。那年，上海受东海的地震波及，屋里灯晃、橱倒，家里人在屋里团团转，我一把拉住老的、抱上小的，什么也没带，飞快地从楼梯跑下去。等我站在空地上，只听全楼一片惊叫，过一会儿才有人陆陆续续背着包，提着被服跑下来。我心想，幸亏不是真的地震，如是，这么慢吞吞的，还要抢救财物才逃，不知会死多少人！“澄衷”的防患于未然，对学生一生有用。

生物（自然）课

生物课有课本，在课上老师会讲很多动植物的分类、名称、结构等，有图，有时也有实物。

比较有趣的是每星期至少一次的采标本。老师带我们在校园里认识树、花、草，讲名称、形状、类别，介绍完后，让我们采集标本，主要是树叶，还有草。校园很大，植物很多，是否有花，不记得了。

我喜欢采集树叶的爱好就是“澄衷”培养的。每次采集，老师规定要做好记录：什么地方采的，时间、种类，编好号，一学期最起码要采十种标本。

树叶采回后，晒干（或晾干），在书里压平，制成图（树叶贴在纸上，画背景，写说明，复上透明纸），做成可永久保存的标本，最后写成报告。做这些事都是在课外，老师不再指导。采和做标本都容易，难就难在写说明，树种、科目、几年生、特点，开花或结籽，繁殖方式，树龄等等。把这些都弄懂，要下大功夫。

找资料得去图书馆，馆里有许多自然科学方面的书，要耐心地找。找到了，要对比，看看是不是同类。有些杂树找不到资料，还要设法问家长，问学校的校工，或外面懂这行的人。

我就碰到过至今也没弄懂的树。小小的、歪歪的，叶子是齿形的，校工说，这树俗称放屁树，它结了荚，荚成熟后裂开，会发出放屁一样的声音。我还特地去听，是真的，荚裂时，发起“噗”的一声，几只荚一起裂，“噗”声此起彼伏，非常像连环屁，很好笑，可怎么也找不到资料。我翻遍了图书馆有关树的书，没这种样子的，问了老师，老师也不知道。最后没了法子，去上海市图书馆，翻了一天书，也没找到有关资料。因为没资料无法做图，这片树叶后来只能扔了。想来应该是山野的树，且不多，故没有学名。后来好长一段时间，我想在别的地方找同类的树，竟一棵也没再见过。几十年后回母校，想起这件事，我再去找这棵树，校园几经修建，布局改了，树当然找不到了。只有这个可笑的树名还记着。很钦佩民间的智慧，如此形象地取了这个名字。

采树叶的习惯一直保留到中学，每看见一棵不认识的树，我就会采片树叶带回去，然后做成标本，找资料写说明。中学里有植物课，我一直得五分（五分制，五分是最高分）。我做的标本有几百种，认识的树、草也有几百种。遗憾的是，那些花了许多心血做成的标本，终究没能保存下来，与许多珍贵的东西一样，在非常时期，全部化作了灰烬。这是后话。

很奇怪的是，生物老师不要我们去采集动物标本，生物课也没有动物标本，只有图。老师没说原因，现在想来，一定是动物较难找，找到了如做标本，对孩子来说，也很残忍，所以没做过一次。只有春天去公园抓小蝌蚪有过一次。老师要一个男生抓了一瓶，带回来放在教室里，过了些日子，蝌蚪长出了两条腿，老师让我们仔细看，又说了许多，意思是它们会变成青蛙，而青蛙是捉害虫的。他带领我们又去了公园，把蝌蚪全放了。

这印象太深了，从此，我再没玩过小蝌蚪，有了孩子后，也不许他抓。一些古镇有卖熏癞丝（癞蛤蟆），我知道是青蛙同类，也是捉益虫的，从来不吃。教人从小教起，这些小节对孩子来说，是做人的大道理！

学校有各种活动，如演说、壁报、球类锦标赛、课外运动，艺术比赛（音乐、图画、劳作等）。每年有运动会，起先还有童子军（那时，我已对童子军没兴趣了，故没申请参加）。春、秋有远足。每天朝操前升国旗，要点名，然后做操。

在校要穿制服，不能穿自己衣服。制服进校时交费购买，夏季两套，冬季一套，还有帽子。但我不记得校服的颜色、式样了。做操时另有专门的服装。

学校不但要检查教室、宿舍、公共场所（每班有值日打扫）清洁卫生，还要逐日由训育部老师考查个人卫生（头发、指甲、衣服、鞋帽、包括袜子，还有吃了饭是否漱口洗脸等等）。进楼时，每楼有一面穿衣镜，每人必须对镜肃装，成了习惯，每个人都整整齐齐的。

那时也有公民科（如现在的思政课），制定了专门标准：（1）明耻：奋发自强，决心御侮；（2）尊重：遵守纪律，敬爱师友；（3）忠诚：真诚待人，效忠国家；（4）康乐：身心健全，遇事乐观；（5）勇敢：不畏艰难，牺牲奋斗；（6）缜密：精究学业，潜心思考；（7）生产：刻苦勤劳，崇尚节俭；（8）审美：欣赏艺术，爱好自然。

“澄衷”的课程及各种活动，全是根据这八条设置的。第四条：康乐，是我印象最深的一条。我每天早早去学校，因为觉得学校生活快乐，愿去，爱去。所有的老师都和蔼可亲，从来没一个先生会训斥学生，打骂更是闻所未闻。

对学生有奖惩规程，学业优良，操行优良，体育优良，连续两学期不缺席者，竞赛优胜，都予以奖励。有奖语（会上表扬）、奖状、奖旗、奖章、奖书籍文具，记功，留影题目；特待（免学费）。我曾因珠算、作文及市里唱歌比赛得名次，被学校奖励。只是我忘了得什么奖品了。但这并不重要，心里高兴是因为自己的成绩，被老师肯定，学校也认可，不知有多自豪。

学生如犯了错，有惩罚规定。如违反校章及各种规则，无故缺席、考试作弊等等，都会受训戒。

惩罚视情节轻重有八种：训诫，警告，留置（放学后不能回家），剥夺权利（不准参加集体活动等），记过，取消免费（针对免费学生犯规者），停学，除名。

我在学校，好像没听说过有学生被罚这八种的后两种。前面的四种有，如放学暂留办公室；剥夺参加集体活动权利，只能站在旁边看；还看到过进膳厅时两个男生不知为什么打起来，结果被罚在膳厅外面壁站着，不准进来吃饭。这种情况很少见。学校的规章制度订得很细，上课老师会讲，进图书馆也会有张贴在墙上的规定。几年下来，习惯成自然，哪里还会出错！个个都成了遵守规则、有礼貌、懂谦让的人。

“澄衷”是私立学校，校长统管一切，请来的都是好老师，不仅有学问，还都是谦谦君子，兴趣广泛，多才多艺，富有爱心。那时女老师不多，大多是穿长衫或西装革履的男老师。他们风度翩翩，仪表堂堂，有的一口流利英语，有的口若悬河，有的百问不倒，有的无比耐心……虽然我不记得老师们的面容、姓名，但我一直记着在“澄衷”的两年，天天快乐地学习，也学到了许多书本上没有的东西。

最重要的收获是，我的特长在这里被老师发掘引导，我学会了自己找书、找资料、做研究，我的求知欲被激发出来，我爱音乐的兴趣得到了加深。我成了一个爱读书、爱写作、对各种未知的东西有探究精神，性格开朗、爱唱爱跳爱玩的女孩。

多少年来，“澄衷”给我的东西，如一座富矿，慢慢地释放着能量，使我永葆创造、探索的原动力，我的一生因此而丰润，快乐，至今还在勇往直前，感受到奋斗之乐。

“澄衷”和“圣心”一样，是我难以忘怀的学校，也是永远感恩的学校。五年级学期结束，爸爸说，你不能在这里读下去了。因为上海刚解放，国家百废待兴，家里的情况也发生了变化。

爸爸的两份兼职没了，少了两份薪水。妈妈后来就出去工作了，她做的是义务工作，非但没有工资，连车马费都没一分。妈上班去，家里六个孩子，小的只有一两岁、五六岁，大的在上小学，家务没人做，只好又请了一个小保姆。家里十口人，加两个保姆，前面四个孩子都上幼儿园、小学，爸收入却减了三分之二，家里一下子变得拮据起来。

私立学校要靠学费维持，“澄衷”的学费是比较高的。我不知道1951年，我读五年级时的学费标准是多少。我找到澄衷学费的收费标准，其中初小收费有以下几项：半年寄午膳生（即加午餐费）应为21元6角，另收一次性冬季服装费9元，夏季服装费10元（两套）。保险金5元（如无损坏校物，离校时归还）。

以上是1925年的收费标准，高小（即五六年级）每半年收费标准为40元6角（不算保险金）。以上费用还不包括体操服装费。我问过爸，当时普通家庭，每月10元钱薪水可以养活三四口人，这样的学费标准是很高的（澄衷学生可以申请减免或免费，另当别论）。至少比公立学校要高好几倍。

到1951年，学校还是私立的，再读下去，爸觉得负担重了。妈和爸为了我转学事，晚上一直吵。妈说，只有一年了，怎么撑也得撑下去。爸说下面三个孩子都上学了，负担不起。妈要爸去申请免费，说我们有资格的。

可爸不肯去申请，他说，我们这种家庭，怎么开得了口？他还说，已经很对得起月丽了，她一路读的都是好小学，她基础已经打好，只有一年，换个学校对她没多大关系。于是，我糊里糊涂地离开了“澄衷”，转学到了公办的新建路小学。

在“澄衷”两年，也许因为长大了，懂事了，我比“圣心”学到的还要多，还要扎实。但不知什么原因，我没记住我的级任老师，还有英语说得像外国人一样的英文老师，也忘了那个音乐老师、生物老师，还有一直去、几乎天天照面的图书馆老师……只记住了王震校长，还有王怀琪老师的体操课。

我平时一空下来就爱看书，特别是五年级那一年，几乎没有一点空，不是在阅览室，就是赶紧做完作业看书。印象中，我与同学的交往不多，记住的同学只有两个，一个女生叫曹映雪。

她住在高阳路，我们回家是同路，常一起走。她住在石库门里，我去过一次，一幢房子都是她家的。那次去，她送我一只小包，里面放着花花绿绿的纸币，说可以买盐津花菜、芥拉菜吃。我不懂（从来没看到过钱，也没用过钱），拿回去了，放在桌上。妈看到了，吓得惊叫起来，拿着尺要打我。我老老实实说是曹映雪送的，没用过。

后来，妈告诉我，这是国民党时的钞票，你拿出去，要闯祸的！我要去还掉，妈一把抢过，放在煤炉里烧掉了。第二天，我骂曹映雪，你害我呀！她嬉皮笑脸地说，和你闹着玩的。我一生气，再不理她了。

还有一个，实是邻居，弄堂口从家伯伯的二儿子从柏林，他比我高一届，我读四年级，他读五年级。因为住一条弄堂，又是男生，妈特地去他家，拜托从家姆妈，让柏林和我上学、放学一起走，如果学校里有人欺侮我，也请他

▲我的澄衷学长、著名岩石学家从柏林

照应我。从家姆妈当然一口答应了，柏林也答应了。

很多次，我们一起走。柏林对我，最大的用处是采树叶。我喜欢收集标本，可不敢爬树，见到罕见的树种，我就请柏林爬上去采。男生爬树是强项，我的不少树叶是他帮我采的。后来柏林考上了市东中学，又去读北京大学，最后成了地球化学界的专家，一直在北京工作。我们的友谊保持到他去世。这是"澄衷"唯一保持联系的同学，我曾撰文纪念他，其余的人都想不起来了。

附文：那辆满载鲜花的小车（1987年5月8日）

昨夜我梦见了小林，他手里捧着一张金灿灿的诺贝尔奖获奖证书，笑眯眯地吹着口哨向我走来。我欣喜若狂地大声喊起来："嗨，你这个大头！"没等我把话说完，梦断了。

小林是我的邻居，他家在弄堂口，我家住在弄底。小林和我同在澄衷小学读书，他比我高一届。我们每天一起上学，一路回家，做完功课又在一起玩儿，亲得就像是一家人。

小林有八个兄妹，只有父亲一人做工。由于家贫缺乏营养，他长得很瘦弱，一个与他身体比例极不相称的大脑袋，沉甸甸地嵌在他狭窄的肩上，我们为此都叫他"大头"。小林整年穿着一条打补钉的蓝裤子，一件用他父亲上衣改成的蓝褂子，一双大头黄皮鞋。他家买不起包，用一只不知从哪儿弄来的花布袋装书，破的洞就用线缝着。铅笔、橡皮、刀片等都是小林眼中的奢侈品，很短很短的铅笔头，他也舍不得丢，用一根细竹管套起来再用。没有草稿纸，他常捡别人丢弃的废纸，抹平了在空白处做习题。尽管这样，小林却是我们全校闻名的好学生，他是第一批戴上红领巾的好孩子。每学期他总是年级第一名，捧回来一堆奖品，还连年因成绩优良免学费。

小林不但聪明，学习成绩好，还是文体积极分子，打球、唱歌都擅长，他是学校戏剧社的，演戏特别行。小小的年纪，会吹口哨，各种乐曲被他一吹，就抹上了一层独特的色彩。有一年寒假，里弄干部组织我们澄衷小学的小学生，为散居儿童（当时新中国刚成立，还有不少孩子未能入学）

服务。小林编了一个剧本叫《小姑娘打日本鬼》。他让我演小姑娘，自己穿着大皮鞋，借一顶鸭舌帽翻过来戴，演日本鬼子。他一面用口哨吹着可怕的曲调，一面手提马粪纸制作的枪，恶狠狠地追我，直到“乒”的一声把我打“死”。寒假里天很冷，我得躺在地上“光荣牺牲”，等新四军抓住了他以后才能起来，每次都把我冻得够呛。小林坚持不许在地上铺麻袋，还严厉地不许我动一动，说演戏就得像真的，不能马马虎虎。当新四军把他抓住时，小林要用口哨吹奏胜利的曲子。看到一个扮演日本鬼子的人当了俘虏，一副垂头丧气的样子，嘴里却吹着欢快的乐曲，这情景实在太可笑了。每演到此，全场男女老少无不笑得前抑后仰。直到现在，我想起这件事也实在忍俊不禁。

每到晚上，我们一群孩子总爱坐在弄堂口的台阶上，谈各种有趣的事。小林爱摆弄石头，他说得出很多名堂。我喜欢采集树叶，在书里压平了做成书签。我们交换着各自得意的作品，有时为对方找到了一个新品种，就尖叫着，炫耀着，然后郑重其事地赠给对方。有时我们在马路边跳集体舞，快乐地拍手转圈，直到大人们忍不住噪声来赶为止。小林是全校出名的好学生，也是我的好学长，我们的友情继续几十年，一直到2003年他因病去世才终止。

爸对我说转学的事，我虽不情愿，但小孩子能有什么办法。爸说，你是大姐，要为弟妹们着想。就这么，没有任何告别，爸去办了手续，我就转学了。

后来，“澄衷”改成五十八中学，每次走过那里，觉得它已和我没关系。1991年，我应邀去“澄衷”讲课，走进校园，已面目全非，记忆中的布局都变得陌生，也没一个人认识了。只有那座铜像还在，似乎也不在原处了。

又过了好多年，“澄衷”恢复原名，但仍是高级中学，与我读的小学联系不上。虽然，与我家近在咫尺，从来没把它当作是母校。几十年里，曾走过无数次，却从未回去过一次，甚至没有回去看一眼的念头。

一直到2015年，我策划“戏剧进校园”，在排戏时有澄衷学生参加，且有好几个很有表演才能的，才重新认识了“澄衷”。就是那年，学校

115周年校庆，我去了。在校史室，我看到了熟悉的王校长、王怀琪老师照片，看到了校史资料，我从心里觉得“澄衷”还在，忽然觉得自己是“澄衷”校友了。

这以后，我应邀去为老师、学生讲课，又去排戏，与一些孩子结下了深厚的情谊。我关注“澄衷”，为她的每一个成就而欢欣鼓舞。

感谢“澄衷”，感谢母校！

附文：为纪念英年早逝的小林学长、好友，特刊以下文。

从柏林同志生平

从柏林，著名岩石学家，中国科学院地质与地球物理研究所研究员，973项目“大陆深府冲作用”首席科学家，国际岩石圈科学委员会III-8任务组主席。历任中国地质学会理事，中国岩石矿物地球化学学会岩石学专业委员会副主任；《中国科学》、《科学通报》编委，《岩石学报》副主编，《地质科学》编委。中国民主同盟优秀盟员，曾任北京市中国民生同盟中国科学院委员会主委。

从柏林同志，1939年6月16日出生于上海，1957年毕业于上海市东中学，同年以优异的成绩考入北京大学地质地理系地球化学专业（六年制）。1963年大学毕业后分配在中国科学院地质研究所构造地质研究室工作。自此直到1985年他一直在著名地质学家张文佑教授的领导下工作，成为张文佑教授的得力助手。2003年3月26日因癌症去世。

从柏林对地质科学有敏锐的洞察能力，始终站在学科的前沿。早在毕业后的工作实习期里，他就通过汉诺坝玄武岩中的二辉橄榄岩研究地幔岩石学和矿物学问题，20世纪60年代初在我国最先发表地幔橄榄岩包体研究成果，因此得到张文佑教授的器重。由于文化大革命的影响，地幔岩石和矿物的研究工作到了20世纪70年代中才得以继续，他参加了这项工作，最后出版了专著，获得中国科学院自然科学二等奖。

海城地震和唐山地震使从柏林同志致力于岩石与大地构造学相结合，开拓了我国岩石大地构造学研究。他长期深入研究中国东部中、新生代火山岩，论证它们分别形成于活动的和张裂的大陆边缘；20世纪70年代初，他研究了攀枝花——西昌地区的岩浆岩的化学特征和岩石组合，提出攀枝花——西昌地区是一个古裂谷，从而开创了中国地质界研究古裂谷的先河。20世纪80年代初从柏林和有关同志组织了国家重点项目“攀枝花——西昌裂谷地质和矿产资源研究”，并取得丰硕成果，获得中国科学院自然科学一等奖。20世纪80年代后期，他通过对前寒武纪基底、蛇绿混杂岩和双变质带研究，确认滇西古特提斯的存在，查明腾冲新生代火山岩岩浆来源于古地幔楔，他参加并领导三江造山带的研究成果获得中国科学院自然科学一等奖和国家自然科学二等奖。

1975年，从柏林在张文佑所长的领导下从事富铁矿地质的工作，其间他开始了变质作用地质温度计和压力计的研究，在迁西地区发现一种新型变质岩——石英石榴易熔岩，他的论文发表在著名的《契尔马克岩石学和矿物学杂志》上，受到国内外学者的高度评价。从研究前寒武纪变质铁矿的地质问题起，从柏林的注意力就转到变质作用研究上。20世纪80年代末，他以敏锐的洞察力注意到苏鲁皖地区超高压变质作用的蛛丝马迹，及时地组织队伍开展大规模研究，在他的组织和领导下，中国学者在超高压变质作用的领域内有诸多发现，并挤身于国际先进的行列。2000年从柏林成为973计划“大陆深俯冲作用”课题的首席科学家。

十年浩劫使中国与国际的科学技术水平上的差距拉大，从柏林看在眼里急在心上，他翻译和校译了多本近代岩石学的专著和教科书，把岩石学的新观点和新方法介绍给国人，并办学习班开讲座，他结合自己的研究成果，写出了“岩浆作用和火成岩组合”的讲义，后经正式出版，在地质界有广泛的影响。从柏林主编的“岩矿实验室工作方法”和编著的“地质温度计和地质压力计”是广受研究生们欢迎的工具书，从柏林同志45年的地质生涯中发表科学论文100余篇，专著七部，翻译两部，撰写关于岩石和铁矿的科普读物两部。

从柏林同志一贯重视研究生的培养工作，打倒“四人帮”后，百废俱兴，他竭尽全力协助张文佑所长培养和管理了数十名研究生，而后他自己又亲自指导过十几名硕士、博士研究生，桃李满天下。特别是近几年，在从柏林的领导和组织下，中国科学院地质与地球物理研究所的研究生培养工作取得了长足进步。就在身患绝症的这两年，他仍然奋战在研究生的教育岗位上，直到去世前两个月，他还主持了最后一个研究生答辩。从柏林同志是年轻人的良师益友。

从柏林同志为使我国的岩石学研究和国际接轨付出了艰辛的努力，做出了不可磨灭的贡献。他非常重视学术交流和国际合作。早在改革开放初期，他就组织了中国和日本科学家对攀枝花——西昌裂谷的研究。最近十几年来，从柏林同志频繁地组织了关于超高压变质作用和大陆深俯冲的国际合作和交流。当今中国这个领域里有一个重要的位置是与他的不懈努力分不开的。在国际合作研究中，他一贯坚持对等原则，捍卫国家利益和尊严。

从柏林同志是一个卓越的科学家，同时又是一个积极的社会活动家，在他的领导下，科学院的民盟组织活动十分活跃，他在盟员中有极高的威信。

从柏林同志待人热情，平易近人，助人为乐，他的朋友遍于海内外。

对我来说，“澄衷”是六所小学中最大的。“圣心”占地也大，但那是震旦女子文理学院的，小学只占其中之一小部分。“澄衷”占地30亩，是四条马路围起来的一个学校：唐山路、公平路、东余杭路、丹徒路，整个街区都是。除了校舍还有校产，在围墙外，造了好几条石库门里弄，除供学校教职工居住外，还租给别人以获得源源不断的资金，支持办学。

校内设施齐全，布局合理，礼堂、操场、室内体育场、教学楼、图书馆、游泳池等应有尽有。

历任校长出类拔萃，其中几个离开“澄衷”后任大学校长：蔡元培（北京大学）、刘树屏（南洋公学，即上海交通大学前身）、章梫（京师大学堂，即北京大学前身）、谢观（上海神州中医大学），还有学生胡适（任北京大学校长）、竺可桢（任浙江大学校长）。

校长和教职员中有前清进士、翰林院编修、检讨，留洋博士，教授；翻译；中小学校长；美术家、体育教育家、音乐教育家、金石书画家、文学家、大学教务长等，有好几位在上海解放后被聘为上海文史馆馆员。

学校有严谨的规章制度，包括了学习及衣食住行。除了组织大纲，还有教学大纲，对训育、体育、教务、招生、图书、出版、学生自治、避灾练习、修学等都有整套规程。对学生操行、奖惩、成绩考查、模范学生考查、修学旅行及国文、艺术、算术、书法竞赛、奖励都有量化的标准。

▲“棫朴权舆”匾额

学校的教师各有专长，且大多是社会上著名或有成就的人士。除教师水平高外，还不定期请名人、专家来校演讲。在“训育实施办法”中，有“请校外名人作学术上及修养上之演讲，以资策励”。几十年来，付诸实践，坚持始终。数以百计的名人从各自视角和高度来校发表演讲。自1914年至1935年间，就有157位“校外名人”进行172场演讲。这对开拓教师和学生眼界，活跃学校的思想，无疑是极有价值的。

来演讲的名人来自各个领域，在当时社会上和学术上都有突出的地位。其中有：吴稚晖，近代政治家、教育家、书法家、国民党元老；胡适，著名学者、文学家、哲学家、北京大学校长；戴季陶，理论家，留学日本，追随孙中山；马寅初，经济学家、教育家、人口学家、留美博士，曾任浙江大学、北京大学校长；章太炎，民主革命家、朴学大师、著名学者、发起成立光复会，曾任孙中山总统府枢密顾问；汪精卫，留学日本，参建同盟会，追随孙中山赴南洋。曾任国民党政府常委会主席兼军事委员会主席；陶知行（即陶行知，于1922、1932年二次来校演讲），人民教育家，留学美国，中国近代教育史上的杰出人物，曾任东南大学教务长；马君武，教育家、学者。留学日本，加入同盟会，曾任广西大学、大夏大学、北京工业大学、上海中国公学校长；朱经农，留学日本，加入同盟会，曾任光华大学校长、商务印书馆总经理；章行严（即章士钊），著名思想家。留学日本，主持同盟会机关报《民主报》，兼任江苏都督府顾问，曾任北京农业大学校长；黄炎培，著名爱国主义者、教育家。发起成立中华教育职业社，创办中华职业学校，任校长。新中国成立后，任中央人民政府委员、政务院副总理、全国人大副委员长；刘湛恩，留学美国，曾任沪江大学校长，抗战时期，为“上海各界救亡协会”主席和上海各大学抗日联合会负责人；王云五，现代出版家，北京大学英语教授，商务印书馆总经理；夏丏尊，文学家、语文学家、中国新文学运动先驱；林语堂，文学家、语言学家。毕业于美国哈佛大学，文学硕士。为北京大学、清华大学教授，厦门大学文学院院长；杜重远，革命烈士，留学日本。曾任张学良东北边防军司令官公署秘书。与李公朴等人发起筹办《生活日报》，创办新疆学院并任院长。1944 年牺牲；阎宝航，毕业于奉天两级师范学校。为声援“五卅运动”，在沈阳组织二万多学生示威游行，“九一八”事变后，组织“东北民众抗日救国会”，西安事变前，向张学良面陈抗日主张；李公朴，伟大的爱国主义者，中国民主同盟早期领导人。留学美国，与邹韬奋一起筹办《生活日报》，与陶行知一起创办社会大学，任副校长兼教务长。1946 年 11 月被国民党特务杀害；陈鹤琴，近代教育家，赴美留学，哥伦比亚大学硕士。开创汉字字量科学研究。创办多所小学、中学、幼儿园；潘公展，《申报》总编辑，《中央日报》总主笔。抗战胜利后，任《申报》馆董事长兼社长；陈群，国民党元老。留学日本，为上海法政学院总务长，浦东中学、正始中学校长；张伯苓，现代教育家。赴美哥伦比亚大学研究教育，被授于名誉文学博士学位。创办南开女子中学，后任南开大学校长；蔡孑民（即蔡元培），著名教育家。曾任“澄衷”校长，北京大学校长。组织光复会，参加同盟会。曾为国民政府大学院院长；章乃器，爱国民主先驱，经济学家、银行家。救国会“七君子”之一。暨南大学、复旦大学教授；沈体兰，赴英留学。曾任麦伦中学校长。1949 年应邀参加新政协筹备工作。

“澄衷”办学构想中的开放思想，在请校外名人来校演讲中，得到几十年如一日的实践。就上面选录的名单中，可从侧面反映出“校外名人”

在当时社会上和学术上的突出地位。这对学校教育是极好的补充，对学生的知识积累、视界开拓、学问启发都大有裨益。“澄衷”学子人才济济，名人荟萃，与这样开放的学习氛围不无关系。如今的“澄衷”秉承传统，开设讲坛，请各领域专家、学者、杰出校友来校讲课。2018 年 9 月 14 日我应邀回母校演讲，题为“教师的慧眼与爱心”。这次讲课被编入文汇出版社于 2019 年 8 月出版的《澄衷讲坛百年辑录》一书中，与百年前应邀来校讲课的名师专家们在同一本书中汇合，是我的荣幸，更是我对母校深深的眷恋和感恩。

▲作者回母校作“教师的慧眼与爱心”演讲

“澄衷”对艺术、体育教育的重视，是少有的。自建校起，蔡元培任代理校长，他以“兼容并包，思想自由”作为办学方针。他还大胆倡导“以美育代宗教”的美学思想，提出“纯粹之美育，所以陶养吾人之感情”的观点，在“澄衷”，不仅启蒙美，传播美，还让学生在这种氛围中，得到更大的发展。为实践这种美育思想，使之发扬光大，学校请来的老师在当时就是名闻圈内外的名家。如丰子恺，曾师从李叔同先生。为漫画家、散文家、翻译家、现代画家、音乐教育家、美术教育家。他在“澄衷”任美术教师期间，热爱学生，常和学生一起游乐，从中激发自己的创作欲望，也教会学生观察自然，从中发现美的能力。他离开“澄衷”后，把自己的学生钱君匋介绍到学校任教。学生继承老师治学严谨与热爱学生的传统，教学一丝不苟，热忱指导学生作画。每节课还留有修改时间，耐心指点学生。还在课外安排时间综述绘画技法，介绍东西绘画之演进等知识。

钱君匋不仅教学认真，有关学校的一切美术工作，如校刊、学校信封设计制作等都由他完成。他还懂音乐，会谱曲，擅诗词，长金石和书法。我上学时，钱君匋先生还未来“澄衷”，与他没有交集，过了很多年，在1997年，我与《解放日报》文艺部合作，策划了跨世纪珍品系列活动，纪念卡上需有名家题词，“朝花”版主编陈鹏举先生介绍我去找钱君匋，我没见过他，打听了地址，心中忐忑地去了。他应我的要求题了词，非常谦和地说：你看，这字行否？如不行，我再写一幅。我赶紧说，非常好，不用重写的。告别时，我忽然看到他的一个玻璃橱里有一枚澄衷校徽，好奇地问，你在“澄衷”上过学？他笑着答，是当老师！当他得知我在小学读过书时，非常高兴地说，那你我是校友了！

遗憾的是，当时我对“澄衷校友”没有概念，更想不到利用这关系，向他求幅字，竟淡淡地点点头就匆匆离开了。

这样出类拔萃的老师，把“澄衷”的美术氛围渲染得浓浓的，学生中陆绎不绝的走出画家如陆俨少、顾振乐、余白墅、吴一峰，还有建筑师汤德全、陈占祥等，是不奇怪的。

润物细无声的艺术教育，给学生种下的艺术种子，会跟随其一生。“澄衷”的学生中走出了电影制片厂厂长、电影事业家徐桑楚；著名电影导演、戏剧家、艺术理论家陈鲤庭；电影演员、编剧、导演袁牧之等。

“澄衷”艺术传统一直延续了下来，自2015年起，虹口区教育局与上海市教育发展基金会英盛教育基金合作筹划“戏剧进校园”项目，“澄衷”学生连续几年踊跃报名参加，是所有区里参与人数最多的高中学校。在每年创排一部的舞台剧中，“澄衷”学生连续四年都被选中成为戏的主角，展示了学校多年积淀的艺术教育丰硕成果。

2018年，“澄衷”创排学校创始人叶澄衷的大型历史舞台剧《天下之利》，开创了区里由一所中学全部由学生主演舞台剧的先例，好几个担任主演的学生脱颖而出，引起巨大反响。自2015至2019年，一届又一届澄衷毕业生，在参加戏剧排演之中，开发了艺术潜能，参加艺考，走上了专业道路。一批学生受到艺术熏陶，因此改变了人生轨迹，得到了很好发展。如《东方之舟》女一号哈娜扮演者徐丽婷，后考入浙江传媒学院主持专业；《赤子之心》主角殷夫扮演者高瑞杰，被评上全国最美中学生，后考入上师大谢晋艺术学院表演专业；《黎明之前》主角周恩来、《天下之利》男一号叶澄衷扮演者杜雨宸，不仅戏演得好，还被剧组老师发觉了画画潜能，考入了江南大学美术专业，《黎明之前》主角宋庆龄扮演者孙艳，考入北京电影学院表演系……他们不仅学会了演戏，更重要的是在艺术教育的熏陶下，不少人变得自律，学会团结合作，性格变得开朗，爱学习，会感恩，有了巨大的改变。学校教育不仅在课堂，功夫在课外，在“澄衷”得到了令人信服的验证。

▲《天下之利》剧照

“澄衷”的体育也是强项，王怀琪老师是杰出的体育教育家。他早年在“澄衷”就读，后毕业于中国体操学校，回母校任教达43年，对学校怀有深厚的感情，被几代学生深情怀念。

他担任校体育部主任，对学校体育教学和学校体育特色做出杰出贡献。

他不仅善于教学，还研究体育教育理论，著述甚丰，有《五禽戏》《八团锦》《胜战拳》《柔软体操教材》《叠罗汉大全》等59部体育专著。几十年后，许多毕业生已是耄耋老人，还能清晰地记起老师教的拳，还会做八段锦，感激“澄衷”培养了他们强壮体格，日日健身的好习惯。

王怀琪老师使澄衷学生不仅有强健的体魄，熟练的技能，而且有很强的组织纪律性。澄衷的体育教育深得社会赞誉，学生感激一辈子。他还善于循循善诱，以体育强身的道理教导学生，我们一定要争口气，练好身体，振兴民族体育，雪洗被别人称作“东亚病夫”的奇耻大辱。

1936年，王怀琪以中华体育代表团成员身份，参加在柏林举行的第11届奥林匹克运动会，中国没有拿到一个冠军、亚军或季军。回来后，他一次又一次深沉而悲壮地对学生说：“我们中国，四亿人的大国，在这次运动会上丢尽了脸。运动会放中国国旗的柜格已结满了蜘蛛网！”字字句句包含爱国心切、忧国忧民的深情，深深地感染了学生。

许多校友受益于澄衷的体育教育，忘不了这位终身从事体育教学的王先生。让学生能有健康的身体，良好的锻炼习惯，这是真正的体育教育，我也是受惠者之一。离开学校后，我一直保持天天体育锻炼的习惯，从年轻时的跑步、快走、倒走，到做自编体操，再至如今的游泳，不管刮风下雨，无论顺境逆境，每天健身，坚持了半个多世纪。这不仅使我有了健康的体魄，还形成了胸襟宽广，生性乐观的性格，如今，我已渐入老境，却仍能讲课、写作，参加各种公益活动，神清气爽，精神饱满，活得快乐。感谢“澄衷”，它的体育教育使人受惠终生。永远感谢母校的体育课，王怀琪老师的高尚师德和不朽功绩永远铭刻在澄衷校史上，牢记在我们的心中。

“澄衷”的学生社团活动也开展得如火如荼，培育了一大批人才。社团门类齐全，品种繁多，学生可各取所需。

学校曾组织过各种社团组织，有研究型的：国语、日语、金石、摄影、图书、时事学习研究会及文学社等。有以活动为主的：演讲、书法、集邮、摄影、钱币、雕塑、工艺、烹饪组等。有文体类的：课余艺术团、合唱、口琴、航模、跳伞、篮球、手球、棒球等。

学校社团最能反映学校的办学水准。土地肥沃，禾苗茁壮，才能人才辈出，桃李满园。当年不少参加过学校社团活动的学生，后来在多个领域取得巨大成就，如参加文学小组的著名作家秦瘦鸥；参加文体活动的十佳电视导演张戈；象棋社成员，成为全国女子象棋特级大师的单霞丽；摄影组拍出了“黄浦江边和平之女神”等好作品，得到当时摄影界的好评。航模组的良德右作品得到了周恩来总理的认同并留下珍贵照片资料。

我的集邮兴趣就是在“澄衷”种下了因。那时，我的同桌（是个男生，忘了他的名字）参加集邮组，他常常把收集来的信封上邮票剪下，晾干，放入一个本子里给我看。那时，我爸常收到信，我就把信封送给他，他当宝贝似的。看得多了，我心里痒痒的，也学着集邮了。我的兴趣是看书，最终没加入集邮组，但集邮的爱好一直保持至今。

社团活动同样是课堂，也许是更大课堂，学生在这里锻炼了能力，展示了活力，发掘了潜能。许多人才在澄衷校园崭露头角，茁壮成长，从这里起步，走向了更大的人生舞台。

当时的中小学，好像没有统一的教材，至少，在“澄衷”没有。学校自编了校本教材《澄衷蒙学堂字课图说》。这是时任清翰林院检讨，澄衷首任校长刘树屏先生主编的，于 1901 年 6 月初版，至今已 120 年。这套书出版后，至第二年就已第六次印刷，被全国许多学校、家长青睐，流传之广，无法统计。

全书共八册，收了三千多字，按笔画一一列出，旁边还有“简说”，为十岁以下儿童所写；“详说”为十一岁以上学童编写。凡名词、动词，均请苏州画家吴子城或摹我国旧图，或摹西洋新图，以臻图文并茂，故称为“图说”。

书为蒙学教材，但不拘泥于中国传统，注入了新的科学知识，连刚出现在中国的化学元素也列入其中；还以自然科学观点解释天、地之形成。除了名词、动词，还把刚从海外传入的代词、形容词、介词、助词、叹词……都列入其中，并加以说明。

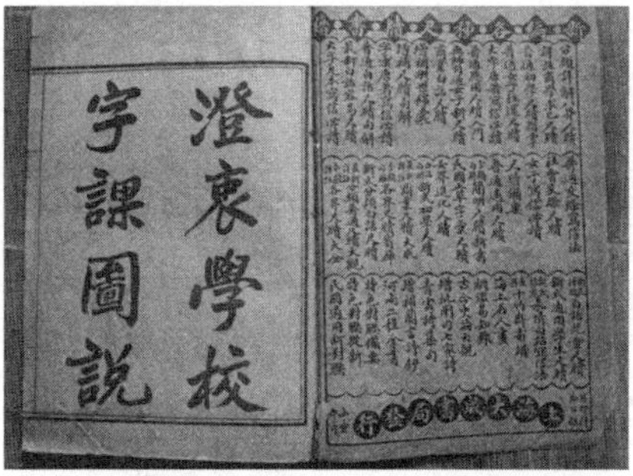

▲澄衷蒙学堂字课图说

我们上课用的就是这课本。年代久远，上课记忆已远去，但这套书蔚为大观，好读又好玩，印象还有。2018年，为感谢我创作了舞台剧“天下之利”，学校将限量新版的《澄衷蒙学堂字课图说》一套赠我。拿到这套书，我触摸到了历史的厚重，仿佛又回到了书声琅琅的国文课。

回忆起来，“澄衷”有许多难忘的事和人，虽然那时年幼，不懂得走时要向老师告别，表示感恩，但在我心中，澄衷小学是我小学生活中，读得时间不长，却是印象最深的一所学校。

在创排《天下之利》时，我找到了许多资料，看到了不少熟悉的场景、老师、活动和勃勃生机的校园生活，使我对母校有了更清晰的认识。这部《天下之利》虽不能写尽校史，但是我的一瓣心香，是永远的感谢。

很遗憾，我被迫离开了“澄衷”。近日，传来消息说，因建设北外滩，澄衷高级中学将被迁移，原址要造七幢高楼。120年，“澄衷”一直在原址，没有动过，她是五万多学子的念想和“乡愁”，深厚的文脉和灵动之泉，难道到此要被连根切断？那留着先辈足迹、手泽的校园，难道会永远消失得无影无踪？

城市建设的大步跨越，摧毁了人们珍贵的记忆，在推土机下，“澄衷”要灰飞烟灭，不复存在了。120年的历史就此戛然而止！

当年离开“澄衷”，我还小，虽有一肚子委屈，但并不觉得是了不起的大事，小孩子永远只是向前看。如今，“澄衷”几乎要连根拔去，这种遗憾，痛彻心扉。多少年以后，当我们回顾上海历史时，是不是会有人像我一样，想喊一声：请拆下留情！已永远来不及了。

五年级暑假，我离开了澄衷小学，去了新建路小学。

新建路小学 >>

学校在新建路70号，唐山路与新建路的转弯角。新建路小学原是国民党兵营，1949年政府在此处办了这所公办小学。六年级，我作为插班生去了这所公办小学。开学前一天，妈妈陪我去报到。

一进校门，只见左边一排房子（怎么也想不起是否是楼房），妈办好了手续，带我去了教室。还没有上课，老师一个人在讲台前不知忙些什么。见我进来，老师走过来，自我介绍，我是陆先生。他是我们的班主任，叫陆冠军。

教室在楼下，好像是平房，在右首第一间，安排了座位，我还是没长高，仍坐第一排。陆先生说了些话，我没心思听，因为我一肚子的不满意。这学校与"澄衷"根本没法比，太破太旧太小太简陋了！

我哭了，对妈说，这学校一点也不好，要回"澄衷"去。妈叹了口气，什么也没说先走了。陆先生有事去了办公室，我一个人站在教室门口，越看越哭，越哭越不想在这上学，我背起书包向校门口奔去。被门房里的校工拉住了。校工大声喊陆先生，陆先生急急地跑来，看我哭得满脸是泪，拍拍我的肩，想说什么，却一句也没说，把我拉到了办公室。

他打了一盆水，绞了毛巾为我擦脸，我不要他碰，只是哭叫，不在这里读，不要在这里读书！他有点手足无措，叫来一个女老师。那老师很年轻，拉住我手，她轻轻地为我洗脸，说，瞧，变成大花猫了！我也不要她碰，躲着，跺着脚，号啕大哭！就是一句话，不要在这里读书！

没有人能理解一个小孩子的痛苦！大人也许以为小孩子不懂事，送去上哪里读书都可以。可小孩子和大人一样有喜恶，有爱恨，会比较。这两个学校的天差地别，看一眼操场就足够了！

进校门，一间小平屋，又矮又旧，放一张破桌子，一只方凳，这是门房间。校门口，是薄薄的铁门，还没有校牌。操场上除了一架双杠，什么运动器具都没有。一排房子，一看就是很破旧的，走廊上面都没有廊檐，不像"澄衷"下雨天也不怕。校园里没有一棵树，更没有花，一览无余，除了房子就是光秃秃的操场。没有音乐教室，没有吃饭的厅，没有开会的大礼堂，没有图书馆，没有阅览室，什么都没有。这算什么学校？

我要逃回去，陆先生和那位女老师看着我，我走不了。哭得久了，没有一个人劝，没有一个人理我了。我想，今天没办法逃，我明天不来，看你们有什么法子！第一天报到，没上课，本来，大概应该向我交代些事，因为我哭闹，老师什么都没说。发给我书，我扔在了地上。我下了决心，明天我肯定不来，打死我也不来，看大人有什么办法！

过了一阵，妈妈又来了，她来接我回家，看着地上扔的书，妈要打我，老师劝住了她。我一路哭回去，妈无奈地拉着我走，什么话也不说。回到家，窠娘见我哭肿了双眼，问清了原因，她发脾气了！她对妈大吼，读得好好的，转什么学！没钱，没钱！你们没钱，学费我来出好了。爸下班回来，窠娘又对爸吼。爸被她骂得没办法，躲进里间不敢理她。窠娘搂着我，擦着我的泪说，阿拉勿哭，明朝还是回"澄衷"去读书，我去付学费。还对爸妈大喊，读点书，这里转到那里，哪有你们这样给小囡读书的！我以为窠娘的话可以作数，安心地睡着了。

第二天我拉着窠娘要往“澄衷”走，可窠娘不去。原来爸对她解释了，已没有学籍，转学手续都办了，回不去了。小孩子哪懂什么学籍，一听还是要去这个破校，跳着脚不肯去，哭得惊天动地，赖在地上，任凭大人怎么劝就是不去。

妈要打我，窠娘拦着。爸也要打我，窠娘和他吵起来，家里一时鸡飞狗跳。后来爸说，你不是要回“圣心”吗？你这个样子，“圣心”还会要你？玛丽娅怎么教你的？你简直是个无赖了，还想成“震旦”人？我大叫，“圣心”没了，怎么回去？爸一本正经地说：“‘圣心’现在不办，不等于永远不办了。法兰西是个大国，一直在欧洲，这国家不会突然没有的。圣公会在全世界都办学校，因为打仗他们才走了，现在不打仗了，等安定了，将来有一天，肯定会再来办‘圣心’。你念念不忘的玛丽娅，密斯特昂，还有张校长，都会回来。到那时候，你一身无赖样，学校会要你？即使“圣心”不办，你只要书读得好，我还可以送你去法国留学。只要读书用功，人做得正，不怕没好学校读。”

小孩子头脑简单，我立刻信了。至今，我都认为爸不是存心骗人，他对我寄予厚望，是真心希望哪一天我能去法国留学的。于是，我听话地背上书包，去了这个百般不满意的新建路小学。

起先，我一次次把此校与“澄衷”比，那真的没法比，越比越生气，越比越不满意。但小孩子容易适应环境，也容易忘事。没过多少日子，我就习惯了在这儿读书，慢慢地，还发现了有不少好的地方。

班级有五十多人，当时大概不规定上学年龄，有好些同学比我大好几岁，坐后排的几个女生，已经是大姑娘了，与我格格不入，几乎没和她们说过话。前排的个子都矮，同龄的没有，比我大一两岁的有，慢慢熟悉了。

我的同桌是个男生，叫蔡仲鸣，住在宝华里，就在学校对面。他很用功，上课从来不讲话或做小动作，作业本上的字写得整整齐齐，一直被老师表扬。他算术成绩特别好，我不会做的题，他会讲给我听，有时还会帮我检查题目，如答案不对，要我改正。我不喜欢上算术课，有时会偷偷地看书。他总是不许我看，我如不听，他说要告诉老师，我只好用心地听课。这样一回两回的，我算术成绩上去了。

他的书包里总有些好玩的东西，下课时，他拿出来玩儿。最好玩的就是汽车模型。那时，真汽车都不大有，我从不知道世界上有那么多式样的汽车！他的汽车模型都有轮子，用手推，可以开，还会转弯。他拿出一件，就会说，这是福特，这是奥斯丁，我从来都没听说过。班里的男生总是围着他转，但他不许别人碰，连摸一下都不许，为此，还被打过。但他让我玩儿，不仅可摸，还可推着开。他会详细地告诉我，这是什么零件，这是什么……后来才知道，这些模型都是他爸从香港带回来的，他们家在香港开汽车行。

仲鸣不像别的男生，他总是穿得整整齐齐，身上很干净，从来不粗声大气，也不与人吵架。为了汽车模型，他被男生打，他也不还手，只是护着他的宝贝。有一次，一个男生抢走了他的模型，他去追，满操场转圈，也不去向老师告状。我生气了，那男生跑过来时，我狠狠地推了一下，他摔倒在地。我抢过模型，还给仲鸣，一看，他眼睛红红的，刚哭过。他捧着模型，左看右看，看了老半天，才松了一口气说，没坏！

也许为了谢我，放学时，他硬要把这个模型送我，我虽然喜欢，但没拿。这是他心爱的东西，我不能要，推来推去，还是没要。从此，我们成了好朋友。因为有了这个同桌，我觉得学校也不坏，每天高高兴兴地去上学。

他家里有很多书。他知道我爱看书后，要我去他家看书，我一次也没去，因为妈从小就告诫，一个人不能上男生家去。后来，他每天带本书来，如是薄薄的一本，我在学校就看完了。如比较厚，他让我带回家去看。这样，我更觉得他好了。虽然学校没图书馆，但仲鸣家可以天天供书，我看书速度快，他不厌其烦，一看完就给我换。我不知道他家有多少书，只是在学校一年，我天天有不同的书看。寒假开始前，他说，你不上我家去，书怎么给你呢？他还记着要借书给我。我记着妈的话，没去，在心里，把他当作最好的朋友。

因为有了仲鸣，我很快就安下心来了。遗憾的是，这样的好朋友很快就消失了。

附文：过年的念想（刊 2015 年 1 月 19 日新民晚报夜光杯）

近日理东西，角落里掉出一粒纽扣。那么久了，金属扣脚已发黑，扣面却依然闪着璀璨的光。上海解放后那年春节，我的同桌仲鸣邀我去他家玩儿。妈得知过年他们全家都在，最主要的是他妈妈在家，得到妈允许我去了。妈说大过年的空手不好去，包了一只糖果三角包让我带去。仲鸣家在新建路宝华里，一幢石库门都是他家的，客堂里摆着大小沙发，还有钢琴。用人送来茶盅，上面放两只青橄榄。仲鸣妈漂亮得像画里走出来的人，她见我拘束，要我们去亭子间玩，仲鸣关上门轻声说："我告诉你个秘密，你不许告诉任何人。"我再三保证后，他说："我们要去香港了，明天就走。"我不知香港有多远，一点不在意。他拆开三角包吃了一颗糖说，我也要送样东西给你。他东找西找，团团转了半天，从箱子里拽出件衬衫，拿起剪刀就剪，没等我劝阻，一颗纽扣握在他手里。这颗扣子从不同角度看，闪出的光都是五彩的，我立刻喜欢上了。他说，缝在衣服上不惹眼，姆妈讲有急难时可换钱用。我担心被他妈骂，他说："衣服上还有四颗，她不留心的。"我不懂钱，只是觉得好看。我没了玩的心思，他妈留我吃猪油汤圆也不要，手里握着这件宝贝，赶紧要走。他说："我们家还有好多东西带不走，让妈妈都送给你好不好？""不要不要"，小孩不懂世情，给我全世界都不及这颗纽扣。不知离愁的我们，告别时都笑得灿烂，走出老远，还听见他喊，明年过年我回来看你。

第二天我正玩纽扣，扣子射出的光照在窠娘眼里，她惊叫，哪儿来的？她急得脸都白了，拉着我往新建路跑。仲鸣家大门紧闭，一个人都没有，全家都走了。后来钮扣不见了，再后来窠娘走了，许多事留在了春雨秋月里，没了影踪。看着这粒纽扣，我心里充满疑问：这几十年它藏在何处？又如何躲过了暴风骤雨？为什么今天重又出现？它真是宝贝？没有答案了。多少个"明年"过去了，仲鸣再没有回来。只有这颗不知从何处钻出来的纽扣，化作一团纯真又模糊的面影，带我又回到了童年。

要过年了，对"年"，我却没什么期盼了，只有过年的念想连接每一段回去的路，缠在岁月上，使一个个"年"变得浓郁芳香。

还有一个坐在我后面的女生，叫曹明德，她住在高阳路，我们常常一起回家。

曹明德是北方人，说一口标准的普通话。她没有爸爸，妈妈是老师。她坐在我后面一排，也喜欢看书。她常常在上语文课外的课时偷偷地看书，她如要看书，会对我说，你坐着别动，给我遮住了。我听话地不晃来晃去，让她可躲在我背后看书。她也常常带书给我，只是有个要求，看书前要洗干净手，书不能折角弄脏。她的书每本都很新，还包着书皮，书皮上端端正正的用毛笔写着书名，她说，是妈妈写的。为了看书，我一改以前随处乱扔书的习惯，把她借我的书小心地放好，看完时还要检查，有没有弄脏书。

▲曹明德（右）和同事参观陶馆（中为作者）

我、曹明德、蔡仲鸣成了小小的书友。我们下了课都不喜欢去操场玩儿，不是躲在教室里看书，就是嘀嘀咕咕地讨论哪本书最好看。我也带书去，但他们都不大要看。我家里孩子看的书不多，都是爸的书，诗集特别多，那时我还没钱买书。但我看的书比他们多得多，说起书来，一套套的，他们俩常一脸羡慕，所以，尽管只是他们借我书看，我却没书交换，我们还是玩得很好。

有一天，放学后，曹明德请我们去她家玩儿，女生家可以去，我和仲鸣去了。她家在高阳路近东长治路的一条弄堂里，是石库门新式里弄房子，住了一层，有三间房。她妈妈在家，正在弹风琴。见我们进去，她妈妈很高兴地站起来说，明德的同学来了，欢迎欢迎！

我进屋，别的都不在意，就是找书，一看，厅里一面墙，到天花板都是书橱，我开心极了，立刻专注地看起来。书可真多，几个橱柜的下面两格都是孩子看的书，拿起来方便，一目了然。后来我才知道，明德妈妈是小学老师，教语文的。她见我爱书，立刻把玻璃门打开说，你可以把爱看的书挑出来带回家去看。我刚想动手，想起明德的话，很自觉地去找水洗手。她家有大小卫生，非常方便。我洗了手，站在书橱边不肯走了。

那天，明德妈妈给我们吃水果、糖，我都没心思，只专注找书，恨不得把一整书橱的书都搬回家。当然这不可能，后来我借了五本书，高高兴兴地回去了。

这一年，因为有了两个好朋友，他们像我一样爱书，出身知识分子家庭，人也文雅，我们成了无话不谈的玩伴、书友。小学最后一年，我才觉得很快乐。

仲鸣在寒假走了，全家去了香港，从此没有了消息。我曾经托在港的朋友找过，毫无音讯。他就像一阵风在春天吹过，带来了花香，飞来了蝴蝶，画出了桃红柳绿的美景，然后，就让位给了夏。但春去春会回，仲鸣却成了绝响。我想念最后一年的小学生活时，出现在脑海里最多的就是他。他如健在，刚过古稀之年，但我再找不到他了。

六年级下学期，我和明德形影不离，同进同出。幸好有明德，她和我年龄相仿，兴趣相投，我们的友情一直延续了很多年。毕业后，她考取了市东中学，后来进上海师范学院，成了继光中学教师。她结婚后与母亲住在一起。单身的母亲后来性格乖张，占有欲强，变得十分古怪。最后影响了她的婚姻，她无奈选择了离婚。

她母亲后来双目失明，明德是独女，她只能独自挑起这个家，过得非常辛苦。在母亲去世后，她再婚，却找了一个很不相配的莽汉，两人格格不入，吵个不休。她要离婚，丈夫不肯，没几年，因过于压抑，明德患癌症去世，年仅五十多岁。这莽汉在明德死后，还与明德唯一的儿子抢房产。我找了个很有名的律师，帮着打官司，我还当了证人，证明这房子是明德母亲的祖产，当然是婚前财产。房子总算保住了。这是后话。

在新建路小学，我交了两个志同道合的好朋友，可惜，一个不见了踪影，一个墓木已拱。对她们的记忆却至今非常清晰。

我们班上后面几排的学生，年龄都大，和我完全不是一路人。有几个女生，已发育得完全像个大姑娘，她们不爱上课，专喜欢评论老师，陆冠军老师就常常中枪。

陆先生教语文，教得好不好，我已没印象，那几个女生老是对他评头论足，还记得。陆先生很年轻，现在想来，大概才二十多岁，长得眉清目秀。上课时，几个女生总在后面小声议论，或画他的样子。下了课，把画放在黑板上，让全班同学看。她们叽叽咕咕，说些什么，我听不大懂，也不大注意，那画，每天都有，倒有点意思，有时也会说几句。

班里年龄最大的女生叫陈翠娥，她住在“澄衷”隔壁的弄堂口，家里开烟纸店。有一次，她带班里几个女生去她家玩，我也去了。她说，陆先生一双眼睛滴溜溜，老是盯着学生看。要我们上课时注意他的眼神，是不是有点“不正经”？我不明白什么叫“不正经”，但隐约知道这话不好，心里很反感，老师上课不看学生，难道看天花板？记得我与她争起来，她不屑地说，先生当然不看你，你有什么好看的？“排门板一个！”她成绩一塌糊涂，作文常交白卷，上什么课都不专心，是陆先生批评最多的一个学生。她不怪自己学习不努力，反而把污水泼向老师，还好陆先生听不到她的话，否则要活活气死。

没等毕业，陈翠娥就退学出嫁了，教室里没了她的胡言乱语，女生安静了很多。

后排还有几个男生，也是年龄较大的，有的连小胡子都有了。男生倒不乱说话，只是调皮捣蛋，用弹弓打麻雀，不小心打碎了玻璃；为了什么事打起来，头上起疱，手脚流血，是常事，给陆先生找了很多麻烦。每当男生做了错事，陆先生总会很生气，在班上大声呵斥，或者要闯祸的男生“立壁角”。男生好像不怕他，被骂了，还嬉皮笑脸的。这些男生，上课做小动作，回家不做作业，算术考试交白卷，作文只抄了题目不写一个字是常事。陆先生应该是很无奈的。我几乎没与这些年龄大的男女生说过话，大多数人我连名字都不知道。对这些不肯好好读书、专门捣蛋的同学，我非常讨厌，唯恐避之不迭。

班里“阵营”鲜明，坐前面两排的年龄小，包括我在内，上课遵守纪律，专心听讲，老师说什么，我们都照着做。当中几排，不大不小的，也还可以。后几排，是一群已成年的大龄学生，不知他们为什么不去工作，而上小学，他们与小学实在是格格不入。班里五十几个学生，我大多数人不知姓名，甚至没说过一句话。有一个叫吴泽民的，后来成了我的妹夫。他住在宝华里，很多年后，经人介绍，他与我妹妹结婚，后来说起他是新建路小学的，也是那一届（我们每个年级只一个班），我们算了老半天，才知曾是同班同学。他不记得我，我也不记得他，只是因为班主任是陆先生，我们才确认，原来是同学！我问起当年男生捣蛋的事，他说他从来不捣蛋。因为是独子，祖父母宠得不得了，怕他读书吃力，让他晚上几年学，他比我大好几岁。只因喜静不喜动，他不参与男生的“糗事”，算是个比较守纪律的。只是我一点也不记得他了。

他倒是个正经过日子的好丈夫，“三观”也正，孝顺长辈，爱护妻儿。因从小家里只他一个孩子，他特别喜欢热闹，和我们兄弟姐妹关系和谐。结婚没两年，他在厂里因救同事，被火烧伤，失去工作能力，只能在家休养。后来并发几种病，又遇我们历史上企业转型的艰难岁月，工厂效益不好、改制、医药费报销拖欠……生活陷入困境，未得好好治疗，早早去世。这是我在新建路小学同学中，后来唯一有交集的人。只是我们并没有共同的回忆，很遗憾。

陆先生教语文，因为我语文成绩好，他很喜欢我。学校没图书馆，我的书都是曹明德、蔡仲鸣借给我的，也有跟爸去福州路买来的。我每天带本书去学校，下了课也不出去玩儿，拿着书看。

那天，我捧了本《俄罗斯童话》在下课时看。这本书是爸刚买给我的，我正看得入神，陆先生进来了。他问，看什么书？我给他看封面，他说，是本好书。我正想接着看，他却一把夺过我的书，把我拉到教室外面。“来，跟我一起跑步。”他拉着我手跑起来。我一百个不情愿，嘛着嘴，不肯跑。他说，书再好看，也不能没节制，眼睛坏了，身体坏了，将来你怎么再看书？

▲同班同学吴泽民

▲《俄罗斯童话》

老师的话当然是对的，我只好跟他跑起来。操场上一圈跑好，上课铃响了，我忍不住哭起来。陆先生奇怪地问：“好端端的，你哭什么？”“我刚才在看一个有趣的故事，现在上课了看不完了。”陆先生哈哈大笑，他说：“世界上的书你是看不完的。将来你去当个作家吧，编故事比看书有趣得多，写出书来，不仅自己好看，还可吸引更多小朋友来看。”

作家原来是编故事的？我第一次听到“作家”两个字，我小小的心被点亮了。那年我 11 岁。

从那以后，陆先生常常带书给我，是他自己的藏书，基本上是外国童话。这一年里，我看遍了已翻译到中国的童话书，首先把安徒生童话全看完了。有时，放学后，陆先生把我留下来，和我聊书。有一次，说起那个豌豆姑娘，我不信，隔了很厚的垫被，她居然还会感觉到豌豆硌了她，哪有这种事啊，安徒生乱编的！陆先生说，世上没有的事，书里可以有，作家就这么伟大！他第二次说到“作家”。他接着说，人们对世界有很多不了解，或者，想把不可能变成可能，作家在书里编故事，把我们想知的或不敢想的事都写了出来，这样的书，人们才喜欢看。你那么爱看书，将来你也去编故事、写书，当个作家。我使劲点头，这是第一位给我设定目标的老师。那是我上小学六年级下学期的事，是一个阳光很暖的春日，陆先生说“你去当个作家！”我当时不知道怎么才可以当个作家，也不明白作家究竟是什么样的人，但老师对我说的话，我记住了。我要去编故事，要当个作家！

陆先生常在语文课读我的作文。那神情，好像非常得意的样子。他说些什么，怎么评论的，我都不记得了。但他笑眯眯地边读边望着我的样子，我记忆犹新。有一次，好像是校长来听课，还有几位老师，都坐在最后一排。

上哪段课文，我不记得了，只记得他叫起我，对那些老师介绍说，这是我们班的“尖笔头”，作文写得好极了。他又读了我的作文。那些老师怎么说的，也都不记得了，但“尖笔头”三个字，从此牢牢地刻在了我心里。一直到小学毕业，同学们不再叫我名字，就叫“尖笔头”。

老师的话，在孩子的心里如同圣旨，不仅信以为真，还会牢记终生。但老师是凡人，更不是万宝全书，不可能上至天文地理，小至蜜蜂蚂蚁，样样精通。老师的话大多是正确的，如激励我的“尖笔头”，还有“当作家”，我是要永远感谢他的。但也有一些话，虽是无意中说出，传达的信息却差之毫厘，失之千里。

有一次上班会课，他说，暑假他在海边玩儿，看见一只虾停着不动，觉得奇怪，跑去看，原来虾在吞一条蛆。虾很小，蛆白胖，在虾嘴里扭来扭去。原来虾吃这么脏的东西！从此，他再不敢吃虾。听了这话，我直打恶心，很多年里，看见虾就想吐。后来知道虾大多是人工养殖的，吃的是人工饲料，没有活物喂它们，我才慢慢敢吃了，但任凭别人怎么说虾脑有营养，味道鲜，我决不碰虾头，再大再好的虾头都赶紧扔掉。

半个世纪后，小学同学千方百计找到了十几个，第一次聚会，讨论菜单时，一桌人居然都不点虾！其实，一物降一物，虾不吃虫子吃什么？陆先生说的也许是事实，是对是错，至今没弄清楚，但那么多同学都信了。可见，老师有意无意中说的话，就如在白纸上走笔，要抹掉，不容易。老师对小孩子说话，真要小心。

陆先生不仅教语文，还教我们体育。我们的操场上空空如也，没足球门、没篮球架、排球网，也没跑道，操场上是煤屑地。上体育课很简单，除了排队跑步外，男生拿只小皮球踢着玩，女生跳绳、跳橡皮筋，或玩“丢手绢”“我们都是木头人”“官兵捉强盗”等。虽说，没什么运动器械，我们还是玩得很高兴。陆先生文质彬彬，按常理哪会上体育课，但那时，他完全应付自如，我们也没觉得他不像体育老师。一些男生很喜欢上他的体育课，一点不调皮捣蛋。语文老师上体育课，很少见，他居然受全班同学的欢迎！

有一次，我听爸说，人类自猿变成人以后，直立行走，因为有地心引力，血不能顺畅地流到脑子，头脑会不够营养，这是不少人笨的原因。我信以为真。

第二天上体育课，我擅自去双杠处，用双腿勾住杠子，头朝下吊着，我天真地以为，这样血能流向脑子，我会变得聪明。这动作从未练过，我的腿哪里钩得住杠子！“砰”一声，我掉了下来，头顶磕在地上，我眼冒金星，哇哇大叫倒在地上。

其实并不很痛，只是吓坏了，我哭喊着，不知自己哪里跌“碎”了。陆先生飞奔过来，一把抱起我到卫生室，一路上不断说，没出血，不要紧，别怕！卫生老师摸摸我脑袋，没有磕出血，也没有鼓包，看看我的手、脚都没问题，说，小孩子，没关系的。陆先生脸都吓白了，他从头到脚仔细查，一面问，这里痛吗？这里呢？眼睛看得见吗？头昏不昏？还要我吐一口唾沫，仔细看了，说，没血，还好还好！

我听见卫生老师说没问题，又不觉哪里痛，立刻止住哭，一会儿又生龙活虎了。见我要跑，陆先生拉住我不许动，说，你还去皮？给我好好坐着。他与卫生老师讨论，什么内出血，头顶骨头什么什么，我没了耐心，趁他不备，“嗖”地一下逃了出去，与女生一起跳起了橡皮筋。

陆先生跟了出来，看得出来，他很担心的样子。我向他扮着鬼脸，只顾玩。放学时，他写了张条子要我带给家长，千叮万嘱，一定要交给我爸。出了校门，我打开纸条看，上面写着从双杠上掉下，我毫不犹豫地撕了。这纸条带回去，爸妈知道了，骂是轻的，说不定还要挨打。瞒过去才是大事化小，反正我没什么事。

第二天，陆先生问我爸妈有没有回条？我一时语塞，不知该如何回答，他洞察一切，说：“没交给家长？”我老实地点点头。他笑了，摸摸我的头说：“还痛吗？”“不痛，一点都不痛了！”“还好，没出事。下回千万别乱来。这种危险动作是体操运动员做的，你怎么可以做？”又说：“脑袋开了花，哪里还编得出故事啊？作家可当不成了！”吓得我赶紧保证，下回再不皮了。

一年时间很快过去了，我们毕业了。那天我们毕业班（就一个班）全体学生站在操场上，举行毕业典礼。校长给我们发毕业证书，我忘了校长的样子，不记得他的姓，是男是女？很久以后，看了毕业证书，才知校长叫沈英煊，看名字，应是女的？我一点没印象了。只记得我们五个人一组上去，校长向我们一一发证书，我们接过证书，向校长鞠躬。校长说了话。那天很热，站在太阳底下，我的脸上都是汗，没听清校长说些什么。

▲新建路小学毕业证书

回到教室，我们收拾好书包，坐着，听陆先生最后一次对全班讲话。不记得他说了什么。最后一个环节，是发奖品，给班上学习成绩好的同学。最后一个是我，陆先生把我叫到讲台前，他向全班同学说，叶良骏是我们班我们学校的“尖笔头”，作文写得又快又好。她将来要去编故事，当作家。我们祝她早日实现这个理想。全班同学啪啪啪地鼓起掌来，欢呼着：“尖笔头！尖笔头！”

陆先生送我一包铅笔，他抽出一支说：“你看这支笔我给你削好了，笔头尖尖的，长长的，你用它去编故事吧！”同学们更加响亮地喊起来：“叶良骏，尖笔头！尖笔头，叶良骏！”在老师期盼的目光、同学们热烈的欢呼声中，我的小学生涯结束了。

▲陆冠军老师和我

新建路小学我只读了一年，尽管它各方面都很简陋，但因为有了陆冠军老师，有了这位目光敏锐善于引导的好班主任，我被发现了文学潜能，萌发了要当作家的理想幼苗。它也是我心中的一所好学校。陆先生是我走向文学之路的第一位引路人，我一辈子没有忘记他。

以后，我越走越远。新建路小学后来没了，变成了唐山中学。1990 年，我应邀去唐山中学讲课，一进大门，熟悉的场景一个也没了，平房变成了教学大楼，操场上有标准的跑道，也有了树和花。依旧有双杠，旁边还有单杠、平衡木、跳高跳远的沙坑……旧貌换新颜了。

我站在操场上，眼前浮现出我被陆先生拉着跑圈的往事，又仿佛听见同学们的欢呼声，“尖笔头！尖笔头！”我的眼睛湿润了。我已成为一名作家，我的书一本又一本地出来，我编的《陶行知的故事》，成了模版，出现在全国各地图书馆、学校，被众多读者赏读。

新建路小学于 1955 年停办，学校一分为二，一半并到海伦路小学，一半并至丹徒路小学，1956 年在原址创办唐山中学，首任校长杨明远。

▲杨明远

杨明远老师是陶行知学生、同事，后与我因陶行知事业与他结识，有过一段不长的共同工作的经历。他对陶先生的感情，对陶行知事业的忠诚，他的无私奉献、不求名利的精神，深深地感动了我。因劳累过度，未及看到他呕心沥血筹建的陶行知纪念馆开馆，因病抢救不及，在家中去世。我闻讯第一个赶到，尽弟子礼，为他净身穿衣，代他还未赶来的孩子送他远行。

没想到他是唐山中学创建后的首任校长。在新建路小学原址建立的这所中学，可以想象，他的尽心尽职。学校是我就读的新建路小学延续，世上的缘真的很奇妙。

此地原为国民党兵营，再往前是日本人的兵营。1949 年后改成新建路小学，营房作为教室使用。起先，小学设有幼儿园，是虹口区第一所公立幼稚园，读完幼稚园可直接上新建路小学。

我再没找到陆先生。听说他后来去了丹徒路小学，我去找了，说没这位老师。又请虹口教育局有关部门查找，也没找到。要活着，陆先生现在应 90 多岁了。不知怎么回事，一个活生生的老师，因为学校没了，居然找不到了。90 多岁的老人，现在也不算少，先生是不是调到外区，从外区退休了？或者天灾人祸，遭遇不测？ 2008 年，因新建路拓宽，造过江隧道，唐山中学正在“红线”之内，被拆了，学校并至长治中学（后改为澄衷初级中学）。校园内所有建筑不复存在，只有造了不到一年的教学楼（当年花了一千五百万），后改为唐山街道办事处，保留了下来。至此，新建路小学，后来的唐山中学从地图上彻底被抹去了。

每当我有一本书出版，我总会想起当年陆先生的祝愿：去编故事，去当作家！当我加入作家协会那一天，我拿着那张会员证，也想起了先生充满信心的目光。我多么想告诉先生，我梦想成真了，而这个梦，是您为我起的头，我想念您，永远感谢您。

陆先生只教了我一年，他对我的影响持续了一生。我再没见过他，至今不知他的踪影，甚至没听到过他的一丝一毫。但我并无太大的遗憾，因为想念老师，并不在形式。他所教的一切，他送我的那包铅笔，他借我的书，他的期望，他的预言，都已化作了我笔下的文章，变成了一本本著作。几十年来，我比别人付出得更多，冥冥中，有先生的祝福，有他的绵绵情意。一生努力，不辜负老师的一番心血，才是最好的纪念。

当然，还是希望陆先生仍活在世上，他在某一地、某一角，安享晚年，有时坐在藤椅上，戴着老花镜，读到我报上的文章，看到我的书。他会疑惑，这个叶良骏是那个小女孩？一定是的，那个“尖笔头”真成了尖笔头了！他会呵呵地笑吧？

我的小学生活画上了圆满的句号。那个秋季，爸把我送去陶行知创建的学校——行知中学，我走向了更广阔的天地。

结语

小学六年，我读了六所学校。时间有长短，学校有大小，记忆有深浅，但都有各自的特色，不经意间，在我心中留下了印痕。

如果说人生有起跑线，小学教育就是很重要的起跑平台。孩子的世界如一张白纸，有好画师才能在这张纸上留下最美的图案。上课虽然重要，但功夫在课外更重要。

一所好的小学，不在于高楼、大操场，而在于有良师，有好校长，他们懂得教育是造就好国民。上好每堂课，完成每天作业固然必不可少，更广阔的世界，是在于把学生当作一块处女地精心耕耘，种上合适的庄稼，让他们各自发荣滋长。

人漫长的一生，都在仰仗童年的滋养。无知的孩子在阅读和倾听中脱胎换骨，图书馆、阅览室、引导读书的老师，交给孩子一根坚实的精神拐杖。阅读能力，爱书的兴趣，使孩子从小就保持对知识的探究心，长大成人后，才拥有精神生活。这样的人，活得明白，不会做糊涂事。即使面对白发苍苍，或日渐衰老的身体，都不会使他们有挫败感。

美育非常重要。人的一辈子，要想平平安安，心如止水，生活得好，不在于有没有钱，而在于有没有审美能力，能否发现世界的种种美丽。小时候，识草木鸟兽，赏诗词歌赋，感风土人情；送花开花落，叹云卷云舒，看碧海潮生，听琴声灵动……从中得到的审美经验会滋润人的灵魂。

善良、爱意，塑造着孩子一颗柔软的心。教育是灵魂对话，一个高尚的灵魂唤醒另一个稚嫩、生涩的灵魂。高尚可有许多解释，其中很重要的是爱。良师放下身段与孩子平视，把他们对人世的善意，以爱的语言、行为化作清泉，源源不断注入那些幼小的心灵。世间固然有假恶丑，但更多的是真善美。得到尊重、爱护的孩子，慢慢学会敞开胸怀，接纳、包容，他们的心是开放的，也是设防的，对千姿百态的世界也会有所感知。

在前行遇到挫折时，他们会明白不仅要克服困难，而且要习惯困难，然后才有可能战胜困难。他们比别的孩子多了勇气，因为他们的眼里，透过沉沉黑雾，会看到光明一直在前。你善待别人，别人也善待你。你爱人、助人，世界也会助你、帮你。

人得借助一点什么来拓宽精神边界。人幼时看到的、听到的、感知的、学会的……积累起来，便使人有了广阔的边界。一个人在小学学到的课堂知识会忘记，但所有功夫在课外的努力，如同在灵魂里栽下一棵包罗万象的神树，随着年龄、阅历增长，会发芽、开花、结果，成为取之不尽、用之不竭的潺潺流泉，滋润人的一生。这样的人，他的生活一定多姿多彩，因此，快乐无穷。

我上的这六所小学，校长、老师的姓名大多不记得，面容也模糊不清了。但在我几十年的长途跋涉中，小学教育为我打下了坚实基础，老师教会我读书，学校让我以爱待人。我有了学习、创造能力，我兴趣广泛，爱好众多，还有，保持了几十年的健身习惯……都来自小学教育。

很幸运，我的起跑线有众多良师的呵护、引领，得以顺利开跑。至今，我仍在不断前行。跟着我的，是星空的低语，枝头的嫩芽，初春的明丽，淅沥的秋雨，清澈的河水……我看见的是连绵不绝的好风景。

老师教会了我，哪怕风狂雨猛，哪怕厄运缠身，只要有颗丰润的心，在惊心动魄之后，还是会诗意盎然。

“野径云俱黑，江船火独明。”这样的意境，是最好的教育筑成的金色起跑线。我的一生，才能如此摇曳生姿！

感谢小学，感谢老师。

教育是从爱里产生的

1952 年，我进入陶行知创建的上海市行知中学（育才学校），在那里我读完初中，高中，整个的青少年时代在那里度过。

学校有不少老师是陶门嫡传弟子，他们把陶行知教育思想以润物细无声的方式，传递给我们。还有不少来自名牌大学，教会大学和外国留学归来的老师，他们学贯中西，性格豁达，校园因此变得格外生气勃勃。

两种老师出身不同，性格各弄，但都学识渊博，富有爱心。老师们捧着一颗爱心，把校园变成了一个大家庭。每个学生都很快乐，很温暖地在这里学习、生活。

几十年后，我从事陶行知研究，才知道我心中难忘的老师，都是像陶先生所说的，是最优秀的人。他们演绎着“爱心流露出来才能完成它的使命”，他们牢记“教育是从爱里产生的。”身教言传，以他们的真、善、美、爱教育学生。当所有学校里的功课都忘记了，留下的便是教育的真谛。学生将从中受惠一生。

如果说人生有起跑线，孩子们能成功起跑，并终生向前，永不停止，一定是有爱伴随。这爱最重要的来自父母、老师，当然还有社会。

陶行知先生对此有过不少真知灼见，特就录几篇我的陶研文章放在书中，供所有爱孩子的家长、教师及有识之士参阅，从中得到一些启迪。

伟大的人民教育家陶行知以“爱满天下”的高尚精神引领，感召了无数人。他最爱孩子，认为“青年和小孩子最大，比什么人都大。”

他为孩子们写诗、编童话、排话剧，他放下身段，与孩子们交朋友，做他们的知心人。他看到孩子的痛苦，就于心不忍，感到他们不快乐，便心有戚戚。他喊出，解放孩子们的时间、空间、头脑、双手、嘴巴、眼睛，让他们自由地看、问、做、思、玩。他呼吁“不要把孩子们的时间排得满满”。他是孩子们真正的知音。

他对人才培养的真知灼见，他对孩子的深深了解，他提出的“教人要从小教起……”都超越时空，有深刻的现实意义。特刊几篇，我所写的研陶文章，供读者，特别是众多望子成龙的家长、老师们参阅。

幼稚教育

1927 年，陶行知先生在南京燕子矶创办中国第一个农村幼稚园，他和陈鹤琴先生一起，对学前教育进行了研究和探索，从实践中总结了幼稚教育的重要性。把陶行知先生的幼稚教育观介绍给大家，必能加深人们对幼稚教育重要性的认识，有着极为深刻的现实意义。

幼稚教育观

1928 年 2 月，陶行知在《如何使幼稚教育普及》一文中提出：“小学教育是建国之根本，幼稚教育尤为根本之根本。”

幼稚教育是在孩子们从零到六七岁时进行正确的教育。六七年的时间在人的一生中虽不算长，然而这阶段的幼稚教育，不少方面绝非此后任何时期所能代替、弥补的。

在《新民晚报》上，曾刊登过一篇诺贝尔奖金获得者的文章，说了一件令人深省的事。一群白发苍苍的诺贝尔奖金获得者，在记者招待会上回答了记者们的一个问题："你们这么高深的学问是从哪儿来的？"这些人类的骄子异口同声地回答："我们最大的本领是从幼儿园里学来的。幼儿园的老师教会我们要关心别人，把自己的东西分一半给别人，吃饭前要洗手，要有观察社会的本领……所以，我们最重要的、也是最基本、最有用的本领是在幼儿园里学到的。"这个例子令人信服地证明了早期教育的重要性。

一个人"听"的能力在胎儿期就可以培养。"说"的能力从 1 岁就开始具备。"读"和"写"的能力可以从 2—3 岁开始培养。观察能力和思维能力的开发以 1 岁开始为最佳。虽然幼稚教育不能代替小学教育，但小学教育是在幼稚教育的基础上进行和发展的，并受幼稚教育状况制约。

幼稚教育是小学教育的基础，整个教育的基础，是培养人才的基础。它关系到早出人才、多出人才，也关系到国家的兴旺发达，世界的繁荣进步。

"教人要从小教起。幼儿好比幼苗，必须培养得宜，方能发荣滋长。否则在幼年受了损伤，即不夭折也很难成材。"幼稚教育实际上是怎样做人的启蒙教育。

人生下来，饿了要吃，冷了要穿，痛了会哭，这是人的自然属性，也是本能。幼儿通过教育，懂得了讲卫生、有礼貌、爱学习，培养了许多好习惯，这就是教人做人的启蒙教育。

幼稚园的老师在新生入园后不久，就会从孩子身上知道他大致出身在什么样的家庭：知识分子、工人、营业员、个体户……因为幼儿在家庭中已经受到了启蒙教育，家长正确或不正确的教育，在幼儿身上烙下了痕迹，有的是好的，有的却是错误的。幼稚教育就是给幼儿以正确的启蒙教育。

陶行知认为："六岁以前是人格陶冶最重要的时期。这个时期培养得好，以后只须顺着他继长增高地培养上去，自然会成为社会的优良分子；倘使培养得不好，那么，习惯成了不易改，倾向定了不易移，态度决了不易变，这些儿童升到学校里来，教师需费九牛二虎之力去纠正他们已成的坏习惯、坏倾向、坏态度，真可谓事倍功半。”

中国有两句古话：“三岁看到老，七岁定终生。”“幼时偷针，长大偷金。”都强调了从小加强教育的重要性。有的父母在子女小时候百般娇宠，大了就管不住了，可见幼稚时期的人格、品德教育是十分重要的。

陶先生曾说：“我们要把英国的、法国的、日本的、意大利的、美利坚的……一切关于幼稚教育的经验都吸收进来，我们来截长补短，冶成一炉，来造成一个中国今日之幼稚园。”

中华人民共和国成立以前，中国的幼稚教育是学西方的，搞正规的、贵族化的、为少数人服务的教育。中华人民共和国成立以后，又全盘照搬苏联保育院的经验。后来，谁也不学了，但是中国有没有创造出符合自己国情、系统又科学的幼稚教育呢？恐怕很难回答这个问题。全盘照搬、生吞活剥，是妄自菲薄、民族虚无主义。闭关自守、来者皆错，又是夜郎自大的保守主义，都是妨碍幼稚教育进步发展的大敌。

实际上国外有许多好的经验。如美国的幼儿教师要通过 4 年制大学的培养，再去幼儿园实习，合格后才能任教。经济发达的日本，全国有 321 所幼儿师范学院。人口只有我国二十分之一的英国，有 40 余所大学设有幼教专业。在有些国家，规定幼儿园必须配备男教师。对比之下，我国幼稚教育是落后得多了。教育事业发展不尽理想，幼稚教育落后也是其中的一个方面。到 1982 年，我国还没有一所独立的幼儿师范学院，只有一所大学设有学前教育专业。改革开放以后，我国幼教事业发展迅速，设置学前专业的高等师范院校已有 22 所，入园幼儿增加了 600 多万。但与发达国家比，以我国社会发展需要来衡量，无论是数量还是质量，差距还是很大的。向国外先进的幼稚教育学习，最终目的是为了“造成一个中国今日之幼稚园”，使我国学前教育朝着正规、系统、科学的方向迈进。

今日之幼稚园，绝不能是贵族化的，幼稚园要为工农大众服务。陶行知在南京创办燕子矶幼稚园，在山海工学团办农忙幼稚园，都是为农民服务的。后来他在上海创办“劳工幼稚园”，是为工人服务的。也许有人说这个问题现在不存在了，因为现在已经没有贵族了，其实不然。有个时期，在商品经济的冲击下，有的幼儿园收“议价生”，见钱眼开，不讲原则，影响极坏。为工农大众服务，办平民化的幼稚园，现在仍需提倡。

陶先生提出办幼稚园要经济化：“要用最少的经费去办最好的教育”。“用一文钱，就要问一问，这文钱该花吗？”不是用很多钱，把幼稚园装饰得很华贵。有的教师提出，我们没有钱买图书、买玩具。幼稚园很困难，这是事实。教育经费不富裕，幼稚园不可能添置很多玩具、用品。要解决这个问题，只有自己动手。陶行知当年办幼稚园时，没有钢琴、风琴，就用月琴或留声机上音乐课。玩具坏了自己修，还可以动手做：用碎布做娃娃、用麦秸编小篮、用废纸折叠成船，鸟等有趣的小玩意儿。农村里遍地皆有的沙土是幼儿们最喜欢的玩具，他们可以用它造出高楼大厦、兵舰大炮……不必花一分钱，幼儿们照样可以玩得兴高采烈。“自己动手，丰衣足食”，对幼稚园同样适用。

要重视科学的训练。“那些外国王子公主的故事已经讲滥了，它使儿童们变得糊涂起来。有些故事是错误的，如‘狼来了，小羊快快跑！”是训练强暴来了，快些躲避。再举个例子：“小兔子不听话，到外面乱跑，遇到狐狸快快跑，遇到狗快快跑。”是训练小孩子在家，不应该乱跑。让幼儿觉得世界上充满着敌人，千万不要去冒险。这是在培养胆小鬼。看见一条蚯蚓，老师大叫：“这有什么好玩，快快扔掉！”吓得儿童不敢与自然界接触。

这些都是错误的教育，是违反自然科学规律的。陶行知提倡写符合科学原理、适合中国国情和儿童生活的童话和故事，使幼儿从中学到科学的知识，从小有科学的头脑，“科学要从儿童教起”，才能有一个科学的中国。

要普及幼稚教育，应改变我们的态度。大多数人以前很漠视小孩的需要、能力、兴味、情感。农村和边远山区，至今尚有许多家长不重视或不懂幼稚教育，让孩子整天在田头、屋边玩耍，无人负责教养，或让不懂科学的老人去抚养。有的地方虽然办起了幼稚园或托儿所，但仅是把孩子关在室内或院子里，不让他们打架，不出危险就可以了。一些家长“望子成龙”，要幼儿读一二年级的语文、算术，不完成作业就动辄训斥打骂。这些都是对幼稚教育的性质、特点、作用认识不足，或认识不清的表现。我们必须唤醒国人明白“幼年的生活是最重要的生活，幼年的教育是最重要的教育。”俗话说：“江山易改，本性难移”。幼稚教育能开发人的早期智力，对人的一生起着重要作用。只要大家认识到这一点，幼稚教育一定能得到发展。

普及幼稚教育，就需要很多教师，教师从何而来？幼稚师范是要办的，但不能靠幼稚师范培养全部的教师。应该提倡边做边学。一所幼稚园就是一所培养幼稚教师的学校，能者为师，在实践中积累经验，边干边学，也能够成为行家。在广大农村，不可能有很多幼师毕业生分配去当教师，这一点更为重要。办短期培训班，向有经验的教师学习，传帮带，依靠自己的力量，也能培养出出色的幼稚教师来。

办幼稚园还应讲究办法：向着省钱的方针才有普及的希望。用最少的钱办好幼稚园，不要坐着等一切条件都具备了才去办。陶行知办山海幼稚园的时候，小朋友没有凳子坐，就自己带来。睡觉没有小床，几位老师跑了好多商店，比较了铁床、木床的价钱、质地，最后请竹工按着尺寸做小竹床，价廉物美。我们的国家还很穷，用穷办法来办教育，才有普及的希望。

现在，有些地方造“豪华型”的幼稚园，室内装饰得非常华贵，室外有游泳池，大型活动器材，所费上百万！这样的幼稚园当然是令人赞叹的，但是不符合中国的国情。我们的国家还不富裕，即使在上海这样的大城市里，还有不少幼儿园办在石库门房子里，十几个平方米的房间要挤三十多个孩子。在这样的情况下，与其办一个豪华型的幼稚园，不如办十个普通的幼稚园，更符合我国的实际。

幼稚教育的目的

幼稚教育是国民教育的基础，培养人中人，即培养合格公民之基础。幼稚园里切莫教人读书，而要教会孩子们怎样做人。

要培养身体健康、精神活泼的儿童。陶行知认为，中国要强盛，强国必须强种，强种就得从幼儿开始培养。

从身体的抵抗能力方面来看，有的中小学生弱不禁风，经常患病，弄得父母非常苦恼。为什么体质如此差呢？根本原因之一，是在幼稚期培育不得法。不少家长唯恐孩子生病，从小给幼儿穿很多衣服，还不许孩子外出玩耍，结果造成子女抗寒抗暑能力相当弱。这些“阴地之草”“豆芽型之苗”，禁不得风吹雨打，长大了还能做什么大事呢？

体育是教育的重要组成部分，幼稚期是人生的一个重要时期，大脑发育和体育锻炼绝不可忽视。

不要把幼稚园当作学校，把幼儿当作学生，一天到晚叫孩子坐着上课，或者“在那里拍拍手，走走圆圈……一切活动都是机械的，千篇一律的，万篇一律的。”把幼儿弄得规规矩矩，呆头呆脑，软手软脚。

要把健康放在第一位，活泼放在第一位，经常让幼儿在阳光下游戏、追逐，自由自在地玩儿。这是幼稚教育的第一个目的，也为培养合格公民打下良好的基础。

要培养儿童在生活上有好的习惯，也就是教给幼儿生活上正确的基本技能，如怎么拿筷，如何吃饭、穿衣，在人多的场合如何讲话等。但幼稚园里教师最关心的是今天幼儿学会了几首儿歌，图画画得如何。生活中一些基本的问题：喝水、讲话，走路……往往不加指导。

陶行知在山海工学团吃饭时，发现有一些孩子抢菜吃。菜盆一拿上来，几个人就你抢我夺，手脚慢的人只好吃白饭。他特意找孩子们谈话，说：“在小的地方表现小军阀的气概，长大以后就会当大军阀，去争权夺利。吃菜虽是生活小事，也表现了一个人的道德。”进而又教育孩子们吃饭时不能与邻桌的人大呼小叫，只能在吃饭的间隙与邻座轻声说话；喝汤和稀饭勿出声……

一些生活习惯，看上去是行为规范，实际包含着做人的道理。从小教会幼儿正确的生活习惯，对他们一生的道德品格的形成，将起极重要的作用。

培养幼儿欣赏之能力，使他们对音乐、舞蹈、美术、大自然……发生浓厚的兴趣，将来能欣赏一切真善美的东西。

在幼稚园里，教唱歌不是目的，而是要培养幼儿欣赏音乐的能力，使他们能够从优美动听的音乐声中，感受到生活的美丽。同样，画几间房子或几只小鸟，是为了培养幼儿欣赏美术的能力，使他们在线条和图形中，形成形象思维，培养对大自然和社会的观察力。

培养幼儿对真善美的初步认识，使他们从小就对美好的事物有鉴赏能力。将来，他们走上社会以后，就会热爱生活，热爱大自然，成为一个追求美，珍惜美，进而去创造美的人。

培养合格国民之基础，使幼儿有爱国心和为人民服务的愿望。对幼儿来说，祖国和人民的概念是不大容易搞清楚的。在幼儿园里，要教会幼儿爱老师、爱小伙伴、爱幼儿园，塑造一颗颗爱心，他们将来才能爱祖国、爱人民。从小培养幼儿为小朋友服务，帮助别人，关心不幸的残疾人和老人，使他们有一颗善良的心，将来他们才能去为人民服务。

陶行知在《儿子教学做》一诗中写道："小事认真干，零用自己赚。自活有余力，帮助人自立。"希望孩子们从小自助助人，将来才能顶天立地。

幼稚教育绝不是教幼儿读书，而是为社会教育打基础，培养栋梁之幼苗，所以说，幼稚教育是非常重要的。

儿童观

陶行知在他伟大的一生中，致力于中国人民政治解放和精神解放事业的同时，特别重视儿童身心的解放。他破除旧世界对儿童的轻视、蔑视，谴责对儿童的种种陈腐观念，提出一系列新颖的儿童观。

他认为儿童最有创造力。人类之所以有别于其他动物，主要原因是因为人类有创造力，儿童的创造力是与生俱来的。陶行知在《创造的儿童教育》一文中说："创造的儿童教育，不是说教育可以创造儿童，儿童的创造力是千千万万祖先，至少经过五千年与环境适应斗争所获得，而传下来之才能的精华。"

上美术课，教师在黑板上画一个小圆点，孩子们会说，这是包子、是太阳、月亮；加上几只脚，就像是蟑螂。"我们家里蟑螂满地爬。"一个小圆点，在幼儿的眼中变成了一个丰富的世界，这就是孩子的创造力。所以，五岁的莫扎特能作曲，爱迪生从小就能搞发明创造……但许多儿童在幼稚期没有表现出创造力，正如陶行知所说："发挥或阻碍，加强或削弱，培养或摧残这创造力的是环境。教育是要在儿童自身的基础上，过滤并适用环境的影响，以培养加强发挥这创造力……教育不能创造什么，但他能启发解放儿童创造力，以从事于创造之工作。”

儿童的创造力在幼稚期表现得最为活跃，所以更需要教师加以爱护和诱导。

提倡手脑并用。陶行知写过一首诗：“人生两个宝，双手与大脑。用脑不用手，快要被打倒；用手不用脑，饭也吃不饱。手脑都会用，才算是开天辟地的大好佬。”

在幼稚期培养幼儿手脑并用，能开发智力，为早出人才打下良好的基础。陶行知在晓庄学校附属幼稚园里，带领五六岁的幼儿种大白菜，从下种、间苗到捉虫、浇水、施肥、收获，孩子们参加了种菜的全过程，使他们从种菜中，认识自然，继而认识社会，学到真本领。

山海幼儿园实行“小陪伴制”，请六七岁的幼儿，陪三四岁的孩子玩儿。婴儿哭了，“小陪伴”用折纸、小风车哄他们；孩子尿湿了，小陪伴学着大人的样子为他换。从照顾弟弟妹妹中学会照顾别人，也学会为别人服务的本领。

幼稚教育不要扼杀儿童的天性。幼儿的身上有许多天性是生来就有的，如他们爱说真话，不说假话。你若去问一个幼儿：“你们的王老师怎么样？”他说：“王老师可好哩！”“李老师呢？”他会毫不犹豫地如实回答：“李老师很凶！”

在幼稚教育中，教师有时会在无意中扼杀儿童的天性。如上生物课，抓来一瓶蝌蚪，课上完了，蝌蚪装在瓶里挤成一团都死了。捉到蝴蝶，用针活活地钉在板上，把它处死，说是做标本。陶行知说，把活的东西弄死，太残忍，是扼杀儿童善良的天性。“生物不应当把它处死做标本，只可待它死后，再用防腐剂保护它，看作朋友死了，保存遗躯作个纪念。”

旅行季节到了，教师带着孩子们外出春游，行前再三向幼儿叮嘱：“可以乱跑吗？可以东张西望吗？”“要守规矩，排着队，不准有声音。”回去以后，教师作总结，骂那些路上喜欢发问、跳跳蹦蹦的孩子，孩子们吓得双目发呆。凡此种种，都在扼杀儿童好问好动好玩的天性。

我们往往对孩子有许多的限制，用大人的目光去要求他们，束缚他们的手脚，这也不许做，那也不许动。幼儿在这样的教育模式下，三年幼稚园毕业，几乎成了小老头子小老太婆了。

要让幼儿们看一看，想一想，玩一玩，干一干，谈一谈，自由自在地生活，充分发展他们的天性，培养出活泼可爱的人才幼苗。

我们应当相信孩子们也能当先生。陶行知写了一首《小孩不小歌》：“人人都说小孩小，谁知人小心不小，你若小看小孩子，便比小孩还要小。”

只要把儿童解放出来，小孩能办大事，能当大人的先生，也能互教互学，自己当“小先生”。在陶行知的教育实践中有许多这样的例子。陶行知在山海工学团大力提倡小先生制，一些六七岁的幼儿在学校里识了字，回家教爷爷奶奶、爸爸妈妈识字。有些老人不愿意学，孩子会想出办法，做出连大人都无法做到的事。陶行知在南通为孩子们讲“小先生制”，顺口念了一首歌谣：“读了书，不教人，什么人，不是人！”一个孩子马上站起来说：“不是人’，是什么呢？是桌椅板凳还是鸡鸭狗猫，很不具体，还是改成‘木头人’吧！”陶行知连声说好，可见有时一个留洋博士还不如小孩子。由此可见，小孩子能教人，能做先生，小孩的本领无可怀疑。

陶行知提倡“六大解放”。儿童的生活即是儿童的教育，“海阔天空是儿童最好的学校。”“解放小孩子的头脑，要把儿童的头脑从迷信、成见、曲解、幻想中解放出来，使他们能发生思想，产生信仰，最后产生力量。”“六大解放”还要解放孩子们的双手。过去“中国对于小孩子一直是不许动手，动手要打手心”，往往摧残了儿童的创造力。陶行知一位朋友的夫人，因为儿子拆坏了她的金表，大怒之下，把孩子打了一顿。陶行知说：“你打掉了一个爱迪生！”孩子能动手，就能促发思维能力，成为有出息的人。把爱动手动脑的人打了一顿，就会吓跑了他的创造力，“爱迪生”也就赶走了。

解放小孩子的嘴。“有问题要准许他们问，从问题的解答里，可以增进他们的知识。”陶行知写过一首诗：“发明千千万，起点是一问。禽兽不如人，过在不会问。智者问得巧，愚者问得笨。人力胜天工，只在每事问。”

他提倡大人要鼓励幼儿发问，正确地回答他们的问题。

过去有一位年轻的幼稚园教师在上“认识山羊”课时，这位教师正在按照备课笔记向孩子们提问题，一个男孩子打岔了，他问了一个很古怪的问题：“小羊是从什么地方生出来的？”女教师是个未婚少女，她无法回答，便气愤地骂幼儿：“小羊从什么地方生出来，管你小孩子什么事情？你这孩子怎么不动好脑筋？”从此，孩子见了她就扭头不理，也不敢再提问题。女教师发现自己伤害了孩子，非常难过，到处找资料，后来在上课时回答了这个令她难堪的问题：“母羊长大了变成羊妈妈，公羊长大了变成羊爸爸，它们很要好，羊爸爸在羊妈妈肚子里放入一粒种子，种子发芽长大，羊妈妈便生出了小羊。”这位女教师是个知错就改的人，她花了功夫，用浅显易懂的儿童化的语言，回答了幼儿提出的问题，保护了孩子的求知欲。陶行知说：“小孩子得到言论自由，特别是问的自由，才能充分发挥他的创造力。”

解放小孩子的眼睛。让他们随意地观察世界，取下他们的蒙眼罩和有色眼镜，在大自然和社会的大课堂中，获得真正的知识。

解放小孩子的空间。“让他们去接触花草、树木、青山、绿水、日月、星辰以及大社会中之士、农、工、商，三教九流；自由地对宇宙发问，与万物为友，向中外古今三百六十行学习。”不要整天把孩子关在幼稚园里，精神营养非常贫乏。现在的家庭，大都是独生子女，有些家长反对子女与人交往，把孩子禁锢在小房间里，变得呆头呆脑。走上社会以后，使他无法与人交流，也不会与人友好相处，唯我独尊，这样就害了孩子的一生。

创造需要广博的基础。解放了空间，才能搜集丰富的资料，扩大认识的眼界，以发挥其内在之创造力。

解放孩子们的时间。不要把他们的日程排得满满的。一个茶杯要有空位方可盛水。对于幼儿来说，让他有时间干一点自己喜欢干的事，如爬树、嬉水、追逐，听河水流淌，看雪花飞舞……这些，都能引发儿童的遐想，培养他们的动手动脑能力。

把孩子的时间排得满满的，逼着他们做功课、背唐诗，或者强迫他们学自己不爱的乐器、书法等，使他们失去学习人生的机会，养成无意创造的倾向，到长大成人后，即使有时间，也不知怎样下手去发挥他们的创造力了。

把小孩子的头脑、双手、嘴、眼、空间和时间都解放出来，就能充分发挥他们的创造力了。

要善于发现儿童的才能，培养真正的人才幼苗。过去，在幼稚园里，挂图是温柔抚媚的形象，从来看不到奋斗的勇敢，或工人农民的生活图。生活如天上仙子，孩子们不知世上有劳苦、悲哀。

孩子们吹不得风，禁不得雨，只知有灿烂的世界，而不知世上需汗血交流。他们不敢与强暴作奋力的抗争，成了小羔羊、小废人。

真正的人才需有强健的身体、刚毅的品格、百折不回的精神，在孩提时代，应通过各种方式，培养幼儿们这方面的品格，发挥儿童身上勇敢、好问、扶助弱小、不畏强暴、善良热情的天性，使他们从小在与各种困难做斗争的过程中，了解人生之路的艰难曲折，将来能成为真正的人才。

陶行知鼓励“新安旅行团”的孩子们，用自己的双脚走遍中国，当“民族的小号手”，参加抗日救国，以自己柔嫩的肩膀分挑国家重担。许多人后来在炮火中成长，参加抗日，走上了革命道路。这就是一个极好的例子。

教师的责任和态度

陶行知在《试验乡村师范学校幼稚师范院简章》一文中说：“本院培养人才，以下列四事为目标：1. 看护的身手；2. 科学的头脑；3. 儿童的伴侣；4. 乡村妇女运动之导师。”对幼稚园教师提出了具体要求。

幼稚教育对象是幼儿，所以对幼稚教师的要求也就更高。教师必须有一颗爱心：“晓庄是从爱里产生的，没有爱就没有晓庄。学校可毁，爱不可毁，爱之所在即学校之所在。学校的历史就是爱心之历史——有了爱便会找路线、寻方法、造工具，使这爱可以流露出来去完成他的使命。教师没有爱就没有意义，即使在学校里，也不见得有贡献。一切成绩都是从爱里流露出来的。”

幼稚园的教师必须爱孩子、爱工作、爱幼稚园，让园内充满了爱。只有爱幼儿的教师，才能赢得幼儿的爱。孩子们从小懂得爱老师、爱小伙伴，将来才会爱祖国、爱人民。有了爱，教育才会产生最佳效果。

幼稚园里绝对不准体罚儿童，体罚是教会儿童粗暴、残忍，所以陶行知疾言厉色地说："打小孩子的人，简直就是反革命！"

教师要了解孩子并重视孩子的感情。陶行知写文说："孩子如给你一块糖吃，是有汽车大王捐助一万万元的慷慨；他失手打碎了一个泥娃娃，是有一个母亲死了独生子那么悲哀；他受了你盛怒下的鞭打，连在梦里也会有法西斯追打的恐怖；他写字没有得到双圈，仿佛是候选总统落选一样的失意。"教师如能了解并珍视孩子们的感情，便能取得最大的成功。

对孩子要多加鼓励，切莫轻易地给孩子下结论。如果你是一位好老师，切莫轻易断定小朋友的品格。你看他是"坏蛋"，他未必就是坏蛋；你看他是好孩子，将来他未必很有出息。孩子的可塑性很大，他们喜欢别人称赞，你越是表扬他，他就越要学好、做好，教师何不利用这种赞许心呢？

我们必得变成一个小孩子，才配做小孩子的先生。陶行知写诗说："先生们忘了你们的年纪，变个十足的孩子，加入小孩子的队伍里去吧！你若变成小孩子，便有惊人的奇迹出现：师生立刻成为朋友，学校立刻成为乐园，你会觉得是和小孩子一般儿大，一块儿玩，一块儿做工。谁也不觉得你是先生，你便成了真正的先生。你立刻会发现小孩子的能力大得很，他能做许多你不能做的事，也能做许多你以为他不能做的事。"

幼稚教师应该童心不泯，和幼儿在一起时，放下老师的架子，尽情地玩儿。在二十世纪五十年代，上海有个儿童先进工作者孙慧娟，她就是这么一个好教师。她在幼稚园时，与孩子们坐在一起搭积木，全神贯注。等房子搭好了，她会抢先拿过"房顶"架上去，然后拍着手笑："孙老师的房子有屋顶，你们的没有屋顶，要漏雨，没人要住！"孩子们不乐意了，就"抢"她的屋顶，抢来抢去，教室里一片笑声。她班上的幼儿个个爱她，非常活泼。哪一天孙老师有事未来，全班小朋友都会望着窗口等她、盼她。像这样的老师当然会受到小朋友的欢迎和爱戴，教育的效果也一定好。

教师要做爱迪生的母亲和富兰克林的父亲，保护和诱发幼儿的创造力。爱迪生的母亲相信自己的儿子不是"坏蛋"，学校开除他后，母亲自己给他上课，在地下室布置了实验室，让孩子做各种实验，这样，爱迪生的才能才没有夭折，世界上才有了一个伟大的发明家。富兰克林的父亲让孩子在工场间随意地走动、观察，鼓励孩子提问、动手，富兰克林才脱颖而出。

在幼稚园里，孩子们把玩具拆坏了，或者把凳子的腿拉下来了，教师们就会斥责孩子，骂他们。其实，这些爱拆坏东西的孩子，往往很聪明，喜欢寻根究底，求知欲很强。教师应该引导他们，给他们机会，透过顽皮的外表，去发现幼儿的才华，不要轻易地把“爱迪生”和“富兰克林”吓跑了。

幼稚教师的身教是特别要紧的。儿童最有模仿力，在家里父母是孩子的模仿对象，在幼稚园里，教师更是儿童最好的模仿对象。

教师的一言一行，一举一动，待人接物，甚至是穿着打扮，对儿童都是教育。在幼儿面前，教师对任何一件事，甚至是生活小节，都要行为检点，严格要求。

有一次，一个孩子告诉家长：“今天我在汽车上看见李老师，我不叫她。”为什么呢？孩子愤愤然地说：“李老师坐在车上，旁边站着个白发老奶奶，李老师不让座，还闭起眼睛装睡觉。”李老师不让座位是一件小事，但这与她平时对幼儿的教育大相径庭，孩子就觉得不能接受，就觉得这位李老师很坏了。

教师的穿着打扮也会影响幼儿对美的认识和追求。如果一位教师戴耳环、戒指，浑身珠光宝气，或者奇装异服，“衣履乖张”，站在幼儿面前，这会造成什么样的影响？

如果教师能认识到在孩子面前，我们的一切行动，大至道德品格，小至生活小节，都是在对孩子进行教育，就应严以律己，努力塑造自己美好的形象。

幼稚教师应朴素、诚笃、典雅、端庄、勇敢、勤劳，有应变能力，要成为儿童的朋友，也应该是儿童学习的榜样。

“儿童世界里，只有真话没有谣言，只有理智没有恐怖，只有创业没有享福，只有公道没有惨酷，只有用的书没有读的书，只有人——即有人中人，没有人上人，没有人下人，没有奴隶。”这是陶行知对儿童心灵世界的描绘，幼儿工作者值得注意的。

幼稚时期是人生最关键的时期之一，在这一个美丽的儿童世界里，隐藏着千千万万个爱迪生、贝多芬、爱因斯坦、雨果……等待人们去发现，培养。幼稚教育是整个教育基础的基础，是培养人才、建设国家的根本之根本。我们必须将更多的人力、物力和财力投入幼稚教育事业，使这个人才之温床，萌发出许多出类拔萃的幼苗，使一代胜过一代，从而，使我们的祖国、人类的未来更加光辉灿烂。

让陶行知先生在半个多世纪前提出的“幼稚教育尤为根本之根本”的观点深入人心，发扬光大！

注：本文引号内的语句未注明出处者，均为陶行知的原话或文章摘录。

（1990 年）

教师的品格和才能

>>

“……教师之好坏，简直可以影响到国家的存亡和世运之治乱。”教育是创造真善美的大活人，“教师的人格对于学生和社会的影响甚大。”陶行知在半个世纪前，就高瞻远瞩地认识到，要办好教育，先要从教师的“自重”做起。他说：“农不重师，则农必破产；工不重师，则工必粗陋；国民不重师，则国必不富强；人类不重师，则世界必不太平；重师在于师的自重。”

人才是学校生命力的肥沃土壤。要使山峰常绿，就得勤栽树木，要使学校保持生机，就得抓住人才。教师应该是出类拔萃的人才。只有这样，教育才能出现人才辈出、欣欣向荣的局面。

教师必须具有高尚的道德

为人师表，道德为本。陶行知认为一个人的“道德是做人的根本”，根本一坏，纵使有一些学问和本领，也没有什么用处。道德坏的人，学问愈大，对国家和社会的危害也就愈大。

教师应具有公德和私德。公德即是“大德”，要爱祖国、爱人民、爱事业……私德是特别要紧的，“私德最主要的是廉洁。拿公家的信笺写私信，公家的橱柜放私物，公家的钱存在私人账上……这些都是私德很坏。”教师的一言一行、一举一动，虽是生活小节，却是私德的流露。

在公共汽车上，教师戴着校徽却不让座位给老弱病残孕坐，人们就要谴责：“你是教师，应该让座；你不是教师，出门就不要戴校徽！”让座与否，本与旁人无干，但对教师来说，却成了人们衡量他是否言行一致的标准。

陶行知提倡廉洁，教师应该公私分明。他出门的时候，穿的学生装有两个口袋，左边装着公款，右边口袋装私人的钱，泾渭分明，决不混淆。有时外出时私人口袋里的钱带少了，不够吃一顿饭，有人劝陶行知借左边口袋的钱先用一用，回去再还。他总说，公家的钱一分一厘也要搞清楚，借一次就会有十次、百次，一发而不可收。他宁愿饿一顿，决不动用公款。

1940 年 9 月，周恩来、邓颖超来育才参观，在学校用饭、留宿。第二天，陶行知写信给育才学校副校长马侣贤，特意嘱咐。“昨天请客一切费用，连酒菜、饭茶、滑竿、船钱都开在我的暂记账上，并请立即清算，以便照付。学校经费中不宜动用一文。”陶行知认为周恩来夫妇是他请来的客人，理应出他付招待费。后来，周恩来、邓颖超捐款 400 元，为育才学生购买运动器具之用，陶行知立即将款如数汇至学校，并写明：“这是指定捐款，请开具正式收据交下，以便送去致谢。”

陶行知提倡：“假如你有两块面包，你得用一块去换水仙花，因为面包是身体的粮食，水仙花是灵魂的粮食。”对于教师来说，水仙花是比面包更重要的，没有它，精神就要枯萎。教师的待遇不高，物质生活不丰富，这种状况短时期内很难得到根本的改变，与其抱怨或泄气，还不如像陶行知所提倡的那样："我们不要把钱看得很大，因为钱之上有更大的事业；我们也不要把钱看得太小，因为钱可以办大事。"

在《再论中国乡村教育之根本改造》一文中，陶行知提出："我们深信最高尚的精神是人生无价之宝，非金钱所能买得来，也就不必靠金钱而后振作，尤不可因钱少而推诿。"如有这种精神，教师就会变得高尚和热诚，水仙花也就会越来越多。

教师要敢"说真话，追求真理"，为真理而献身。"富贵不能淫，贫贱不能移，威武不能屈，美人不能动。"陶行知一生曾两次遭到通缉，一次险遭暗杀，面对反动派的威胁，他的回答是："千磨万击还坚劲，任尔东西南北风。"他在给育才师生的最后一封信中说："如果两方面消息确实，我会很快地结束我的生命。深信我的生命的结束，不会是育才和生活教育社之结束。我提议为民主死了一个就要加紧感召一万个人来顶补，这死了一百个就是一百万人，死了一千个就是一千万人。"他铁骨铮铮，字字掷地有声，显示出大无畏的精神。

"教师要有勇气站起来驳假话。真理是太阳。"教师应带着学生去追求真理，"说假话便是骗子，怎么能做教师呢？"

陶行知提倡要建立一条"人格的长城"，时时提防坏思想的侵袭。古时候的"慎独"，对教师也是适用的。教师的道德小至影响学生，大至影响社会，所以说，教育是"创造真善美的大活人"。教师自己必须具备真善美，这样才能带动学生、带动社会树立高尚的道德风尚。

高尚的精神，不用钱买，不依钱振作，也不能以没有钱推诿。用钱可以买来的东西，没有钱自然买不来。用钱买不来的东西，没有钱可以得到。这是陶行知崇尚的真理。

教师的道德是第一要紧的。

教师应严以律己，待人宽容

"要学生做的事，教职员躬亲共做，要学生学的知识，教职员躬亲共学；要学生守的规矩，教职员躬亲共守。我们深信这种共学、共事、共修养的方法，是真正的教育。”

教师应为人师表，成为学生的楷模。严以律己，以自己的行动影响学生，身教重于言教，教师身体力行，对学生是无声的命令。陶行知就是这么一个好教师。他在晓庄师范订有一条校规：不酗酒，不抽烟，不赌博。在他的影响下，晓庄的校风一直很正。

有一次，陶行知到一位农民家里去做客，农民留他吃饭，拿出了一瓶酒。陶行知急忙说：“酒不能喝，喝了就要违反校规。”农民不理解，对他说：“又不是在学校里，喝了有什么关系？你怕违反校规，喝了回去不要说，不就没人知道了？”陶行知还是不肯喝，农民生气了，说：“你不喝酒就不是我的真朋友！”陶行知怕伤农民的感情，喝了酒吃了饭，回到学校不去睡觉，直接跑进学校为犯错误的人设置的“反省室”。校长坐进“反省室”，成了学校的特大新闻，大家都来问：“陶校长犯了什么错误？”他回答说：“我在外面喝酒，违反了校规，我必须按规定面壁思过！”教师严以律己，他们的行动是对学生最好的教育。现今的中小学校里，规定中小学生不准抽烟，理由是“影响健康”。那么，教师抽烟又如何解释？从严以律己的角度看，教师在办公时间，在学生面前，最好也不要抽烟。教师在任何地点，任何时间，都应以美好的形象为学生做出榜样。

教师应有宽博的胸怀，待人宽容。对朋友、同事要“和为贵”。善于团结有不同意见的人，“敬其所长，恕其所短。”经常在背后说三道四，散布流言蜚语的人，绝不是一个好教师。如果有人向你提意见，或者背后议论，甚至是无中生有，也不必耿耿于怀。应该像陶行知那样；“好好坏坏任人讲，心中玉一块。”

对待学生更要宽容，不要把人看死，也不要轻易地给学生下定论。如果出现了“坏蛋学生”，教师首先要找自身的原因：你的课上得生动不生动？能不能吸引学生？孩子精力充沛，你有没有很好地引导？他的身体有病或者心理上出现障碍，你有没有更多地关心？学生需要的知识，你有没有传授给他？只有对症下药，才能教育学生。如果不问青红皂白，出现了问题就一味责骂学生，不找自己的原因，就会将事情搞糟。

教师严以律己，宽容待人，师生才能得到精神上的沟通，感情上的融洽。

“师生相依为命”，人格能互相感化，习惯能互相影响，师生就能共同进步，一起去创造一个高尚完美的世界。

教师应有丰富、渊博的知识

“要想学生好学，必须先生好学。唯有学而不厌的先生，才能教出学而不厌的学生。”

教师要有“科学的头脑”。他们应是虚心好学，有观察能力的人。他们对于科学、农业及一切新发明，新创造，都应有浓厚的兴趣。教师应是一个学问家，不断学习、求知。“不教一时虚度，不教一日虚度。”“活到老，学到老，做到老，进步到老。”

陶行知精通三国外语，五十几岁开始学俄语，有人劝他，事情那么多，年纪又大了，何必去学那么难的俄语？陶行知回答说：“学习外国文好比是配一副万里眼镜。这种眼镜，每一位追求真理的人都应该戴，而且应该自己磨。要风雨无阻，行往不停，天天磨，月月磨。磨它五年十载，总会成功。倘一曝十寒，时学时缀，到老无成。”通过刻苦自学，他终于能看俄文版的《资本论》了。

陶行知是学文科的，在美国留学攻读市政和研究教育，并获得硕士学位。但他时时不忘学习，经常手不释卷。他的房间里没有一件像样的家具和摆设，到处都堆着书，有许多是外文原版书。重庆遭大轰炸后，别人都卖东西以便逃难，他却购进英文版的《大英百科全书》，高兴得如获至宝。他为学校经费天天在外面奔波，没有时间看书，经常在等车的时间捧着书看。几十年不间断地学习，硕果累累。陶行知懂天文、地理、历史、物理、化学、音乐、戏剧……他能写小说、杂文，也能写童话、剧本。他出口成诗，既能写律诗绝句，也能写白话文、大众诗，他的才能是各方面的。一个教师就应该像陶行知那样，天天学习，培养看书的习惯，不能虚度光阴。要使自己的知识不断更新、充实，成为一个有丰富、渊博知识的学问家。

教师应具有真挚、热烈的感情

陶行知曾代表儿童向教师上一个总请愿书，其中有一段写道："不要你的金，不要你的银，只要你的心。"他认为教师应是一个有丰富感情的人，能了解孩子们的需要、感情、兴味，能共享孩子的快乐，分担孩子的痛苦。教师必须有一颗爱心，才能成为学生的知心朋友。

陶先生对教师提出希望："……先生们，忘了你们的年纪，变个十足的小孩子，加入在小孩子的队伍里去吧！你若变成小孩子，便有惊人的奇迹出现：师生立刻成为朋友，学校立刻成为乐园；你立刻觉得是和小孩子一般儿大，一块儿玩，一处儿做工，谁也不觉得你是先生，你便成了真正的先生。"

喜怒哀乐为人之常情，教师如有真挚、热烈的感情，就能与学生心灵相通，教育常能取得意想不到的效果。陶行知是一个有丰富感情的人，他的爱随时随地流露出来，温暖着许多苦孩子的心。他关心孩子们的病痛，头上生癞痢的陈贻鑫，经过了精心治疗终于痊愈，头发长了出来，陶行知特意写信将此事告诉冯玉祥："陈贻鑫的头发长得像乌云一样，看着真叫人喜欢。"疼爱喜悦之情溢于言表。邻校学生陈银山因病去世，陶行知痛心之余，给银山的姐姐去了一信："令弟之噩耗传来，不胜悲戚！我们的学校能早办一学期，也许令弟来了，未必误死，思之诚可痛心。但他是去了，不能叫他回来，望你好自珍摄，万勿过分悲伤。"对一个素不相识的孩子去世，如此哀痛，实在令人感动。

夏天嘉陵江涨水，经常有船只沉没，陶行知每次都要叮嘱去重庆演出的学生：不能挤在一条船上，以免全军覆没。还告诫大家上船坐在舱里，要把鞋带解开，不能打瞌睡，唯恐孩子们遇到不测。会爱必会恨。陶行知对人民、对学生满腔热爱，对敌人却无比憎恨。1946 年 6 月，一些华侨去看望陶行知，关心地问起他的近况，他愤怒地回答："嘴巴被封条贴着，手脚被镣铐锁着，背后被无声手枪指着，连气都透不过来了。这就是我的近况！"说完将拳猛击桌面，对敌人的卑劣行径恨之入骨。

"下关事件"发生后，陶行知代表上海市 54 个人民团体，在国际饭店召开外国记者招待会，他严正指出：“这次的殴打是在昆明、重庆、成都及其他地方对待学生的办法是一贯的、相同的，反动的力量是逐渐将三民主义变为法西斯的组织。CC[1]对此事实责无旁贷。”

在诗歌朗诵会上，陶行知常常作即兴讲演，热情洋溢地朗诵自己创作的诗，激动时他会流泪，愤怒时他会像狮子一样地咆哮。他在“创造宣言”中大声呼唤:“创造之神！你回来呀！你不能放弃你的责任。只要你肯回来，我们愿意把一切——我们的汗，我们的血，我们的心，我们的生命，都献给你。……只要有一滴汗，一滴血，一滴热情，便是创造之神所爱住的行宫，就能开创造之花，结创造之果，繁殖创造之森林。”他火热的语言深深地打动了学生的心。

在李公朴的追悼会上，陶行知用诗沉痛悼念自己的老朋友——杰出的民主战士：“杀你的人是杀民主，杀和平，杀害中华民族的生存。这一颗凶恶的子弹不是打你一个人，是打在四万万五千万人的心身。”边说边流泪，反映出他内心的无比愤慨。

赵叔愚去世后，陶行知写祭文：“……我们现在要把整个的晓庄托付给你和嫂夫人照应，望你们接受我们这番恳切的付托。叔愚兄！我怎么听不见你回音呢？你可是真的死了吗？不然。你决不会死，死之一字是不可思议的。你倘使不在我心里活着，怎能使我心头悲酸酸地要说出你要我说的话呢？叔愚兄！你没有死，你永远不会死，你还是我的一位活朋友。不期而至，清风故人。你和嫂夫人常常来谈谈心，好吗？一定来啊！叔愚兄……保重！”读了使人怆然而涕下。

一个有丰富感情的教师，他能热烈地爱教育、爱学生、爱祖国、爱人民、爱一切美好的事物和人；以他强烈的恨激起学生对反动势力、丑陋现象的憎恶。能使学生爱憎分明，敢于直言己见，不畏强暴，与恶势力作斗争。

将爱心献给学生的教师，必将得到爱的回报。陶行知的许多学生，现在大多已年过花甲，他们来到上海市陶行知纪念馆，见到自己敬爱的陶校长遗照时，个个激动万分，热泪盈眶。许多人满怀深情地回忆当年陶校长

[1]CC，国民党陈果夫、陈立夫控制的特务组织，即国民党中央调查统计局，简称“中统”。

对他们的关怀挚爱，不无感激地说："陶校长就是我们的父亲！"

做教师的人，最大的安慰莫过于看见自己的学生成才，桃李满天下，学生们当上了厂长、工程师，或工人、农民……在几十年以后，许多学生还能记住自己。当教师退休的时候，许多过去的学生来看望、送别他离开奋斗了几十年的讲坛，这是教师的成功和快乐。但并不是每一个教师都能赢得学生的爱和思念的，除了多种原因外，感情恐怕是一个很重要的原因。

"种瓜得瓜，种豆得豆"，有爱的献出才有爱的回报，教师的感情将成为教育的催化剂，它滋润学生的心田，使教育获得更大的成功。

教师应有艺术的兴趣

"教师的生活是艺术生活。"陶行知希望通过教育，"使乡村美化，使都市美化，使中国美化，使全世界美化……创造出老百姓所愿意有的新天下。"艺术能陶冶人的性情，净化人的灵魂。有艺术兴趣的教师，能以艺术的手段对学生进行教育，从而创造出丰富的精神世界。

陶行知上台能演话剧，扮演老大爷、老画家、演得惟妙惟肖；他能编歌作曲，他的"锄头舞歌"、"自立立人歌"曲调优美，歌词朗朗上口。他对音乐、舞蹈、美术、戏剧都有很高的欣赏能力，对美学理论也颇有见地。

他鼓励美术组学生："为老百姓而画，到老百姓的队伍里去画，跟老百姓学画，教老百姓学画。……画出老百姓的好恶悲欢、作息奋斗，画出老百姓之平凡而伟大。"

当舞蹈家戴爱莲因创作的舞蹈不被人理解而苦闷时，陶行知说："到民间去采风，从人民中汲取营养。"在陶先生的帮助下，戴爱莲向《新华日报》社的同志学会了秧歌，找到了简单而又热烈的舞蹈表现形式。

陶行知看了莫扎特的《安魂曲》之后，一再写信给夫人吴树琴，表示对音乐的深深理解："你从这出戏里可以得到的力量，足够用一辈子去做你的创造工作！"他感动万分地欢呼："莫扎特万岁！"

他看了《孤星泪》小说后说："此书一路停车必读，好像着了迷，从前没有一本小说如此吸引我，其中实有道理，但此书也见了一点不满意处。"

陶行知是一个教育家，同时也是诗人和艺术家，他善于用艺术的手段教育学生，用自己对艺术的理解去感染学生。他的学校，从晓庄到山海到育才，经常有剧团演出，如田汉的“南国剧社”就常来。学校里成立了剧社之后，师生同台演戏。学校里琴声、歌声、朗诵声组成了一个艺术的乐园。

教师应会唱歌、会一二种乐器、会写生、会用生动的语言和学生交谈、会布置会场……还应注意仪容仪表美，用艺术的眼光打扮自己。教师的艺术兴趣，在潜移默化中会引发学生对艺术的爱好。教师的艺术气质，能培养学生欣赏真正的美。教师的服饰高雅端庄，对学生也是一种美育教育。

教师应该多才多艺。有丰富精神世界和广泛兴趣爱好的教师，一定受学生喜爱。在欢快的气氛中进行学习，在艺术氛围中生活，学校就成了“诗化的环境”，人人乐观向上，教师工作的累、生活的苦也就烟消云散了。

教师要富有创造精神

“先生创造学生，学生也创造先生，学生先生合作而创造出值得彼此崇拜之活人。“陶行知希望教育者要创造值得自己崇拜之创造理论和创造技术。一个有创造能力的教师，在平凡的环境中，照样创造出不平凡的成绩。就如“平凡无过于一张白纸，八大山人挥毫画他几笔，便成为一幅名贵的杰作。”

陶行知认为：教育如屋檐水一样，“一点一滴，滴穿阶沿石。点滴的创造固不如整体的创造，但不要轻视点滴的创造而不为，呆望着大创造从天而降。”

在学校里，身边的任何一件事不要让它白白地流走，见机进行教育，往往能取得意想不到的效果。

陶行知在美国留学时，曾到一所小学去参观。二年级的语文老师帕格罗女士正在上课，这时来了一个家长，手里捧了一个蛋糕。家长说：“今天是我孩子多玛的生日，我特意做了蛋糕，请他的同学们吃，请老师允许。”老师高兴地接过蛋糕，问学生：“由谁来切蛋糕？”“老师，请您切。”她把蛋糕切开来，又问：“第一块蛋糕应给谁吃？”一个小女孩说：“给多玛吃，祝他生日快乐！”“第二块呢？”小男孩站起来回答：“给多玛的妈妈吃，谢谢她为我们生了一个好伙伴。”“第三块呢？”大家一致同意，请老师吃。全班每人分得了一小片蛋糕，大家唱起了《祝你生日快乐》。一盒蛋糕，使教室里充满了快乐和喜庆的气氛。陶行知称赞这位帕格罗女士是一个富有创造力的好教师，她停下课，虽说教学受到了影响，却使学生们通过分蛋糕受到了教育，使得孩子们懂得爱妈妈、爱老师、爱同学，课堂里洋溢着融融的爱。如果这位老师没有创造力，见人拿来蛋糕，立刻想到自己的课会受到影响，进度不能完成，就板着脸训斥：“课堂重地，不准吃糕！”吓得家长转身就逃，一段教育的好材料就白白地流走了。

教师应是有心人，善于发现教育的材料，随时随地教育学生。这样，教育便成了活的教育。

教育的生路“是要勇气探出来，走出来，造出来的”。一个有创造力的教师，能“在平凡上造出不平凡；在单调上造出不单调”。即使是山穷水尽，走投无路，也能开出一条生路。

发挥创造精神，设计创造方案，结出创造之果，教师便成了富有活力、青春长在、有真知灼见的创造家。

教师要善于虚心请教

孔子说：“学而不厌，诲人不倦。”唯其学而不厌才能诲人不倦，如果没有新的知识补充进来，天天卖旧货，必然索然无味，不要说学生不要听，教师自己也要感到疲倦了，所以“教师必须天天学习，天天进行再教育，才能有教学之乐而无教学之苦。”

陶行知提倡，要虚心学习，集思广益；要虚心向老百姓学习，要“学习人民的语言，人民的情感，人民的美德”。努力发现老百姓的问题、困苦和他们心中所希望达到的目的，并认识他们就是真正的主人，要他们告诉我们，怎样为他们服务才算满意。

晓庄学校有一口井，在天旱时献给全村公用，但每天出水只有200担，不敷全村饮用。于是大家都起早取水，甚至一夜到天亮都有取水的人。到白天，井已干了。大家争先恐后，有时就打起来了。学校师生最后也没水吃了，大家讨论了半天，有的主张将井锁起来，有的说不许村人取水，议论来议论去，还是想不出一个好主意。陶行知建议召开村民大会，共同想办法解决这个难题。会上大家七嘴八舌，一个老太太说：“人要睡觉，井也要休息。每天下午7时至上午5时，不许取水。”陶行知非常赞成，他说：“‘井也要休息’，这话说得何等扼要，何等好啊！”一个目不识丁的老太太会想出这么一个好主意，是意料不到的事。一个久未解决的吃水难题，一句话就得到了解决，这说明，老百姓自有高明之处。“民之所好好之，民之所恶恶之。教人民进步者，拜人民为老师。”唯其如此，才算是个好教师。

“向小孩子学习，向学生学习。”教师如果不肯向学生虚心请教，你便不知道他的环境，不知道他的能力和需要，那么，“你就有天大的本事也不能教导他”。你只需承认小孩有教你的能力，你不久就会发现小孩能教你的事情多着呢！

陶行知的二儿子小桃6岁时，教57岁的祖母读书，两人边读书边玩，一个月就把《平民千字课》读完，祖母能看懂陶行知写来的家信。这就是小孩子能教大人的明证。

小孩子的真诚、热情、善良、好助人……都是值得老师学习的，因为由于环境所致，大人有时把这些好品质渐渐淡忘了。和小孩子在一起，你会觉得不敢有一丝懈怠，你就会从他们身上找到自己童年的影子。只须你心甘情愿地跟你的学生做学生，他们便能把你的“思想的青春”留住。他们能为你保险，使你永远不落伍。

“别看小孩小，划分新时代。”

虚心，虚心，承认我们一无所知、一无所能。虚心向老百姓学习，向小孩子学习，向一切人学习，甚至向你的敌人学习，教师才能日日有所长进，天天得到教益。

教师要抬头乐干

陶行知说，教师似乎没有什么做头，学校小，教室小、学生小、薪水少，好像没有乐趣。但如仔细想来，教师把无知的孩子培养成才，就如园丁将一棵幼苗培育成参天大树，青春、品格、学业都得到了延续，这不正是教师的最大快乐吗？“人生本是快乐与患难交织而成”。人人都有痛苦和烦恼，这便是生活。教师的待遇差、责任重、地位低，苦恼也许比别人更多。如何正确地对待生活中种种不尽人意的事呢？陶行知说：“困难诗化，所以有趣；痛苦诗化，所以可乐；危险诗化，所以心安；生死关头诗化，所以无畏。”一切也就释然了。

陶行知一生清贫，经常过着“吃不饱来饿不死”的生活。敌人的威胁，生活的重担，办学的艰难，都没有使他丧失信心。

有一天，夫人对他说，家里没有多少米了，如何烧饭？他略一思索挥笔抄了“煮粥诗”：“煮饭何如煮粥强？好同儿女细商量。一升可作三升用，两日堪为六日粮。有客只须添水火，无钱不必作羹汤。莫嫌淡泊少滋味，淡泊之中滋味长。”幽默的诗句使夫人展开了愁眉，乐于共度艰辛。

在办晓庄师范时，周围有一些土匪，以为陶行知是留学生，又在办学校，一定很有钱，便写恐吓信给他：”兄弟们回乡没有路费，要向你借 3 万元钱，限于某日某时送到某处，否则，将杀你个鸡犬不留！”信送到学校，大家都吓得面面相觑不敢作声，唯有陶行知不动声色。他请人带信给土匪：“鸡犬无辜，何必杀它一个不留！还是来见一见我，我会劝你们改邪归正，也许还能办点土匪教育。”同仁听了无不捧腹。

在育才学校经费断绝，生活极端困难时，小偷光顾陶家，偷去了陶行知唯一的大衣，夫人和同事都为之懊恼万分。陶行知检查屋内的物品，发现只少了一件大衣，其余东西都在，他将此事告诉冯玉祥说。“小偷知道我穷，只用印花被单包去了一件大衣，这贼有良心！”

这就是陶行知的生活态度。他一生清贫，办学困难重重，生命数遭不测，家人因贫病而相继去世……但是他乐观地对待一切，在逆境中仍毫不气馁地奋斗着。

教师与所有的人一样有痛苦和烦恼，但我们也有自己的快乐，那就是丰富的精神世界。我们的青春、品格、学业在学生身上得到延续；我们的血肉化作共和国的基石；我们的灵魂铸造了无数个人才；我们的足迹跟着学生走遍天涯海角，这就是教师的财富和快乐，因此，教师虽苦犹乐。

“抬头乐干”，是陶行知提倡的人生积极态度，能以这种精神对待工作、生活，教师必能充满活力，青春常在，一切苦难都会烟消云散，也就能得到莫大的乐趣。

陶行知在半个多世纪以前，就深刻地认识到，中华民族的前途是依靠教师得以完成的，教师肩负着民族的重任，教师的素质将影响国家和民族的兴旺繁荣。

早在 1927 年，陶行知在办晓庄时就提出：“我们深信教师必须有农夫的身手，科学的头脑，改造社会的精神；教师应当用科学的方法去征服自然，用美术的观念去改造社会；我们深信最高尚的精神是人生无价之宝；我们深信如果全国教师对于儿童教育都有鞠躬尽瘁死而后已的决心，必能为我们民族创造一个伟大的新生命。”

愿陶行知的希望能变成现实。教师应是一首完美的诗，全国教师一心一德为教育而献身，必将能“合起来造成中华民族的伟大的新生命。”

（1990 年）

陶行知对农村教育的理论与实践

半个多世纪以前，伟大的人民教育家陶行知先生，从改造农村、发展农村的高度，阐明了中国乡村教育的重要性，并身体力行，把自己的教育实践重点移向农村，创造了伟大的业绩。他认为，“中国是著名的农业国，农民占全国人口总数之百分之八十五。这就是说全国有三万万四千万人住在乡村里，所以乡村教育是远东一种伟大之现象。凡关心世界问题的人，绝不至忽略这种大问题——无论办得好不好，中国的乡村教育关系到全世界五分之一的人民。”

1927年，陶行知先生提出“教育下乡”“知识交给农民”。他脱下了西装革履，和几个志同道合的大学教师陈鹤琴、邵仲香、赵叔愚等，在南京郊区劳山脚下，办起了“晓庄试验乡村师范学校”。他说：“我们已经下了决心，要筹募100万元基金，征集100万位同志，提倡100万所学校，改造100万个乡村。”“我们以极诚恳的意思，欢迎全国同胞一起出来，加入这个运动。赞助它发展，督促它进行，一心一德地来为中国100万乡村创造一个新生命，叫中国一个个的乡村，都有充分的新生命，合起来造成中华民族的伟大的新生命。”

为了实现这个宏大的目标，陶先生身住牛棚，依旧自得其乐。“要去化农民，必须农民化。”他在给母亲的信中写道：“晚上打地铺，睡在稻草上，暖和得很，比钢丝床还有趣。我们六个人睡在一铺……还有一个，是一头耕田的水牛，睡在我们旁边，脾气很好，也很干净。”

他提倡“教育与农业携手”，办教育要与农民交朋友。“我们要建设新中国，必须用教育的力量，来唤醒老农民，培养新农民，共同负担这个伟大的责任。”“要真心实意地办乡村教育，把农人、小朋友集合起来做同志，办成一个个好的乡村学校，去改造一个个乡村，从而产生很大的力量。”

在晓庄师范，陶行知先生准备了十里荒山用以造林，二百亩地用以耕种，使学生学会各种农业劳动技能，培养学生有一颗“与农民甘苦化的心”。他根据农民的需要，办中心茶园，讲时事，学文化；办木匠铺解决农民的困难；办诊疗所，为农民免费看病，并大力宣传种牛痘，防天花，灭蚊蝇……为改造农村做了大量的工作。

1932年，在晓庄实践经验的基础上，陶行知分析了社会情况，提出了教育与社会、教育与生产密切结合。在上海宝山大场地区创办“山海工学团”。工学团的宗旨是“工以养生，学以明生，团以保生”。他设想“乡村一个个都变成工学团！人人生产，人人长进，人人平等互助，人人自卫卫人！那么中国是变成何等庄严的一个国家呀！中华民族的新生命是在工学团的种子里潜伏着。”

以乡村教育改造中国落后的农村，提高全民族的素质，从而改造社会，最后创造出一个富有生气和活力的、具有崭新面貌的中华民族，这就是陶行知的宏愿。

当时农村教育的状况

在当时，中国农村教育的状况如何？陶先生说："中国向来所办的教育，完全走错了路：他教人离开乡下向城里跑，他教人吃饭不种稻，穿衣不种棉，盖房子不造林。他教人羡慕繁华，看不起务农。他教人有荒田不知开垦，有荒山不知造林。他教人分利不生利。他教人忍受土匪、土棍、土老虎的侵害而不能自卫，遇了水旱虫灾而不知预防。他教农夫的子弟变成书呆子。他教富的变穷，穷的格外穷；强的变弱，弱的格外弱。"

他曾举了一个生动的例子来说明这个问题：假如一个农家有四个小孩，只能给长子上学。读书的儿子，渐渐地手也懒了，脚也懒了，看不起务农了。种田的爸，养蚕的妈，打杂、看牛、拾狗屎的弟妹，都不放在眼里了。大家也不以为奇，因为读书要得了文凭才算毕业。他初小毕业，欠人的债将他老子的背脊骨压得驼起来了。等他高小毕业，老子又卖了一头牛。等到他考进初中、高中师范的时候，他的老子从自耕农跌到佃农、雇农队伍里去了。他自己学了师范弄不到教员做，毕业不啻是失业，老起面皮做"守知奴"，吃着没知识人的饭，还嫌不卫生，受人栽培还骂人愚笨。这种消费的传统教育，将一个会种田看牛拾狗屎的劳动者，变成了四体不勤的废人，变成了一个书呆子。

这一条穷人读书走过的路，即是穷国办教育灭亡之路，中国当时的教育便是马上加鞭在这条路上跑！

陶行知大声疾呼："必须悬崖勒马，才能起死回生！"陶行知所批评的这种状况，直至今日，尚无多大改观。张健同志[1]在《深化教育改革问题》一文中，谈到"农村教育办学方向不对头，片面追求升学率"时指出："农村教育存在不同程度的脱离农业生产、农民生活和农村建设的实际，导致劳动者素质很差，学生'书生型'，大大限制了生产力的发展。"这与陶行知的观点不谋而合，也说明了农村教育与实际脱节的问题，至今尚未得到很好解决，其严重性是值得大家重视和探讨的。

---

[1] 张健，原是"山海工学团"小先生，陶行知的学生。后任国家教委副主任，现离休。

提出农村教育要服务农村

陶行知洞察到当时农村的教育现状是脱离农村、脱离农民，所以明确提出要建设适合乡村实际生活的活教育，乡村教育应教农民“如何出头”。

他说：“从教育的立场上说，我们的使命：（一）是教民造福；（二）是教民均富；（三）是教民用富；（四）是教民知富；（五）是教民拿民权以遂民生而保民族。”

陶先生在晓庄与周围的农民“同甘苦，共休戚”，他称樵夫、渔人、老农“都可做我们的指导员”。晓庄附近经常有土匪骚扰，他在冯玉祥[1]的帮助之下，成立“联村自卫团”，使农民得以安居。为革除陋习，他成立禁赌会，劝导农民戒赌戒烟。

山海工学团附近农村以种棉为生，以前每亩地最多收四十斤棉花。工学团引进优良棉种，教农民改散播为条播，使棉花产量大幅度提高。1934年，宝山地区遇到百年不遇的大旱，陶先生到处募集资金，买抽水机帮助农民抗旱。山海的教师张劲夫、马侣贤等曾连续五天与农民一起日夜苦干在田头。

为了帮助农民解决生活困难，山海工学团成立“红庙信用兼营合作社”，以自救互助形式，共渡难关。

为改革旧风俗，陶行知提倡“三块大洋结婚”和“五块大洋的棺材”。山海农民孟根根在陶先生的教育下，率先不收礼，不铺张，以三块大洋结婚，开创了新风尚。

在大场地区，工学团团结周围农民，一起修路、筑堤、清塘养鱼，为改善农村环境，增加农民收入，做了大量卓有成效的工作。

陶行知创建的“晓庄学校”和“山海工学团”，贯彻了“生活即教育”“社会即学校”“教学做合一”的生活教育理论，为改造农村、改造社会做了许多事。学校得到了农民的爱护和支持，农民受到了学校的教育帮助。陶行知说：“教育好比火，火到的地方，必使这地方感受它的热，热到极点，

---

[1] 冯玉祥，字焕章，行伍出身，曾任国民党第二集团军总司令，后与中国共产党合作，主张并实行抗日，反对蒋介石卖国，打内战的反动政策。

便要起火。”他还说：“办学和改造社会是一件事，不是两件事。”

农村教育应为农民服务，为当地的建设和发展服务，从而达到改造农村，改造社会的目的。

对农村的学校、教师和学生的要求

怎样评估一个学校办得好还是坏、成功或是失败呢？陶行知认为乡村学校办得成功与否，不是看你教了多少学生，学生得到了多少分数，而是要看学校周围村庄的环境发生了什么变化，是否调查本村实况，以创造自治的村庄；本村交通，是否已创造四通八达；本村生产，是否已足衣食；本村风俗习惯，是否已改造；本村武艺，是否自卫卫人；本村急难，是否互助……只有创造与大的世界沟通的村庄，学校才算办得成功了。

“倘有好的乡村学校深知选种施肥、预防虫害种种科学农业，做个中心机关，农业推广就有了大本营。”陶行知追求的目标，至今有些地方已经实现。倒如山东平度县农业技术学校，师生帮助当地农民种花生，仅采用改良品种和地膜覆盖两项新技术，就使花生亩产由五百斤增加到一千斤，成果获国家科技进步三等奖。像此类学校，即是陶行知称为“改造乡村实际生活之中心学校”，是“能使全数村民都能安居乐业，爱乡救国”之理想学校。

陶行知根据农村教育服务农村的思想，提出“农夫的身手”是乡村教师的第一个目标。乡村教师能够做农人的工作，才可以了解和帮助农人，在乡间才有用武之地，他们的学校才能被农人接受和得到支持。乡村教师必须有“科学的头脑”，对于科学农业有浓厚的兴趣，并能将科学常识介绍给农人，去改造一般农民社会的守旧性。他们还必须有“改造社会的精神”，将自己的学校变成发电机，把电力送到农家去，把学校和社会连接起来。后来，陶行知还要求乡村教师有“艺术的兴趣”和“健康的体魄”，以便能更好地为农人服务。

乡村教师在乡村应是农人的样子，有时赤着脚，穿着草鞋干。“要想感化农人，必须自己先受农人感化”。陶行知在晓庄经常下田劳动，与学生一起修造厕所，被农民称作“陶叟”和“挑粪校长”。山海工学团的教师在农友家中住宿，轮流吃派饭，农友们称他们为“阿哥、阿姐”。教师做人民的朋友，才能成为改造乡村社会的灵魂。这样，他足迹所到之处，一年能使学校气象生动；二年能使社会信仰教育，三年能使科学农业著效……十年能使荒山成村，废人生利，中国农村面貌定会发生极大变化了。

为了改造培养乡村的新一代，乡村学校的学生培养目标应是：“一、康健的体魄；二、劳动的身手；三、科学的头脑；四、艺术的兴趣；五、团体自治的精神。”学生要有“征服自然，改造社会的活本领”。学生从入学第一天起，必须做农事，像农人的样子。在学校里，学生按照“教学做合一”的校训，在做中学。他们整理学校，抹桌、扫地、擦窗……来获得生活上必需的技能。学习读法、写法、乘除法等与农村生活有联系的知识。比如农民要写一封信，就请学生来写，这样的写作即是最实际的语文成绩。园艺、手工、文书、会计、卫生，甚至烧饭烧菜，都是应该学会的。“农夫的身手是本校第一个教育目标”，要培养手脑双全、自立立人的儿童。这样，学生才不会变成书呆子，将来才有真本领去改造乡村，改造社会。

乡村教育是改造乡村的中心，中国贫穷落后的农村面貌何时发生了巨大变化，中国才能真正富强起来。陶行知在 1927 年就提出：“我们最后的目标是培养 100 万个乡村教师，使 100 万个村庄都得到生命，合起来造成中华民族的新生命。”“这是一项伟大的建设事业，个个国民都要对它负有绝大的责任。”使之“一心一德地为中国乡村开创一个新生命。”

（此文在上海市陶行知研究会及山西省陶行知研究会 1988 年度年会上作论文变流，被收入山西陶研会《论文集》）

（1991 年）

陶行知一生经历了几个历史时期，随着社会的发展和客观环境的变迁，教育内容也不断发展变化，但万变不离其宗，他办教育的目的都是为了培育人才，然后通过众多的人才去改造社会。

1939 年，陶行知在重庆创办的难童学校——育才学校，是他进行教育实践和活动的重要场所，在其整个一生教育实践中占有重要的地位。育才学校为培养人才幼苗，为国家输送抗日、建国人才，取得了卓有成效的结果，给教育界留下了许多宝贵的经验。

善于发现人才

1938 年陶行知从国外回来，路过长沙、汉口时，看到难童中有一些有特殊才能的孩子，特别在汉口临时保育院参观时，发现了一个满头害癞痢的难童非常聪明。同去的音乐家任光唱了一首歌，这孩子很快就复唱出来，又很快学会了指挥。他觉得这孩子是一棵有发展前途的音乐小苗。由此，他想到老百姓中有许多穷苦孩子有特殊才能，因为没有得到培养的机会而枯萎。这是民族的损失，人类的憾事。于是，陶行知萌发出要办难童学校的念头，育才学校因此而诞生。培养人才首先要善于发现人才。陶行知在重庆临时保育院参观时，院长告诉他一件令人愤愤不平的事。有一些阔佬来保育院挑选难童去当干儿子，麻子不要，癞痢不要，缺唇不要，不管有无才能，唯有面孔漂亮，身材秀美，才能中选。

陶行知反其道而行之，提出："只要有特殊才能，不管他有什么缺憾，我们都应该加以特殊之培养。"他把生癞痢的音乐小苗陈贻鑫招收到育才学校去，为他治好了病，为国家培养了一个音乐人才。

在芸芸众生中，有许多有特殊才能的人混杂其中，教师就应该沙里淘金，发现人才。透过各种有缺憾的外表，把人才挖掘出来。陶行知经常说起爱迪生的故事，来阐明发现人才的重要性。

幼年的爱迪生，喜欢动手动脚，常常将毒药带到学校里去玩儿，先生不理解他、厌恶他，最后以"坏蛋"的罪名，把仅仅读了3个月书的爱迪生赶出了学校。然而爱迪生有一个了不起的母亲，她相信自己的儿子不是"坏蛋"，她发现了爱迪生的才能，予以正确的指导。她自己给儿子上课，为他保管化学药品，让他在地下室做实验，一点也没有斥责他。虽然3个月的学校教育是爱迪生一生中仅有的教育形式，但是由于母亲深切地理解他，使他的才能不致夭折，爱迪生才成了世界伟大的发明家。

像爱迪生这样的孩子是很多的，教师就应该去发现这些所谓顽劣的"坏蛋"，使人才之幼苗从杂草丛生的荒漠中脱颖而出。没有发现，也就谈不上培养。对于人才，也许发现是比培养更为重要的一环。

按照学生的特殊才能，给予特殊教育

陶行知认为：创造"育才"的主要意思在于培养人才的幼苗，使得有特殊才能的幼苗不致枯萎，而且能够得到发展，这样就必须给以适当的阳光、空气、水分和营养，并扫除虫害。

人的智力有差异，性格、兴趣、环境都能对人产生影响。对于有特殊才能的学生，一旦发现，陶行知就实行因材施教。

育才学校在学习普通课程的同时，还设置音乐、戏剧、文学、绘画、社会、自然等各科，让孩子们根据自己的特长和爱好，分专业组进行教学。各组学生如中途觉得在这个组学习不感兴趣，则可转入另一组，也可以加选其他组的专修课程。

杨秉荪从难童保育院来到育才时，分在社会组学习，不久他觉得对社会科学没有兴趣了。陶行知发现了这个问题，就问小杨想到哪个组学习，小杨说不出所以然来。陶行知带他到各组去走走。来到音乐组时，小杨听到了优美的钢琴声，一下子被吸引住了，于是就参加了音乐组的学习。杨秉荪潜在的音乐才能立刻迸射出灿烂的火花。他乐感好，吸收力强，为了培养这个音乐人才，陶行知请马思聪[1]当客席教授，专教杨秉荪学小提琴。在名师的指点下，杨秉荪15岁就能开独奏音乐会，成了乐坛上的一颗新星。

绘画组的伍必端有美术的才能，陶行知为了让他得到更多的锻炼，在育才小学部招生的时候，请他为每一个小考生画肖像，使他画艺大有进步。后来，陶行知请陈烟桥[2]带伍必端学版画，不久，小伍就在《新华日报》上发表反映煤矿工人生活的版画，得到行家们的赞赏。

让学生根据自己的兴趣特长进行学习，学习就成了乐事，教育就能取得事半功倍的效果。在育才学校，十几岁的孩子，能够在座谈会上谈时局，从国内到国际，政治到军事，他了如指掌。他们还能够写诗作文，自编剧本，能够作曲、写歌词，能够写生、速写……如果不及时发现这些人才，也许就白白浪费了！

[1] 马思聪，中国著名提琴家，原中央音乐学院院长。

[2] 陈烟桥，版画家，曾在育才任教。

培养创造型人才

陶行知在《创造宣言》中提出："教育者不是造神，不是造石像，不是造爱人。他们所要创造的是真善美的大活人。教师的成功是创造出值得自己崇拜的人。先生之最大快乐，是创造出值得自己崇拜的学生。"

教育要培养创造型的活人才，不能死读书，读死书，读书死。陶行知在育才学校，采取课堂教学与个别谈话相结合；学习基础知识与专业知识相结合；理论与实践相结合；学习具体知识与学会学习方法相结合等方法，并重视自学能力的培养。

学生每天上午上普通基础课：国文、数学、外语和哲学。哲学课常选《新华日报》上的好文章，《在延安文艺座谈会上的讲话》及马列主义著作，让学生从中汲取营养、辨明是非。

每星期五下午，学生分头访贫问苦，送教送医上门，教农民、煤矿工人识字、唱歌，讲抗日道理。学生们了解了社会的现状，看到了劳动人民的悲惨生活，激起了强烈的爱憎分明的感情。

为扩大学生知识面，陶行知常邀请社会名流、专家学者来校作演讲、报告。1940 年 9 月 20 日，周恩来和邓颖超来校作形势报告，鼓励学生"一代胜似一代"，郭沫若来讲甲骨文，程今吾讲"世界史"，翦伯赞两次来讲"中国史"，夏衍、曹靖华、刘白羽、周而复、艾芜、戈宝权、沙汀等都来讲学。这些名人专家的课堂，大大开阔了学生的视野，激发了他们的求知欲。

育才的学生有了一定的基础知识以后，活读书，读活书，读书活成了风气，陶行知及时地提倡创造之风，1942 年他别出心裁地提出"育才十字诀"，以指导学生进行创造。"十字诀"是：一个大脑；二只壮手；三圈连环（指宇宙——国家——学校；或虚心学习——不断工作——精诚团结）；四把钥匙（国文、外语、数学、科学方法）；五路探讨（体验——看书——求师——访友——思考）；六组学习（此时育才学校设社会、文学、自然、音乐、绘画和戏剧等组）；七（集）体创造；八位顾问（什么事、什么人、什么缘故、什么方法、什么时间、什么地点、什么数目、什么动向），九九难关；十（誓）必克服。

陶行知用各种方法鼓励学生进行创造，他接连写出“创造年献诗”、“创造宣言”，制定“育才创造奖金办法”和“育才创造年计划大纲”，奖励勇于创造、做出贡献的学生。学生不仅从书本上学，同时从生活实践中学；不仅向教师学，同时又向老百姓学。

育才学校大兴创造之风，结出了累累硕果。几年时间，学生创作了4个剧本，27首曲子，以及研究报告10余种。自制各种仪器30余件。美术组在重庆开画展，学生的画被订购一空，有的在报刊上登载。戏剧组、音乐组在重庆演出，引起山城轰动。

育才学生后来流向全国，在许多重要岗位上担任工作，不少人卓有成就。

重视德智体全面发展

陶行知于1942年7月20日在育才学校三周年纪念晚会上，作“每天四问”的讲演，号召学生每天作如下“四问”：第一问，我的身体有没有进步？第二问，我的学问有没有进步？第三问，我的工作有没有进步？第四问，我的道德有没有进步？这“四问”包含了德智体的内容，颇有独到见解，具有一定的科学性和现实意义。

第一问：我的身体有没有进步。陶行知提倡“健康第一”，他认为，没有健壮的身体，一切都完了。他要求学生做到：一、科学的观察与诊断。“要用科学的卫生方法，好好地调节自己的身体，不使生病！”如遇病，“必要拿出科学上铁一般的证据来，不致有错误的诊断，而损害健康。”他还提倡平时要适当运动，注意锻炼，多晒太阳，夏天去江河游泳，冬天爬山登高，使体质强健。二、饮食的调节与改进。他提出：要注意儿童和青年的营养，使之“为着现在和将来人人能够出任艰巨”。即使在育才经费濒临绝境时，陶行知也竭尽所能，供给病弱的孩子每人每日一个鸡蛋。他嘱咐食堂买猪血烧汤，称之为给学生脸上抹“科学胭脂”；把丢弃的肉皮洗净红烧，叫作“红烧海参”，以保证学生必需的营养。三、预防疲劳，注意休息。他认为：过分紧张的工作，“妨害着脑力的贫弱，妨害着体力的匮乏。甚至于大病。”陶行知的学生程本海因工作劳累而病，陶行知专门撰文劝他：“不要把一生的事挤在三年中，急急地干；而要把一生的事匀在三十年里，慢慢地干，有时不干的干比干的干重要得多。”他要求学生不要使身体过分疲劳，是健身的主要秘诀之一。四、用卫生教育代替医生。卫生教育在于教人预防疾病，减少疾病。陶行知在“育才卫生教育二十九事”中规定；要离开咳嗽者五尺远；用公筷分菜；黄昏时不得看书、写字……他教育学生懂得各种健身之道理，以卫生教育代替医生。

“健康第一”，建立“科学的健康保垒”，以“保证大家的健康和生命”，才能好好地生活，努力地工作。

第二问：“我的学问有没有进步？”“学问是一切前进的活力的源泉。”陶行知提出做学问的五个字（即“一”、“集”、“钻”、“剖”、“韧”）：“一”，即“专一”。对于一件事能专心一意地去研究，必然能够有豁然贯通之时。“集”字，即“搜集”，有了丰富的材料，便可以源源本本研究一个明白，才能够“迎刃而解”。“钻”字，即“深入”。他认为“做学问如能在学术气氛中的大气压力下，发生动力去钻，探获学问的根源奥妙与诀窍，必有收获。”“剖”字，即“分析”。对每一种搜集来的材料，着意做一番解剖的功夫，能把问题看得更加明白。“韧”字，即“坚韧”。做学问是一种长期的战斗，必须有韧性战斗的精神，方能战胜许多困难，开辟一条新的道路。

把“一”、“集”、“钻”、“剖”、“韧”五个字做到了，学问上就一定大有进步，于己于人于社会才会有大贡献。

第三问：“我的工作有没有进步？”工作的好坏影响我们的生活、学习。

陶行知提出：一、要“站岗位”，各人站在各人的岗位上，在本岗位上努力，教育自己知责、明责、尽责。二、要“敏捷正确”。工作要熟练和精细，粗心大意、马马虎虎是要弄坏事情的。三、要“做好为止”。有头无尾，做东丢西，什么事情都做不好。育才有个学生被派去担任育才驻渝办事处主任，说好一个月后有人来接班，到了时间没有人来，他生了气决定擅自回去。陶先生写信对他说：“走一百里路，前九十里容易走，最难走的是后十里。工作要有始有终，等人派来了，办好移交才走，这就叫

‘做好为止’。”做事按照计划，依限完成，就必须毅力坚持，一直到做好为止。

第四问：“我的道德有没有进步？”道德是做人的根本。根本一坏，纵然使你有一些学问和本领，也无甚用处。否则，没有道德的人，学问和本领愈大，就愈能为非作恶。

道德分“公德”和“私德”。一个集体能不能稳固，就要看集体中的组成分子，能不能顾到公德，卫护公德。育才学校有一些孩子去采摘农民树上的桃子，打村里的狗，农民来“告状”。陶行知在晨会上将这件事提出，十分严厉地说：“损害农民利益的人，败坏了育才的风气，妨碍公德！如果再有此类事情发生，定把为首分子送回原处去！”他认为，把不顾公德的人清除出这个集体，“集体才有转向新生机的希望”。

“私德是公德的根本”，一个人的私德更是要紧。私德不讲究的人，每每就成为妨碍公德的人。私德最重要的是廉洁”，一切坏心术坏行为都由不廉洁而起。

育才学校极重视对学生进行思想品德的教育，如“育才十二要”就规定了“要诚实无欺”“谦和有礼”“要勇于为公”……从各个方面要求学生树立良好的道德观念。

陶行知的“每天四问”包括了德智体全面发展的内容，他说：“如果灵活运用地行到做到，必然可见出每一个人身体健康上、学问进修上、工作效能上、道德品格上有着大的进步，显出水到渠成的进步，而有着大大的进步。”

意志、情感、能力的培养

陶行知提出“人生是欢乐与患难交织而成，一个追求真理的人，以与患难搏斗为乐。……困难给有志者以战斗之情绪与斗胜之智慧……必须有战斗到底之意志，才能克服大的困难。”

陶行知办晓庄师范时，学校附近的燕子矶经常有大学生投长江自杀，他为此写了两块大木牌竖在山顶，一块是“想一想！”另一块是“死不得！”

他痛心地说，这些青年大多是大学生，由于失学、失业、失恋、生病，没有坚强的意志而投长江自杀，有一肚子的学问又有何用！由此他更加重视对学生进行意志教育，提出“勇敢的活才是美的活！勇敢的死才是美的死！”

陶行知请学生吕长春去办农场，小吕去了小龙坎，见满坡荒地，有的地方连野草都长不出来，过了三天垂头丧气地回来了。陶行知严厉地批评他，对他说：“你应该拿出你干的精神来，翻书，求师，访友，再自己去经验，更重要的是教大家同去做。你非干到底不可！”小吕受到教育重回农场，在农民的帮助下，把农场办起来了。在办农场的过程中，锻炼了意志，学会了战胜困难的本领。

生活即是战斗，每个人的人生道路都不会一帆风顺。从小让孩子们懂一点生活的艰辛，吃一点苦，倒一点霉，摔一点跟斗，使他们在生活的风浪中获得保护自己的本领，培养勇敢拼搏的勇气和力量，对他们的成才将起重要的作用。

“意志教育不是发扬个人盲目的意志，而是培养合于社会及历史发展的意志。”战斗的人生观，百折不回的精神，坚强的意志，能使人从逆境中奋起，变平庸为神奇，经过锲而不舍的努力，必能成为真正的人才。

“情感教育不是培养儿童脆弱的感情，而是调节并启发儿童应有的感情，主要是追求真理的感情。”使学生有一颗爱心，爱真善美，恨假恶丑。

一个真正的人才，他必需树立热爱祖国的思想，这样才能报效祖国。没有感情的人，他会将知识和本领作为本钱，待价而沽。学问越大，对祖国的危害也许更大。不会爱也就不会恨，不爱祖国的人，在祖国和民族的危亡关头，就会动摇，有的甚至沦为汉奸、卖国贼，如汪精卫[1]之流就是例证。

学校教育要通过各种活动唤起学生心中美好的感情。陶行知曾在育才学校收容过两个疯子，这两个失去理智的青年，整天吵吵闹闹。学校里有的老师不理解陶行知为什么留着疯子？有学生要将疯子赶走。陶行知说：“这两个青年由于万恶的社会，使他们失去了理智。我们不能改造社会，难道还不能帮助这两个不幸的人？只要我们管理得当，他们就不会再闯

[1] 汪精卫，大汉奸，公开投降日本，1940 年在南京成立伪国民政府任主席。

祸。”他要学生轮流照料疯子，他认为，在学校里能够帮助这两个疯子，学生就会有一颗仁爱的心，将来就会爱祖国、爱人民，也会去帮助一切不幸的人。

育才学校的学生现在很多已年过花甲，但他们有很多共同的特点：心地善良，为人热情，待人宽容，热爱生活。1989 年，育才学校五十周年校庆，许多校友克服了种种困难，自费从北京、新疆、山东……赶回母校去参加这一盛典。很多两鬓如霜的校友，几十年来是第一次回母校，在这次难忘的重逢中，不少人热泪盈眶，激动得不能自持。一个人对母校怀着如此美好感情的人，他会不爱祖国吗？

情感教育赋予学生一颗爱心，为社会创造爱的财富，把生活变得更美好，也使人格获得完备的发展。

陶行知提倡“着重能力之培养”。人才要适应环境、战胜环境，光有书本知识是不行的。育才学校养成“儿童之自我教育精神”。除跟教师学外，还跟伙伴学，跟民众学，走向图书馆去学，走向社会与自然界去学。

为了加强儿童之自我教育精神，育才学校每日给予学生时间，作自由思索与自由活动。如“新闻组”要求学生每人自寻资料，每天在讨论会上轮流讲述。一位学生刚入学，不懂如何找资料，在图书馆找到了一条简短的新闻：“日军在某月某日进攻某某车站”，就照读。同学们纷纷提出问题：日军为什么要进攻这个车站？后来如何了？他都回答不出。陶行知对他说，说话不能当笼统哥。对一条新闻要把来龙去脉搞清楚，这样才能积累知识，学到本领。又教这个学生如何做卡片、找资料，不久这个学生就成了“时事评论家”。陶行知说：“学习中各种问题，自我批评及讨论中不相同的意见等，都是扩大儿童的能力。”

育才学校订了“怎样培养十六常能”，订有：会写小楷、记账，烧饭菜、洗补衣服、游泳、急救、唱歌、布置会场、会开会（当主席、参加讨论）、管图书、说国语、种园、修理、查字典、会应对进退、会做小先生。

在“育才二十三常能”中订有：会当书记、管账目、会简单木工、竹工、泥水工、油漆工……在“高级七常能”中订有：会开汽车、打字、速记、接电，担任翻译、临时演讲、领导工作。

以上种种，都是培养学生各方面的能力。一个人走上社会以后，光会读书而不知其他，决不能成为出类拔萃的人才，即使在很简单的工作岗位上，也不能做出成绩来。学校教育除了教授学生文化知识外，还应使他们有生活适应力、手脑双挥的劳动力、社交能力、语言表达能力、艺术欣赏力、组织能力、分析问题能力、应变能力等等。一个人的知识也许会淡忘，但能力却会积累起来成为一笔财富。具有各种能力的人才是真正的人才。

培养人才应从小事教起

“生活、工作、学习倘使都能自动，则教育之收效定能事半功倍。”自动是自觉的行动，需要适当的培养而后可以实现。要使学生自觉，必要使他们明白自己要做的事，这样就容易记住，做起来也就容易了。

育才学校的校纪校规有一百几十条，有许多是小事，规定得非常细，衣食住行，一言一行、待人接物，都有具体的做法。如室外见师长：立正、脱帽、鞠躬、随行、避道。室内见师长；立正、鞠躬、请益、报告、退出。把“尊敬师长”这一句抽象的话化成了几个动作，这样就容易做到。如开会：集合预备铃响，即把坐凳送到会场摆好，轻步进出，脱帽端正而坐。宿舍里，两件物品以上，都要排队，毛巾、脸盆、杯子都要放在规定的地方，依次排队。有人觉得不耐烦，陶行知说：“物品排队是一件小事，但要做好就不容易，天天做，事事做就更不容易。”这些小事做好了，品格意志锤炼得刚毅了。

陶行知认为，做事规规矩矩，做人才会规规矩矩。培养人才从小事教起，小事里包含着大道理。在学校，能守纪律、勤学习、讲卫生、懂礼貌、乐助人……将来才能成为一个谦虚谨慎、好学勤奋的人，在学问上才能有所创见。

陶行知的一生，为国家培养出不少人才，从抗日战争到解放战争，一批批学生在延安、苏北、浙东等抗日根据地、华蓥山游击队，参加民族解放斗争，为新中国的解放和社会主义建设流血流汗。从中央到地方，从机关、企业到文艺单位，许多陶门子弟以杰出的才华，担负着各级领导责任，成为栋梁之才。

陶行知重视人才的发现和培养，他的育才经验和实践，是中国教育史上一笔宝贵的财富。“为整个民族造就人才”，培养德智体全面发展、有创造性的人才，是教育的根本任务。学习陶行知的育才经验，造就千万个真正的人才，使我们的祖国成为人才之温床，让大批的人才脱颖而出，中国的现代化就有了坚实的基础，中国的富强、腾飞也就指日可待了。

（1988 年）

1930年，晓庄学校满三周岁了，陶行知写文总结学校的成绩，满怀深情地写道："晓庄是从爱里产生的。没有爱便没有晓庄……晓庄是从这样的爱心里出来的。晓庄可毁，爱不可毁。"

陶行知一生办教育，他将爱心捧在手上，献给人民、献给孩子。"晓庄三年来的历史，就是这颗爱心之历史——这颗爱心要求实现之历史。有了爱便不得不去找路线，寻方法，造工具，使这爱可以给流露出来去完成他的使命。"

爱是教育的润滑剂，教师有了爱，学校成了乐园，师生成了朋友，教育就能取得最佳效果。

爱是无处不在的

陶行知指出："爱之所在即晓庄之所在。一个乡村小学里的教师有了这爱，便是一个晓庄。“晓庄没有爱便不能奋斗，不能破坏，不能建设，不能创造。个人没有爱，便没有意义，即使在晓庄，也不见得有贡献。”

在陶行知办的学校里，老师叫“大哥、大姐”。师生犹如兄弟姐妹，学校便是一个大家庭。在这个充满爱的家庭里，教师的每一句话，每一堂课，每一项活动，每一个眼色，甚至每一个标点符号，都满溢出对学生的爱。

在育才学校，订有许多校纪校规，平时令学生望而生畏的校纪是什么内容呢？在“育才卫生教育二十九事”中，有这样几条：“吃饭最多以三碗为限；离开咳嗽者五尺之远；不要拉手（以防细菌传染）；每日注意通大便一次；睡眠时腹部要盖着；夏天每天要饮六杯水为度，其他季候酌减……”

这些规定，把学生的吃喝拉睡都关心到了，比父母还要想得周到。一般学校令学生头疼的纪律，在育才学校却成了“爱的纪律”！人人记得熟，人人愿意遵守。这样的学校，学生怎么不爱呢？

陶行知有一件大衣，冬天他自己不穿，不是披在这个孩子身上，就是盖在那个同学的被上。他整天穿着旧学生装在重庆街头奔走，冻得满脸青紫，挤公共汽车要挑人多的车上，他说：“人多热气大。”可以挤在人堆里取暖。教师们打开自己的箱子，把自己的衣服送给学生穿。整个冬天，孩子们身上长衫短褂，五花八门，穿着老师的衣服，心里一片温暖。陶行知的大衣被大家叫作“爱的大衣”，学生从中感觉到老师的爱。大衣后来被小偷偷走，但陶行知对孩子的爱一直留在学生心中。

育才学校经费断绝，陶行知为维持学校四处“要饭”，学生喝两餐稀饭度日。面对困境，陶行知想方设法让学生到重庆参加社会调查和演出，学生们都抢着要去，因为去了可以吃几顿饱饭，改善一下伙食。但陶行知无法满足大家都去演出和调查的要求，只好规定每次去的人数，他在信上写明：“膳食供应 6 人，请大家轮流来。”孩子们觉得不高兴，抱怨他太苛刻，他回信写道：“目前毫无办法，希望以后有所改善，对你们有更大的贡献。”无可奈何之中透出对学生的爱和关怀。

有的孩子写信给陶行知，要求增加零用钱，他痛感自己能力太小，向学生们告罪：“母亲太瘦弱了，孩子哭着要吃奶，母亲挤不出奶，只有痛苦流泪！”

陶行知用自己的爱心使学校处处充满爱，在爱的气氛中成长起来的孩子们，虽然过着艰难困苦的生活，吃不饱穿不暖，冬天还赤脚穿着草鞋，但大家却是乐观开朗的。育才学校的学生绝大多数是孤儿，陶行知给了他们一个温暖的家，他和教师们就是这些孤儿的父母兄姐。

教师要爱所有的学生

教师要爱每一个学生，不光爱好学生或漂亮聪明的学生。教师要把爱献给每个学生，包括被人称为是“坏蛋”的学生。

陶行知先生认为，被你称作是“坏蛋”的学生，未必是坏蛋，抑或被你称作是“坏蛋”的学生，将来很可能成为一个“爱迪生”。他经常讲爱迪生的故事。爱迪生小时候，由于顽皮被校长开除。校长很不客气地把爱迪生的母亲找来，对她说：“你家的孩子是坏蛋，请你把他领回去，我们把他开除了。”爱迪生的母亲却是一个明智的妇女，她风趣地回答：“我们家的蛋没有坏，是一个好蛋！”有了爱迪生母亲的宽容和爱，世界上才有了一个伟大的发明家。

教师应该透过孩子们所谓“坏蛋”的外表，发现他们的才华和闪光点，爱每一个孩子。陶行知曾在《糊涂的先生》中写道：“你这糊涂的先生！你的学堂成了害人坑！你的墨水笔下有冤魂！你说瓦特庸，你说牛顿笨，你说像个鸡蛋坏了的爱迪生。若信你的话，哪儿来火轮？哪儿来电灯？哪儿来的微积分？你这糊涂的先生！你的教鞭下有瓦特，你的冷眼里有牛顿，你的讥笑中有爱迪生。你别忙着把他们赶跑。你可要等到坐火轮，点电灯，学微积分，才认他们是你当年的小学生？”

教师的爱能滋润孩子的心田，在谆谆诱导下，聪明才智能得到充分发挥。陶行知说：“我要把怨鬼捉着，投在白炽热的爱火里，烧成一缕儿黑烟，向天空飘去，化为乌有！”

爱学生，爱包括“坏蛋”在内的每一个学生，使学生在爱的教育下健康成长，这是教师的职责。

爱心流露出来才能完成它的使命

教师应有一颗爱心，它不应埋在胸膛里，而应该擎在手上，高高举起，让学生看得见，摸得着，时时感觉得到。爱心流露是态度，也是一种方法。

陶行知一生最爱被他称为像“蜜桃”一样可爱的孩子们，他总尽力帮助那些苦孩子，把自己的爱心献给他们。有一次，他去四川永川讲学，下午回来时因下雨无法行走，就在来凤镇过夜。吃晚饭时，两个流浪儿来向陶行知讨剩饭剩菜吃，他将所余全倒给了他们。孩子们把饭菜拿到门口，与十几个孩子分了吃，不吵也不抢，很有秩序。

陶行知见这么多流浪儿在露天挨饿受冻，心里非常难过，他找他们进屋来聊天，问他们可愿意识字，孩子们回答愿意。他指着店铺招牌说：“这就是书！”又伸出食指说：“这是笔！”他忍住辛酸的泪对孩子们说：“你们用这不要钱的纸笔天天可以上学，处处可以练字了。但是最要紧的是学了字来取得知识，帮助大人打倒日本鬼和一切人中鬼。”望着这个和善的先生，孩子们都感动了，他们按照陶行知的要求读着：“农工商学兵联合起来，打倒日本鬼子！”他们依次排着队，学着向右转，开步走，回到他们的露天旅馆里去。陶行知去找当地的联保主任，请他照应这些孩子，并找一个地方给他们住。

陶行知时时将爱心流露出来，对这些境况悲惨的流浪儿，他不单是同情，而是抓紧机会进行爱国抗日的教育。爱心流露出来是为了“完成它的使命”，就是用爱对学生进行教育，使教育产生令人心悦诚服的效果。

爱的教育应是严格的

中华人民共和国成立以后，有人批判陶行知是“母爱教育”，指责他像母亲溺爱子女一样来对待学生。这完全是误解。其实真正的母爱也不都是纵容娇惯孩子。

陶行知的教育是以“严格”为前提的，只有严格才是真正的爱，否则便是害学生。这种严格，并不是板着脸训斥、苛责，而是说清道理，使学生自觉地、乐意地接受教师的意见。

有一天，陶行知请 18 岁的旭东去重庆收募捐款，孩子奔波一天，走了几十里路，收到一万多元钱，回到学校里又累又乏，倒头就睡着了。陶行知把他推醒，问他钱在哪儿？他说：“在床头的包里放着。”“怎么没去存银行？”“到银行还要走十几里路，走不动了。”陶行知将他拉起来，把包放在他手里，要他立刻去银行把钱存进去。孩子不肯去，说：“明天再去。”陶行知严肃地说：“不能等到明天，今天就去，立刻就去！”旭东嘟着嘴，生气地去了。等他回到学校，天已大黑，他踢开宿舍的门，只见陶行知正在屋里等着他，桌上的火油炉子在烧着一锅面条。陶行知把面条盛给他吃，语重心长地说：“我知道你今天很累了，但是，今天你吃了一点苦头，就懂得了一个道理；公家的钱一分一厘也要搞清楚。这一万多元钱，你放在床头，如果丢掉了的话，你怎么向我们交待？对工作认真二字一定要记住！你今天是一个负责的孩子，将来必能成为勇敢的堂堂正正的男子汉！”

旭东记住了陶行知的教导，几十年后他满怀深情地回忆起这件事，很有感触地说：“金钱对我没有什么诱惑力，因为陶先生教育我，私人的钱丢一千一万都不要紧，公家的钱一分一厘也要搞清楚。公家的钱经过我的手不知有多少，没有出过什么差错！”

陶行知对旭东的严格要求，看上去是不近人情，却是真正的爱。

爱的批评

有孩子的地方，就会有错误，当学生犯错误时，教师最容易怒火中烧，做“狮吼状”，吓得学生胆战心惊。这种训斥，或大声叫骂，往往吓住了学生，却使他们弄不懂为什么要批评他们。这是失败的教育。

陶行知在学生做了错事以后，从不训斥，总是耐心地以理服人。音乐组的陈贻鑫，15 岁就能作曲，开音乐会能担任指挥，是个很有前途的音乐人才。但是他学起了艺术家的浪漫，早早地谈起了恋爱。

有人向陶行知反映了情况。对学生谈恋爱一事，陶行知也不赞成，但如何处理这件事呢？他经过考虑，没有找陈贻鑫当面谈话，只写了一封信托人捎去。信的大意是，你过早地品爱情这杯酒，是不适宜的，因为你太年轻，不能很好理解爱情这两个字的意义。他建议陈贻鑫将这杯酒珍藏到地窖里去，过十年、十五年再取出来饮，这样，才会是一杯美酒。现在坚持要饮的话，很可能是一杯苦酒，“还会使爱你的人伤心。”全信没有一句重话，以平等的身份，像知友谈心，却把道理说得很明白、透彻。见信后，陈贻鑫清醒过来了，他斩断情丝，专心学业，最后成了全国著名的作曲家、指挥家，现在在中央音乐学院任指挥系教授。他在上海市陶行知纪念馆开馆典礼上，对着展厅版面上他当年任小指挥的照片，热泪盈眶地说：“没有陶行知就没有我的今天。”

在育才学校文学组，有的孩子留起了长发，穿破衣服，还自以为是艺术家的派头；有的说话尖刻，认为自己了不起，爱讽刺挖苦人。在除夕晚会后，陶行知把这几个孩子找去，师生围坐一起，边吃瓜子边聊天。他语重心长地说：“留长发、穿破衣服，是旧文人的派头，无疑是因为颓丧消极。我们不应该学这种人。学问无止境，不要做井底之蛙，你们与托尔斯泰比怎么样？他写列文和农民一起收割庄稼，一草一木都写得出名称，这才是真正的文人！”他抚着孩子头上的乱发大笑着说：“这不是头发，是茅草山，我要放火烧山呀。”幽默的语言引得孩子们哈哈大笑，在笑声中，辨明了是非，学生们心甘情愿地剃去了长发，也懂得了做人的道理。

从爱心出发，尊重学生的人格，坚持正面引导，把道理说透，这就是陶行知提倡的“爱的批评”。

塑造爱心，创造爱的社会

在学校里用爱的教育塑造学生的爱心，是为社会创造爱的财富。一个人从出生开始，就需要别人的爱。父母的爱、师长的爱、夫妻之爱、朋友同事之爱，晚年需要儿女的爱、社会的爱……没有爱，社会就不能正常存在和发展。同样，人人要向别人、也向社会献出爱。

学校教育应教会学生爱老师、爱同学、爱学校、爱集体、爱亲人……从而爱祖国、爱人民、爱事业……不能想象，一个连父母都不爱的人会去爱祖国！

陶行知爱自己的事业，将学校视若生命。在育才学校濒临绝境时，朋友们见他脸色灰暗、日渐消瘦，纷纷劝他："何必顶着石臼做戏，抱着石头游泳！"他的夫人也劝他："快把这块石头扔到河里去，到延安去吧！"他却回答说："你们说错了。我是抱着爱人游泳，爱人怎么能扔掉呢？一定要背着爱人游到胜利的彼岸。"他四处奔波，到了"要饭"的地步，还是要把学校办下去。陶行知的爱，使学校得以维持，也深深打动了孩子们的心。

许多失去父母的难童在育才学校度过了童年、少年时代，长大成人以后，留在学校任教，陈贻鑫就是其中之一。他在学校音乐组担任教师，被大家称作"陈哥哥"。他从陶行知身上感觉到了沉甸甸的爱，把这份爱延续给了他的学弟学妹们。

音乐组的学生杨秉荪是个孤儿，陶行知将他收进育才，使他成了一名杰出的小提琴手。"十年动乱"时，他被"四人帮"诬谄入狱，逼他交代问题、揭发别人。他坚持不说假话，被打断了三根肋骨，坐了九年多牢，铁骨铮铮，处惊不变，会爱的人才会恨，杨秉荪爱真理，恨敌人，宁死不弯腰。

陶行知的学生都有一颗仁爱之心，他们在学校里参加各种社会调查，访贫问苦，为矿工、农民送戏送药上门，帮助解决困难。他们亲眼看到劳动人民的悲惨生活，激起了对人民热烈的爱。他们参加抗日救国运动，为伤兵募捐，为壮丁[1]的家庭做事。无论是上海的"一·二八"[2]战争，还是纪念昆明"一二·一"死难烈士大会，重庆的沧白堂、较场口血案[3]，

[1] 壮丁，旧社会，拉青年去当兵，称"壮丁"。

[2]"一·二八"——1932年1月28日，日军向上海闸北地区的中国驻军发起进攻，挑起事变。

[3] 沧白堂、较场口血案——1946年1月，政治协商会议进行期间，每晚在沧白堂举行报告会，特务经常来捣乱，并将郭沫若，李公朴打伤。1946年2月10日，重庆各界在较场口召开庆祝政治协商会议闭幕大会，特务制造事端，打伤多人。

都留有陶行知学生的足迹。他们从中感受到祖国灾难的深重，激起了对日本帝国主义、国民党反动派强烈的恨。

爱的教育塑造爱心，使学生爱真善美，恨假恶丑。从而为社会输送千万个爱祖国、爱人民的人才。

陶行知用自己的实际行动来实践他亲笔所写的格言“爱满天下”。他用尽毕生精力，受尽多种磨难，创造了许多教育的新方法。“爱的教育”是中外许多教育家提倡和付诸实践的，陶行知是其中最纯正、怀着最热烈爱的人民教育家。

“学校之历史即爱心之历史”，学校可毁，爱不可毁。让学生在爱的教育下健康成长，造就无数有丰富感情、爱憎分明的人才。让我们的国家、社会充满爱，让世界充满爱，人类就将有更加光辉灿烂的明天。

（1988 年）

寂寞的孩子

去年五月，可以逛街了，一天上午，学生开车接我去踏青。春色明媚，灿烂的阳光洒在身上，暖洋洋的。车开出不久，忽听车顶噗噗两声，学生赶紧下车看，鸟屎！他懊恼地说，要赶紧洗掉，否则会留下痕迹。洗车时间有点长，我站在出口处看“野眼”，旁边是一家烤串店。

来了一个骑跑车的男生，我眼睛一亮，他皮肤白皙，眉清目秀，好俊的孩子！他停下后问我：“你在这里做什么？”“等洗车。”“不是来吃烤串？”我指指店门答：“烤串店不开门。”“是啊，我找了一大圈，没找到一家开的，想吃烤串，都快疯了。”

那么夸张，我忍俊不禁，给他出主意，可以叫外卖啊！他无奈地说：“爸妈不许我吃，说是垃圾食品，没法叫外卖。”他灵机一动说：“是啊，可以叫外卖，可没人陪吃，没劲。你陪我，好不好？

我把外卖叫到这儿来，我请你吃。”

我忍不住笑，这怎么行！我不爱吃这种东西，再说这把年纪了，站在街边吃烤串？让人看见了像什么样子。我转移了话题，与他聊起来：“你读几年级？”“初三！”“马上要中考了。”“是啊！下月中考，再不吃，被爸妈管住，没机会吃了。”“什么学校？”“××附校。”“好学校啊。”“你怎么知道？”“我去你们学校讲过几次课，前年还为学生讲过课，那时你上初一，没听过？我知道了，你是在教室里看转播，没好好听。”他抓抓头，默认。

“你们的校长是我老朋友，认识廿年了。”“你是老师？”“是啊！不像？”“像！你就像老师，可又有点不像。老师可不会站这儿和我聊天。”我觉得奇怪，“为什么？”“老师哪有空，再说，我们也不想和老师聊，没话说，见到老师都跑得远远的。”

“为什么怕老师？”“怕倒不是，就是离远点好，没话说，也不想说。如老师找我们谈话，肯定是祸事来了，所以，离老师远点安全。”“为什么和我这个陌生人说话呢？”“我不知道，就是愿意和你说说话。你很，很……”他似乎找不到合适的词。

我笑了，又转移话题，说你们王校长调走了。“这你也知道？调走好久了，现在是周校长，你认识吗？”“认识，但不熟。”

他看着小店关着的门，又去看门上贴的纸，摇摇头说：“没说什么时候开。等店开门，我们要复课，没时间来吃了。”我正犹豫着要不要让他叫外卖，放下“斯文”在街边啃“串”？这时，车开出来了，停在出口处，后面有人喊：“此处不能停车！”

容不得我犹豫，只好赶紧上车，与孩子匆匆告别，说了一句，“祝你好运！”他恋恋不舍地望着我，我却鬼使神差似的只有一个念头，此处不可停车，要被罚款扣分的，跳上车，走了。

回头望，他跨在自行车上，仍望着我，我摇下车窗向他招手，想说什么，却哽住了。我忽然觉得做错了什么，我应该停下来，和他一起叫外卖，吃烤串，吃得满嘴流油，陪他说说话，再加个微信……可我什么都没做，一句话也没说。车开远了，再看，他还站在店门前，呆呆地向远处望着。

我常常想起这个孩子，不知他中考成绩怎么样，进了哪所高中，偶尔走过那个已大开店门的烤串店，心里会有些许遗憾。这样的中学生，不是一个两个。陶行知先生说，孩子最需要的不是爱，而是了解。父母爱他们，老师希望他们成绩好，但是了解他们吗？陶先生又说，小孩子的话是最重要的话，小孩子的事是最重要的事。大人能不能放下身段，和孩子平等对话，哪怕只有一次，陪他吃顿烤串，听他说说心里话，很难吗？

寂寞的孩子啊！我忘了问他姓名，可是问了又怎么样呢？

（2022 年 6 月 2 日）

跋

在我求学生涯中，每所学校都在心中留下了深深浅浅的记忆。

多少年来，人们望子成才，恨不得把天下所有的学问都装进孩子的脑袋里。对于“不能输在起跑线上”这句话，认同者越来越多。

人生如果真有起跑线，那个起跑点究竟在哪儿呢？我想起了我的小学生活。那么多良师各有风采，他们的共同点都是“爱”。学校里，爱无处不在，通过老师的言传身教，润物细无声。

童年的价值观，是人生衣裳的第一粒纽扣，决定一生的精神走向和心灵格局。若老师（也包括家长）是高尚端正的，孩子清澈的眼睛里看到的都是真善美，就会对世界产生好奇，会去赞赏，进而参与进去，自己去创造。

孩子会把一句句话、一件件事记得很牢，所有孩提时代的受教，会积累成习惯，成为他们未来的秉性，成为他们的常识、气质、基因，还有信仰。童年的这一粒纽扣，也许就是起跑点，父母和老师便是助跑者，别让这粒纽扣轻易脱落，更别粗鲁地去扯下它。这样，就能顺畅地往前跑，即使风雨如磐，即使山倒水倾，孩子会如有神助，不断为自己设置一条又一条起跑线，再累，再苦，不会停下。

全世界的孩子出生时都无区别，长大后才有了不同，甚至是天壤之别。其原因便是教育的优劣。这种优劣不在别的，而是能否有一个、或者一群良师，用自己的心去陪同孩子前行。小学教育实为重中之重。

我很幸运，六所小学给我的呵护和爱心，让我受用一辈子。感谢那么多我记住和没有记住名字的老师，在我的童年，为我把人生第一粒纽扣系得结实、牢固，这才有了现在的我——快乐、自信、善良、永不停步！

在艰难日子里，我宅在家，完成了这本书。因为想起了那么多美好的往事，日子又变得很温暖。书稿完成，正是母亲节，没有妈的母亲节，今年已是第二个。爸也走了近两年。以前我如有新书出版，他们总是我的第一读者，这本书，他们看不到了。但我仍然想说，谢谢爸爸妈妈，送我去那几所好小学，让我的童年充满阳光。谢谢爸爸妈妈的良苦用心，他们是我人生起跑线上最好的教练和领跑者。他们是我最应感谢的人。

书稿全部文字输入，由我的学生方科杰完成，非常感谢他的帮助。

2021 年 5 月 10 日于梦陶斋

这本书稿，完成于 2021 年春天，一个阳光灿烂的日子。因特殊原因，我不能外出，春色如许，也没法出去亲近。静坐书斋，除了读书写作，只能遥望天际，望春兴叹。

幸而有这本书，它帮我度过了难熬的那三个月。久远的小学生活，如翩翩蝴蝶飞回我眼前，温暖，明亮，五彩斑斓。五岁的我从韧初学堂走出，几十年来跋涉世间，无论走得多远，身在何处，故乡始终是我心中最美的诗和远方，那所小小的村校，始终是我艰难前行的力量源泉。

这本书得到家乡人民的关注，感谢宁波市镇海区委宣传部、区文化基金和庄市街道的大力支持。

由于各种原因，书的出版延迟了两年，好在“起跑线”，随处都是，书也不会过时。

书中插图由我的学生杜雨宸创作。我认识他时，他上高一，现在是江南大学的大三学生，正向着画家梦努力迈进。他在繁忙的学习之余，精心设计创作这些画，在此，特致以谢忱。

叶良骏

2023 年夏